대성
臺城

강 위에 비 흩뿌리고 강가의 풀은 가지런한데
육조의 영화는 꿈과 같고 새만 부질없이 울고 있다
무정한 것은 궁성에 늘어진 버드나무이건만
변함없이 연기처럼 십 리 제방을 감싸고 있다

江雨霏霏江草齊
六朝如夢鳥空啼
無情最是臺城柳
依舊煙籠十里堤

사자후 4
설봉 新무협 판타지 소설

초판 1쇄 찍은 날 § 2005년 5월 17일
초판 1쇄 펴낸 날 § 2005년 5월 27일

지은이 § 설봉
펴낸이 § 서경석

편집장 § 문혜영
편집책임 § 김민정

펴낸곳 § 도서출판 청어람
등록번호 § 제1081-1-89호
등록일자 § 1999. 5. 31
어람번호 § 제2-0599호

주소 § 경기도 부천시 원미구 심곡1동 350-1 남성B/D 3F (우) 420-011
전화 § 032-656-4452 팩스 § 032-656-4453
http://www.chungeoram.com
E-mail § eoram99@chollian.net

ⓒ 설봉, 2004

ISBN 89-5831-550-4 04810
ISBN 89-5831-331-5 (SET)

※ 파본은 본사나 구입하신 서점에서 교환하여 드립니다.
※ 저자와 협의하여 인지를 붙이지 않습니다.

Fantastic Oriental Heroes

설봉 新무협 판타지 소설

사자후

獅　子　吼

4

황룡출소(黃龍出沼)

목차

第二十二章 기착일착(棋錯一着), 만반개륜(滿盤皆輪)   7

第二十三章 노호두상박창승(老虎頭上拍蒼蠅)   47

第二十四章 유연천리내상회(有緣千里來相會)   93

第二十五章 천생아재필유용(天生我材必有用)   137

第二十六章 인무횡재불부(人無橫財不富)   181

第二十七章 불파만(不怕慢) 지파참(只怕站)   221

第二十八章 조위식망(鳥爲食亡)   251

第二十二章
기착일착(棋錯一着), 만반개륜(滿盤皆輪)
한 수가 틀리니 온 판이 다 진다

기착일착(棋錯一着), 만반개륜(滿盤皆輪)
…한 수가 틀리니 온 판이 다 진다

해구는 뭍처럼 많은 사람들로 북적거렸다.

어깨를 부딪치지 않고는 한 걸음도 나아갈 수 없으니, 해남도 주민들 중 절반 정도는 모였지 않나 싶다.

"태풍이 올 모양이야. 어서 서둘러!"

"작년 같지만 않았으면 좋겠어. 작년 같아서야 어디 사람이 살겠나."

"작년 같기야 하겠어. 그게 어디 살라는 거야, 죽으라는 거지."

"저 구름 가장자리 좀 봐. 미친년 속곳처럼 펄럭이잖아. 이전 태풍도 만만치 않을 것 같아."

사람들의 관심사는 태풍으로 모아졌다.

배가 떠내려가지 않도록 단단히 묶은 후에도 두 번, 세 번 확인했다. 널어놓은 고기와 어구들은 모두 집 안으로 옮겼다. 바람에 날려갈 만한 작은 물건들은 모두 광에 들여놓았다.

마치 피난 가기 전의 북새통과 같다.

그럼에도 사람들의 얼굴은 생기로 가득하다. 그물을 거둬들이는 사람들이나 물건을 하역하는 사람들이나…… 해구에서 움직이는 사람들 대부분이 평생 가난에서 벗어나지 못한 고된 일상이 묻어 있지만 무너지지 않을 강한 힘이 읽혀졌다.

금하명은 해남도의 태풍을 몸으로 겪어보지 못했다.

작년 태풍이 사람 목숨을 이백여 명이나 앗아갈 동안 삼정에게 일검의 빚을 안은 채 혼몽 속에 빠져 있었다.

태풍이 시작될 때 해구를 떠났다가 태풍이 시작되는 계절에 다시 돌아왔다.

금하명은 술 생각이 간절했다.

비릿한 바다 냄새가 몸에 배기 시작했다. 생선 썩는 역한 냄새가 구수하게 느껴진다. 찌는 듯한 더위와 태풍을 예고하는 끈끈한 비바람 냄새 속에서 술 한잔 하는 맛은 일품일 게다.

"후후!"

쓴웃음이 툴툴 새어 나왔다.

주점(酒店)이 서너 군데쯤 보였지만 그를 반길 곳은 없었다.

수중에 동전 한 닢 없는 사람을 반길 주점은 세상천지에 단 한 군데도 없으리라.

눈에 띄는 작은 언덕을 향해 무작정 걸었다.

인근 주민들이 '바람의 언덕'이라고 부르는 조그만 언덕은 황량했다.

막힌 것 없이 뻥 뚫린 바다.

조망(眺望)은 가히 압권이었다.

휘이이잉……!

바람의 언덕이라는 말 값을 하는지 부드러운 미풍이 불어와 머리카락을 날렸다.

'좋다.'

답답하던 마음이 한결 개운해졌다.

처음 해남도에 발을 디뎠을 때나 지금이나 반겨주는 사람 한 명 없는 처지는 똑같은데 느낌은 사뭇 달랐다.

전에는 갈 곳이 많았다. 어느 곳부터 들러야 할지 모를 정도로 기대에 부풀었다. 하나 지금은 갈 곳이 없다. 비무행을 시작하기가 망설여진다.

저주의 파천신공은 풀어냈다고 생각하지만 해남무림은 인정하지 않을 게다. 그렇게 되면 남는 것은 잔인하게 죽고 죽이는 살육전뿐인데…… 그건 원하지 않는다.

생전에 원수진 일도 없는데 살겁(殺劫)을 쌓아서 어쩌잔 말인가.

이대로 돌아가자는 생각이 든다.

해남무림에서 절정검으로 인정받는 몽유대검과 싸워봤으니 이만하면 됐다.

아니다. 해남무림은 해남도에서만 살기를 드높이는 우물 안 개구리가 아니다. 복건(福建), 광동(廣東)무림에 실질적인 영향력을 행사하고 있다. 전 중원에서 가장 강성한 열 개의 문파, 구파일방(九派一幇)에 속한 대문파다.

문파의 형성 구조가 독특해서 해남무림 전체가 해남파(海南派)라고 할 수 있으며, 그런 쪽에서 보면 문도끼리 죽이지 못해 안달하는 형상으로 비치지만…… 해남무림이 강력한 것만은 틀림없다.

싸울 사람은 무척 많다.

몽유대검과 싸워봤다고? 천만에. 겨우 한두 수 나눠봤을 뿐이다.

칠보단명이 '삼정을 이겼다고 공언해도 좋다' 했지만, 자신이 이긴 게 아니다. 의식이 없을 때 불쑥 튀어나온 파천신공이라는 놈이 이긴 것이다.

검에 맞아 죽음 직전까지 치몰려 놓고 이겼다는 말을 할 수도 없는 노릇이지만.

해남도에 들어와서 혼신의 힘을 다해 진정으로 싸워본 사람은 사천혈검 한 명밖에 없다.

숨 막히게 강했던 남해검문주와 노도문 전문주인 일검파진도에게도 검을 들게 해야 하지 않을까? 그들과 겨뤄본 후에야 해남무림을 봤다고 말할 수 있지 않을까?

지금 해남도를 떠난다면 죽음이 두려워 도망가는 것밖에 안 된다.

그리고 해남무림과는 반드시 일전을 벌어야 할 처다. 지금은 도망갈 수 있어도, '금하명'이라는 이름 석 자가 남해검문 귀에 들어가는 날에는 반드시 격살조를 보내올 게다. 그들에게 파천신공은 지상에서 지워 버려야 하는 마공이니까.

무림에 발을 딛고 사는 동안은 한시도 마음이 편하지 않을 게다.

휘이이잉……!

금하명은 바람에 전신을 내맡기며 결심을 굳혔다.

'무공을 완성하는 길이라면 얼마든지 싸워야지. 죽음도 감수하라면 감수하고. 그 과정에서 누군가와 원한이 쌓인다면…… 흔쾌히 받아들여야지.'

해남무림을 적으로 돌리면 살아남을 가능성이 전무하다. 그러나 혹 살아남는다면 누구보다도 싸움 경험이 많은 백전노장이 되어 있을 테고, 무공도 진일보되어 있으리라.

'가는 데까지 가보는 거야. 한 번 죽었던 몸, 덤으로 사는 몸인데 뭔들 못하겠나.'

탁탁! 탁! 탁탁탁……!
바람의 언덕은 일시에 고요를 잃었다. 돌과 돌이 서로 부딪치고 깨어지는 소리는 바다 저 멀리까지 번져 갔다.
석부 아홉 자루는 순식간에 만들어졌다.
금하명은 덤으로 비수까지 한 자루 만들었다.
깨진 면이 무척 날카로워서 사용하는 사람에 따라서는 살상 무기가 되기에 부족함이 없었다.
연사곤은 삼정과의 격투 때 잃어버렸다.
미련은 없다. 신외지물(身外之物)은 항상 잃어버릴 수 있다는 점을 염두에 두어야 한다.
그래서 능 총관이 생각해 낸 것도 석부다. 모양이나 위력은 철부가 훨씬 낫지만 공을 들인 만큼 신경이 쓰인다. 아무런 미련도 없이 실컷 휘두르다 버릴 수 있는 병기야말로 만병지왕(萬兵之王)이다.
'육(六) 장(丈). 너무 좁혀왔어. 도대체 뭐 하자는 수작인지.'
석부 아홉 자루를 허리춤에 꽂고, 비수를 단단히 움켜잡았다.
해남무림을 바닥까지 뒤져 보기로 마음먹었으니 찜찜한 일도 해결해야 한다.
선착장에서부터 계속 뒤를 따라붙는 자.

무공이 약하거나 아예 모르는 범인(凡人)이라서 손쉽게 처리할 수 있는 자다.
마음의 결정을 내리기 전까지는 무시하고 내버려 뒀지만, 이제는 무엇 때문에 뒤를 밟는지 캐봐야겠다.
스윽! 쉬익……!
금하명은 옆으로 미끄러지는 듯하다가 쾌속하게 덮쳐 갔다.
바위 뒤에 숨어 있던 사내가 빠끔히 고개를 내밀며 주위를 두리번거렸다.
얼굴 표정에 당황하는 기색이 역력했다.
방금 전까지만 해도 언덕에서 바다를 바라보던 자가 감쪽같이 사라졌으니 그럴 만도 하다.
그사이, 금하명은 사내가 쳐다보는 쪽과는 반대 방향으로 바위를 끼고 돌아서 사내 등 뒤에 내려섰다.
스윽!
한 손으로는 어깨를 붙잡아 움직이지 못하게 만들고, 다른 손에 들린 석비(石匕)로는 목덜미를 겨눴다.
"헉!"
사내는 무척 놀랐는지 헛바람을 내질렀다.
'이거야 원……'
순간적이지만 어처구니없다는 생각이 들었다. 뒤를 밟은 사람치고는 너무 무기력하다. 무공을 익히지 않은 평범한 범부에 불과하다. 이런 자가 왜 뒤를 밟았는지.
"저, 저……"
사내는 오금이 저리는지 뒤를 돌아볼 생각도 못하고 부들부들 떨기만 했다.

"누구냐. 왜 미행했느냐!"

"나, 나는 저, 전추(田楸). 버, 벙어리가 아니었나?"

'벙어리? 과민했군.'

자신을 벙어리로 알고 있는 사람은 해순도 사람들뿐이다.

하 부인 집에서 한 걸음도 나서지 않던 벙어리가 해구에 나왔으니 호기심에 따라온 것 같은데…….

붙잡은 어깨를 놓고 석비도 치웠다.

"미행은 좋은 버릇이 아니오."

그제야 사내가 주춤주춤 뒤로 돌아섰다.

"미, 미행하려고 해서 한 게 아니고…… 마님께서 부탁하셔서. 워, 원래는 바로 말하려고 했는데…… 마님과 깊은 관계인 벙어리가 무슨 짓을 하는지 보, 보고 싶기도 하고……."

'하 부인이?'

사내는 금하명의 얼굴을 똑똑히 보겠다는 듯 몇 번이고 쳐다봤다.

세상과 담을 쌓고 살았다. 세상 사람들의 이목은 아랑곳하지 않았다. 그들이 무슨 말을 해도 귀에 들어오지 않았다. 손가락질을 하거나 냉소를 지어도 눈에 보이지 않았다.

자신 혼자만 그렇게 살았다.

벙어리가 하 부인을 연모하여 곁을 떠나지 않는다는 소문은 천 리를 마다하지 않고 퍼져 나갔다.

사람들은 조롱했다.

존경하는 마음으로 받든다면 싹수있는 젊은이라고 칭찬했을 터이지만, 연모라면 비아냥거림을 받아 마땅하다.

하 부인이 누구인가. 있는 재산 없는 재산 가진 것이 있다면 좁쌀 한 톨까지 몽땅 구휼로 써버리는 성녀(聖女)가 아닌가. 몸이 축나는 것도 아랑곳하지 않고 밤을 새워가며 환자를 치료하는 성의(聖醫)가 아닌가. 성격이 대나무 같아서 사내라면 곁눈질조차 주지 않는 정절의 상징이기도 하다.

연모할 사람을 연모해야지.

그러나 시간이 흐르면서 소문도 조금씩 바뀌었다.

벙어리가 몹쓸 행동이나 수작을 시도한다면 몽둥이찜질을 할 노릇이지만 열심히 일만 하는 데야 무슨 말을 하겠는가. 하 부인을 쳐다보는 것도 아니다. 오히려 눈에 띄는 곳보다는 띄지 않는 곳에서 더 열심히 일을 한다.

좋은 사람 곁에는 좋은 사람만 모인다고 하 부인이 좋은 일을 하니까 일꾼도 벙어리같이 좋은 사람이 들어오는 거다.

소문이 호의적으로 변했다.

그러던 중 누군가의 입에서 벙어리를 하 부인의 침실에서 봤다는 말이 새어 나왔다. 사나흘에 한 번씩 나와서 나뭇잎을 따가지고 들어갔는데, 틀림없이 벙어리라는 것이다.

소문은 급전직하(急轉直下), 다시 나쁜 쪽으로 바뀌었다.

남녀가 한 침실을 사용했는데 아무 일도 없었을까? 사내를 전혀 모르는 처녀도 아니고 농익을 대로 농익은 여자가 사내를 끌어들였다면 뻔하지 않나.

어떤 사람은 벙어리를 때려죽이자고 했다. 또 어떤 사람은 하 부인도 어쩔 수 없는 여자라고 깎아내렸다. 그렇게 몸이 달궈진 줄 알았다면 진작 담장을 넘는 건데 하며 농을 주고받았다.

세상 소문이 좋은 쪽으로 변하든, 바쁜 쪽으로 변하든 하 부인과 벙어리는 변함없었다.

하 부인은 예전대로 돈 한 푼 받지 않고 환자를 치료했다. 궂은 일이 생기면 두 발 벗고 나섰다. 벙어리는 누가 시키지 않아도 제 스스로 할 일을 찾아 했다.

이제는 모든 소문이 잦아져 한때의 헛소리로 치부될 즈음, 벙어리가 하 부인 집을 나간 것이다.

"정말 마님과는……"

전추가 힐끔 눈치를 보며 물었다.

금하명은 대답하지 않고 별 하나 없는 하늘을 쳐다봤다.

하 부인이 안쓰러워졌다.

하 부인은 해순도를 한 손에 틀어쥔 도주(島主)의 부인이었다. 그러나 도주가 죽은 후, 지배 계급을 없애 버렸다. 실질적으로 사람을 부릴 수 있는 땅까지 골고루 나눠 줘버렸다.

해순도에 도주란 없다. 지배하는 사람도 지배받는 사람도 없다. 누군가가 지배하려 들면 주민들이 용납하지 않을 게다. 모두가 다 같이 누리고 즐기는 맛을 알아버렸으니까.

하 부인은 땅을 나눠 준 주민들보다도 가난해졌지만, 예전처럼 '마님' 소리를 들었다.

주민들은 추수를 하거나 고기를 잡으면 일정량을 떼어냈다.

하 부인 몫이다. 그것이 약초로 변해서 자신들에게 돌아온다는 것을 알기에 기꺼운 마음이었다.

소문이 요동칠 때마다 살림살이는 극과 극을 치달렸다. 사내를 침실에 끌어들였다는 소문이 떠돌 적에는 쌀독에 거미줄이 낄 만큼 곤궁했다. 먹는 것이야 굶으면 된다지만 약재를 구할 수 없으니.
 금하명은 마음만 고생했지만, 하 부인은 몸과 마음이 다 피곤했던 한 해였다.
 '참 고생 많으셨습니다.'
 편히 보내준다고 해놓고…… 그녀는 편히 보내주지 않았다.
 금하명이 어디로 갈 건지 묻지도 않았지만, 해남도에 머물 동안만이라도 편히 있게 해주고 싶었는지 해남도에 나가 있는 해순도 사람들에게 숙식(宿食)을 부탁했다.
 한동안은 잊으려 했는데…… 해순도를 벗어나자마자 다시 생각나게 만들다니.
 하 부인은 미녀다. 서글서글한 눈매에 오뚝한 코, 붉은 입술…… 단아하고 청초하면서도 기품이 배어 있다. 서른여섯이라는 나이가 믿기지 않는 아름다움이다.
 능완아처럼 가슴이 저리는 연심은 느낄 수 없지만, 감싸 안아주고픈 마음이 절로 생긴다.
 정말 참 묘한 인연으로 얽혔다.
 하 부인 입장에서는 겁간을 당한 것이고, 그날의 치욕과 고통은 영원히 기억될 것이다. 거친 숨소리부터 피에 찌든 살 냄새까지 또렷하게 기억할 게다.
 그러나 금하명은 아무 기억도 나지 않는다.
 고통스런 얼굴 표정, 육체, 쾌락의 느낌까지도 아예 없었던 일처럼 기억에 없다.
 금하명에게 하 부인은 겁간을 했다는 건 알지만 한 번도 안아본 적이 없는 여인이었다.

"우리 집으로 가지. 누추하지만 비바람은 피할 수 있네. 보아하니 오늘 밤쯤 한차례 퍼부을 것 같은데."

"마님과 연락할 수 있습니까?"

조용하고 차분히 말했다.

"다른 때 같으면 하루에도 몇 번씩 들락거리니 바로 연락되겠지만 지금은 곤란해. 날씨가 너무 안 좋아서…… 코앞에 있는 섬이라도 이런 날 배를 띄우면 물귀신 되기 딱 알맞지."

"해순도 사람들은 해구에만 있습니까?"

"웬걸. 해남도에 다 퍼져 있지. 모두 마님께 은혜를 입은 사람들이라…… 지금쯤 기별을 다 받았을 테니, 어딜 가든 잠자리 걱정은 하지 않아도 될 거네."

'귀찮게 됐어.'

호의가 짐으로 다가온다.

혈로(血路)를 걸을지도 모르는데 애꿎은 주민들이 끼어들어서는 곤란하다. 자칫하다가는 이들까지 화를 당할 테니 기회 있을 때 떼어놓아야 한다.

그런데 그것이 쉽지 않다.

해순도에 머물면서 다른 건 몰라도 해순도 사람들의 성품쯤은 알게 되었다.

이들은 하 부인을 맹목적으로 따른다. 죽음 같은 물길도 하 부인이 뛰어들라고 하면 뛰어든다.

말을 들어보면 어떤 때는 일용할 양식도 없을 정도로 등을 돌렸다고 했다.

맹목적인 존경에 상처를 받게 되니 그런 행동이 나온 게다. 쌀과 생선이 약초로 둔갑해서 자신들을 치료하는 데 쓰이는 줄 빤히 아는데 등을 돌리고 앉아서 주지 않는 심정이야 어떻겠는가.

전추라는 사내도 말을 하는 내내 마님을 존경했다. 불미스러운 말을 할 때는 죄스러워했고, 흐뭇한 이야기를 할 때는 같이 즐거워했다.

이런 사람들은 팥으로 메주를 쑨다고 해도 따를 사람들이다.

이들이라고 눈치가 없겠는가. 하 부인과 벙어리가 동침하는 것을 목격한 사람은 없지만, 자신의 침실까지 내줬다면 두 눈 감아도 다 보이지 않는가.

이들은 상처받은 마음을 어쩔 수 없는 결과로 받아들였다.

벙어리는 단순한 벙어리가 아니라 하 부인의 정인(情人)인 것이다.

내놓고 묻지는 않았지만 그렇게 인정하고 받아들임으로써 자신들의 배신당한 상처를 치료한 게다.

벙어리가 모욕을 당하면 하 부인이 모욕당한 것과 같다. 벙어리의 실수는 하 부인의 실수가 되고, 벙어리가 죽으면 하 부인은 또 한 번 낭군을 잃게 된다.

이들이 다가서는 데는 금하명에게 숙식을 제공하려는 목적뿐만이 아니라 행동을 감시하려는 의도도 숨겨져 있다.

전추도 답답할 게다. 단순히 벙어리인 줄 알았는데 알고 봤더니 무인? 그럼 하 부인을 힘들게 해도 제지할 방도가 없지 않은가.

"그럼 해남도에 있는 분들께는 연락이 됩니까?"

"그거야 뭐 얼마든지…… 뭐 필요한 거라도 있나? 여기서 이러지 말고 집에 가서……."

"잠자리야 이슬 먹은 풀 위면 어떻습니까. 익히지 않은 날생선을 먹으면 어떻습니까. 잠만 자고 배만 곯지 않으면 되죠. 이번 태풍이 한 사나흘은 갈 것 같죠?"

"아냐. 이런 날씨라면…… 한 열흘은 갈 걸세."

"그럼 더 잘됐군요. 열흘 후. 열흘 후에 소문을 들어보시고, 괜찮다 싶으면 잠자리를 빌려줘요."

"벌써 준비가 다 되어 있……."

전취는 말을 흐지부지 흐려 버렸다.

금하명은 벌써 바람의 언덕을 내려가는 중이었다.

뒷모습이 무척 고독했다. 만지기만 해도 살이 베일 것 같은 예기(銳氣)도 뿜어져 나온다.

전추는 무인은 아니지만 수많은 사람들을 보아온 경험상, 이런 사내의 종말을 알고 있다.

'춤을 추려는 거야. 검춤을. 불쌍해서 어떡하나, 우리 마님. 하필이면 저런 사내를 받아들이셔서는…….'

❷

우르르릉……! 꽈앙!

천둥 번개가 몰아쳤다.

굵은 장대비는 나뭇가지를 툭툭 부러뜨리고, 땅을 움푹 함몰시키며 거칠게 쏟아졌다.

금하명은 썩은 나무를 뒤져서 구더기를 잡아먹었다.

해남도의 구더기는 징그러울 정도로 크다. 족히 검지손가락만한 놈이 꿈틀거릴 때는 먹을 맛이 나지 않는다. 하지만 맛은 뜻밖에도 좋아서 한 번 맛을 보면 다음부터는 쉽게 먹을 수 있다.

　나뭇잎에 싸서 구워 먹어도 일품이고, 생으로 먹어도 처음 입 안에서 탁 터지는 느낌만 견디면 뒷맛이 상당히 고소하여 좋은 식량이 된다.

　폭우 속에서 구더기를 잡아먹는 모습은 일면 처량하지만 투지를 불사를 수 있어서 좋다.

　타탁! 타타타탁……!

　호수에 떨어지는 빗방울이 성난 군마(軍馬)의 발굽 소리처럼 세차다.

　'이제 다 왔어.'

　눈길이 호숫가 풍광 좋은 곳에 자리잡은 웅장한 장원을 좇았다.

　참 재미있는 여정이었다.

　혹시 있을지도 모를 남해검문도의 눈길을 피하기 위해서, 그리고 무공도 모르면서 뒤를 쫓고 있을 해순도 사람들을 따돌리기 위해서 해변으로 길을 잡았다.

　해구에서 서쪽 영산(榮山) 쪽으로 방향을 잡았다. 징매현(澄邁縣)으로 들어선 다음에도 해변을 따라 걸었다.

　노성진(老城鎭)을 지나면서부터 빗줄기가 떨어지기 시작하더니 대봉(大峰)에 들어섰을 때는 장대비가 되었다.

　비 맞는 것도 상쾌했다.

　회초리로 두들기듯 세차게 후려갈기는 빗줄기, 서서 다니는 인간을 조롱하듯 날려 버리는 강풍.

　금하명은 미친 듯이 손발을 허우적거리며 걸었다. 훌쩍 뛰기도 하고, 맴돌기도 했으며, 강풍에 휩쓸려 날려가는 사람처럼 부드럽게 바람을 타기도 했다.

머리 속은 온갖 무리로 가득했다.

하 부인의 침실에 쌓여 있던 수백 권의 의서는 그에게 다른 관점에서 무공을 볼 수 있도록 안계를 넓혀주었다.

'탄황(彈簧:피리의 조각처럼 떨며 쏘아내니), 전신무점(全身無點:전신에 허점이 없다).'

뛰고 날고 굴렀다. 경력에 탄두(彈抖), 당전(撞顫)의 묘미를 가미해 떨며 치고, 떨며 쏘아냈다.

'전신탄성(全身彈性:전신에 탄성을 주어), 강유경적사용(剛柔勁的使用:강하고 부드러운 경력을 맞게 사용한다).'

목곤도 만들었다.

원래 계획은 비무를 시작하기 전날, 원하는 문파를 찾아가기 바로 직전에 만들 생각이었지만 무공을 수련하기 위해서는 당장 만들어야만 했다.

의서를 읽으면서 가장 궁금했던 건 남해검문 삼정의 검이었다.

그 정도 되는 검수들은 흘려 맞아도 목숨이 위태로울 만큼 정확히 갈라낸다. 하물며 당시는 필사의 검을 쳐내고 있을 때다. 베어낸 것도 아니고 사혈을 찔렀다.

그런데도 죽지 않고 살았다는 게 신기했다.

하 부인이 갈마충 성충을 찍어내고, 알은 파천신공이 밀어냈다고 해도 삼정의 절사(絶死)에서 살아남은 것은 도무지 이해되지 않았다.

의서를 탐독하던 중, 노(魯)나라에 살았던 환위(桓偉)의 의본기경(醫本寄經)을 접하게 되었다.

거기서 아무 생각 없이 읽어 내려간 글귀 하나가 뇌리를 쳤다.

황위외물소인(簧爲外物所引: 떨림은 외부에서 들어온 물체를 일정한 곳으로 이끈다).

인간의 장기는 일정한 떨림을 가지고 있으며, 외부에서 들어온 이물질이나 독소를 예정된 중화(中和) 장소로 몰아넣는다는 글귀다.
생각은 곧 파천신공으로 이어졌다.
인간의 감각을 최고조로 이끌어 올리는 파천신공이라면 장기의 역할도 극성으로 끌어올릴 수 있지 않을까?
운기를 해본 결과 생각이 맞았다.
사혈을 통해서 들어온 검은 미세한 떨림으로 인해 손상시켜야 할 장기를 찌르지 못했다. 장기의 원래 효용과 파천신공의 효능이 합쳐져서 일궈낸 기적이다.
생각은 한발 더 나아갔다.
이러한 떨림을 무공에 응용할 수는 없을까?
지난 일 년 동안 쭉 머리 속에서만 자라던 무리(武理)가 길을 가는 동안 몸으로 표현되었다.
재미있었다.
얼마나 재미있었는지, 해남도 사람들이 반나절 거리밖에 되지 않는다는 해구에서 화몰항(花歿港)까지의 거리를 밤을 꼬박 밝혀서야 도착했다.
화몰항에서는 하루 낮과 밤을 보냈다.
낮에는 심득(心得)을 무공으로 연결시켰다.
어디서 배운 적도 없고 본 적도 없는 무공들이 속속 떠올랐다. 무공을 수련할 수 없는 처지였기에 머리 속에만 담아두었는데, 마음 놓고 무명곤법에 접목시킬 수 있는 시간이 찾아왔다.

어떻게 얻은 시간인데 놓치랴.

밤에는 폭우를 피해 땅을 파고 들어가 토굴 속에서 푹 쉬었다. 그리고 날이 밝기 무섭게 원정(遠征)을 거쳐 복산수고(福山水庫)에 도착했다.

징매현에는 수고(水庫)라고 불리는 큰 호수가 세 개 있다.

금강진(金江鎭)을 중심으로 북쪽에는 복산수고(福山水庫)가, 동남쪽에는 가담수고(加潭水庫), 서남쪽에는 촉진수고(促進水庫)가 삼각형 형태로 위치했다.

그중 복산수고는 다른 수고들보다 훨씬 유명하다.

남해십이문 중 장현문(章玄門)이 있는 곳이니 해남도 사람이라면 어린아이까지 알고 있다.

큰 나무 아래서 폭우를 피하며 잠시 마음을 가다듬었다.

'시작하는 거야.'

장현문은 외부에서 문도를 받지 않는다.

사천당문(四川唐門)이나 남궁세가(南宮世家), 광동진가(廣東陳家)처럼 일가(一家)로 이루어진 문파다.

굳이 말하자면 징매장문(澄邁章門)이라고 일컬어져야 하나, 해남무림이 세가를 인정하지 않는 관계로 장현문이라는 현판을 붙이게 된 독특한 문파다.

전력 면에서는 남해십이문 중 노도문과 더불어 최약(最弱)으로 평가되고 있으나, 전 문도가 스물일곱 명에 불과하다는 사실을 감안하면 남해십이문에 소속된 것만도 경이롭다고 할 수 있다.

약육강식(弱肉强食)의 무림에서, 그중에서도 특히나 부침이 심한 해남무림에서 이들을 남해십이문 중 한 문파로 인정해 줄 수밖에 없었던 이유는 장현문 스물일곱 개개인의 무공이 다른 문파의 장로와 비견될 정도로 강했기 때문이다.

이런 연유로 해남무림에서는 장현문을 달리 잠룡문(潛龍門)이라고도 부른다. 문을 개방하고 문도를 규합하기 시작하면 짧은 시간에 남해검문이나 대해문과 필적할 만한 대문파로 성장할 수 있는 잠재력을 지녔으니 잠룡이라고 부를 만하다.

금하명은 큰 장원을 끼고 돌아 급경사로 이뤄진 야산을 탔다.

태풍이 휘몰아쳐서인지 낮인지 밤인지 분간하기가 힘들 만큼 어두웠다. 더군다나 야산은 몇백 년 동안 사람 손이 닿지 않아서인지 커다란 고목들로 가득해서 길을 찾기가 힘들었다.

우르릉! 꽈앙!

번갯불이 내리 꽂히며 사위를 밝혀주었다.

'이런! 하마터면 돌아갈 뻔했네. 길이 이쪽으로 나 있을 줄이야.'

급경사를 곧장 올라가기도 하고, 옆으로 휘휘 돌기도 하면서 한 발짝 한 발짝 올라가니 어느덧 정상이다.

정상에 올라서면 장현문 장원이 한눈에 내려다보일 줄 알았는데 아무것도 보이지 않았다. 나무 위에나 올라가면 모를까, 울창한 나무들에 가로막혀서 나무 이외에는 볼 것이 없었다.

'여기서 제이봉(第二峰)으로…… 길이 보여야 제이봉을 찾지. 어느 쪽으로 가야 되는 거야. 산이라고 해봐야 도토리 키만해서 전부 그 산이 그 산 같잖아.'

높은 산은 없었다. 해남도 절반이 산이지만 중앙에서 서쪽과 남쪽으로 치우쳐 있고 북쪽은 평야나 다름없다.

금하명이 오르고 있는 야산도 명색이 산이지만 산이라고 부르기에는 너무 빈약했다. 울창한 수림만 아니었다면 그냥 언덕이라고 부르는 편이 나을 뻔했다.

한참을 두리번거리고서야 간신히 제이봉으로 올라가는 길을 찾아냈다. 길이라고 할 수 있는 곳이 모두 네 개였으나 산봉 비슷하게 생긴 언덕으로 올라가는 길은 하나였다. 그곳도 시작은 내리막이라서 찾기가 수월치 않았다.

'하필이면 이럴 때 태풍이 오나.'

옷은 빗물에 흠뻑 젖어 물에 빠진 생쥐 꼴이다.

굵은 거미줄이 얼굴에 얽혀들었다. 겉으로 튀어나온 나무뿌리도 발에 채였다.

내리막길은 곧 오르막길로 이어지고, 잠시 더 걷자 제이봉이라고 불릴 만한 곳에 이르렀다.

"아!"

금하명은 부지불식간에 탄성을 토해냈다.

세상이 한눈에 들어온다. 날씨가 맑을 적에는 멀리 화물항까지 보인다더니 거짓말이 아닌 것 같다.

컹컹! 컹컹컹!

느닷없이 황소만한 개 네 마리가 나타나 짖어댔다.

금하명은 개들에게는 눈길도 주지 않고 어둠 속에다 포권지례를 취하며 말했다.

"복건 삼명 청화장의 금하명이라고 합니다. 말학 후배, 일섬단혼(一

閃斷魂) 어르신께 비무를 청하고자 합니다."

대답은 없었다. 동서남북 네 곳에서 나타나 포위망을 갖춘 개들만 사납게 짖어댔다. 함부로 달려들지는 않았다. 개들의 임무는 단지 위협만 가하는 데 그치는 듯.

컹컹! 컹컹! 컹!

맹견이 으르렁거리는 소리보다 어둠 속에서 요요하게 빛나는 눈동자가 더 무섭다.

금하명은 사람의 존재를 감지해 냈다.

장현문 문도들의 무공이 하나같이 일절이라더니, 그 말의 의미가 전신으로 전해져 온다.

'남해검문주와 필적할 고수야. 한 치의 방심도 허용치 않는 고수.'

삼박혈검은 일섬단혼을 일컬어 무공에 미친 광인이라고 했다.

장현문의 장남으로 태어났으나 문주도 이어받지 않고 오직 무공 수련에만 미쳐 사는 무인이다. 문주 짓을 할 바에는 바람 한 번 더 쏘이겠다고 했다니 성품이 얼마나 괴팍한지는 미루어 짐작할 수 있다.

삼박혈검은 그를 장현문 최고수로 손꼽았다.

타 문파의 일이라 정확한 것은 아니지만 둘째가 문주에 오를 때만 해도 일섬단혼과 비무를 해서 백 초 정도는 견뎌내는 사람이 문주에 올라야 한다는 의견이 분분했다니 가히 그의 무공을 추측할 수 있는 대목이다.

금하명은 목곤 중심을 잡고 허공에 빙빙 돌렸다.

컹컹! 컹컹컹……!

맹견들이 심상치 않은 기운을 감지했는지 훌쩍 뒤로 물러서며 더욱 사납게 짖기 시작했다.

"후배가 근래에 터득한 무공은 탄황(彈簧). 노선배의 안목으로 보면 한낱 재롱에 불과하나 기꺼이 봐주시길 부탁드립니다."

일순 허리가 뒤로 툭 꺾이며 머리가 땅에 닿았다. 아니, 발뒤꿈치에 붙었다.

목곤은 배 위에서 빙빙 돌았다. 곤 끝이 수전증에 걸린 사람처럼 미미하게 떨리며 무서운 속도로 회전했다. 그때,

"그만! 너 이 자식! 내 새끼들을 다 죽일 셈이야!"

어둠 속에서 버럭 일갈이 터져 나왔다.

삼십 년이 넘는 세월 동안 단 한 번도 씻지 않은 사람이 있다. 비가 오면 머리를 감는 거고, 세수를 하는 거다. 목욕도 같이 하는 거고, 옷도 빠는 거다.

그 세월 동안 지붕 있는 집에서는 자본 적이 없다. 이슬 맺힌 풀잎이 아니면 허리가 배겨 잠이 오지 않는다.

육식(肉食)은 기억에서 지워 버렸다. 화식(火食)도 비위가 틀려서 못 먹겠다. 이슬을 핥고 향기로운 잎을 먹으면 뱃속도 편안하다.

금하명 앞에 나타난 사람은 인간이 아니라 괴물이라고 해야 옳았다.

금하명이 굽어볼 정도로 작은 키에 봉두난발(蓬頭亂髮)한 머리는 땅에까지 끌린다. 의복은 간신히 치부(恥部)만 가릴 뿐 옷이라고 할 수도 없다.

그러나 땟국이 자르르 흐르는 육신을 한 겹 벗겨내면 전혀 다른 사람이 나온다.

머리카락이 칠흑 같은 검은색이다.

피부에는 주름살 하나 없다. 나이가 칠순을 넘었다는데, 살갗이 어

린아이 피부처럼 뽀얗고, 근육에도 탄력이 살아 있다. 얼굴도 마찬가지다. 양 볼에는 홍색 빛까지 은은하게 감돌아 도저히 칠순을 넘긴 노인이라고는 믿기지 않는다.

　깨끗이 목욕시킨 후에 머리를 단정하게 묶고, 좋은 의복을 입혀놓으면 서른 중반이라고 해도 믿을 것 같다.

　'뭐…… 이런 사람이 다 있어?'

　금하명은 겉모습부터 질렸다.

　"너 이 새끼! 감히 내 새끼들을 다 죽이려고 해!"

　"……."

　"아까는 잘도 나불대더만 주둥이가 얼어붙었냐! 왜 꿀 먹은 벙어리야, 이 새끼야!"

　금하명은 포권지례를 다시 취했다. 정식으로 인사를 하고 재차 비무를 청하려는 생각에서다. 그런데 바로 이어 호통이 터져 나왔다.

　"이 자식 봐라? 내가 죽었냐? 내가 죽었어! 네 눈깔에는 내가 뒈진 것으로 보여! 어따 대고 재배를 하고 지랄이야, 지랄이. 네 에비 에미가 그따위로 가르치디! 엉! 말해 봐, 자식아!"

　'머리 아프게 만드는 사람이군.'

　비무를 해야겠는데 어디서부터 어떻게 시작해야 할지 종잡지 못하게 만드는 사람이다.

　할 수 없이 트집 잡는 부분부터 해명하기 시작했다.

　"노선배께서는 제가 개를 죽이려고 한 건지 겁주려고 한 건지 곤을 돌리는 순간부터 파악하셨을 겁니다. 왜 억지를 부리십니까?"

　"이놈의 자식이 정말 내가 귀신으로 보이나 보네. 이놈아, 내가 신이냐! 네가 무슨 짓을 하는지 내가 어떻게 알아! 네놈 말대로라면 세상에 살인하는 놈 한 놈도 없겠다? 난 단지 겁만 주려고 했어요. 그런데 어쩌다…… 그럼 이렇게 말하면 되겠네? 그러냐? 잘했다. 에라이, 빌어먹을 놈아!"

"말씀이 지나치……."

금하명은 황당했지만 마냥 욕을 얻어먹을 수는 없었다. 그래서 한마디 하려고 했는데…… 소리없이 다가와 살을 에는 예기(銳氣)는 뭐란 말인가.

'앗차!'

금하명은 부지불식간에 신음을 토해냈다.

적을 대하는 마음가짐이 덜 되어 있다. 일섬단혼은 벌써 몸을 베고 지나갔다. 몸이 베여도 베이는 줄조차 모르고 몇 마디 말에 흥분해서 날뛰는 꼴이라니.

일섬단혼이란 말이 무슨 의미인지 알겠다.

방금 전의 예기가 검이었다면 자신은 땅에 뒹굴고 있을 게다. 말씀이 지나치다? 그 말이 하고 싶었냐? 땅에 입을 맞출 때까지 그 말을 끝낼 수나 있었을까?

너무나 기괴한 인물이기에 일섬단혼인지 아닌지 확신을 하지 못했는데 이제는 확신한다. 눈앞에 서 있는 괴인이 칠순을 넘긴 장현문 최고의 고수, 일섬단혼이다.

"왜? 할 말이 없냐?"

금하명은 포권지례를 취했다.

"가르침 잘 받았습니다."

"어쭈? 이놈이 툭하면 손을 모으고 지랄이네. 차라리 허리를 납죽 숙여서 구배지례(九拜之禮)를 올리지 그러냐?"

'이대로 물러설 수 없어.'

오기가 치밀었다.

"졌습니다."

"이 자식이 돌았나? 뭐라고 씨부렁거리는 거야?"

"절 벤 검. 처음 보는 무서운 검이었습니다. 하지만 인정은 못하겠습니다."

"이놈이 이거 개새끼 죽여놓고 안 죽였다고 오리발 내밀 인간일세. 임마! 내가 언제 널 벴어! 내가 살인귀라도 되냐? 이놈이 죽은 사람 만든 것도 모자라서 살인귀까지 만드네."

금하명은 일섬단혼이 욕을 하든 말든 자신의 말을 이어갔다.

"제가 아는 자 중에 살인이라면 도가 튼 인물이 있습니다. 야괴라고 백팔겁 수괴죠. 살인검입니다. 사람을 죽이는 검으로는 나무랄 데 없습니다. 하지만 제가 그보다 약하다고는 생각지 않습…… 제길!"

말을 하다 말고 냅다 발을 굴렀다.

폭우에 젖은 땅이 푹 꺼지도록 힘껏 구른 발길질이다.

한 번 당하지 두 번 당하랴 싶었다. 파천신공을 극한으로 끌어올려 기습에 대비했다. 미세한 공기의 파동까지 감지할 수 있으니 예기를 토해낸다면 사전에 차단할 수 있으리라.

그런데 그게 아니었다. 말을 잇고 있는데 칼날이 스쳐 갔다. 전에는 가슴이었는데, 이번에는 목이다.

'피하지 못했다. 목에 닿아서야 느꼈어.'

이건 살인검이 아니다. 일섬단혼과 야괴를 비교한 것부터가 잘못되었다.

야괴는 인내와 끈기로 기습을 노리는 검이다. 그런 면에서는 천부적인 재질을 지녔다. 하지만 일섬단혼은 정면에서 쳐온다. 기습을 노리는 점은 같지만 숨어 있지 않다.

즉, 그는 누구든지 마음만 먹으면 죽일 수 있다.

진정한 빠름이다.

검을 들고 있으나 없으나 매한가지다. 검을 들고 있다면 진짜 목이 날아갔을 터이지만 마음의 검이었기에 느낌만 전해진 게다.

상대가 안 된다.

해남도 누구와도 겨룰 수 있다고 자신했는데, 이런 검이 존재할 줄은 진정 몰랐다.

"어이, 너 정말 미쳤지? 바락바락 악을 쓰다가 왜 발은 구르고 지랄이야? 에구, 내 팔자야. 이 비를 쫄딱 맞는 것도 서러운데 어쩌다 미친 놈하고 이 지랄을 하고 있나."

금하명은 다짜고짜 곤을 쳐냈다.

피윳!

섬광처럼 빠르고 맹렬한 기세다. 일섬단혼을 찾아오면서 깨달은 무리, 탄황도 담았다. 즐거워서 어깨춤이라도 추고 싶게 만들었던 심득이니 하다못해 옷자락이라도 건드릴 게다.

"어이쿠! 이놈이 정말 미친놈일세."

일섬단혼은 놀라서 어쩔 줄 모르는 사람처럼 털썩 주저앉았다. 빗물이 고인 웅덩이에 엉덩이를 푹 묻어버렸다.

슈웃!

목곤은 간발의 차이로 머리 위를 스쳐 지나갔다.

봉 끝이 부르르 떨린다. 탄황의 무리가 남아 있어 무엇이든 부딪치기만 하면 밀쳐 내고 심장이든 머리든 가격할 텐데…… 아무것도 닿지 않아 떨기만 한다.

목곤을 내려치기만 하면 일섬단혼은 끝이다. 내질러 가는 곤에서 후려치는 곤으로 변화시키는 정도는 어린아이 장난처럼 펼칠 수 있다.

그러나 그러지 못했다. 찔러가는 곤은 계속 찔러갔고, 머리 위에서 멈췄다.

'또 졌어.'

이번에는 치사하다고밖에 말할 수 없다. 낭심에서부터 쭉 그어 올라와 가슴에서 멈췄다.

일섬단혼은 검을 쓰지 않았다. 마음을 썼다. 검을 뽑아 전개했다면 가장 비참한 시신 중의 한 구가 되어 빗물 속에 드러누웠으리라.

"애들아, 가자. 저 미친놈, 또 날뛰기 시작하면 다리몽둥이 부러질라. 내 별 오라질 놈을 다 만나가지고는."

일섬단혼이 맹견을 이끌고 도망치듯 사라졌다.

금하명은 멀거니 쳐다볼 수밖에 없었다.

삼전삼패(三戰三敗), 세 번 싸워 세 번 다 졌다.

'지난 일 년 동안 곤을 잡지 않아서……'

언뜻 변명거리가 떠올랐다.

아니다. 이건 아니다. 진 것은 진 것, 어쩌지 못할 현실이다. 변명거리를 산더미처럼 늘어놓아도 마음이 부인하지 못하는 데야. 그러면 그럴수록 자신만 비참해진다.

금하명은 두 다리에 맥이 빠져 서 있을 수가 없었다.

털썩 주저앉았다. 폭우가 전신을 두들겼지만 느낌조차 없었다. 강풍에 휘말린 나뭇가지가 날아와 얼굴을 할퀴었지만 마음이 죽었기에 느낌도 없었다.

폭우는 해남도를 뒤집어엎을 듯 쏟아졌고, 넋 잃은 금하명은 초점 풀린 눈동자로 어둠만 노려봤다.

❸

해순도는 해남도와 지척에 있지만 배를 타고 건너가야 하는 별도의 섬이다. 도주는 평화를 지향했으며, 교역을 활발하게 전개했다. 사람들은 부지런했고, 순박하다.

해남도 주민들에게 해순도는 친근한 이웃 마을이나 다름없었다.

해남무림도 해순도를 신경 쓰지 않았다. 그곳 역시 사람 사는 곳이고, 사람이 존재하는 이상 무공에 관심을 가진 자는 반드시 나오게 마련이지만 특정한 무가나 문파가 없는 한은 성장에 한계가 있을 수밖에 없다.

해순도는 신경 쓸 대상이 아니었다.

그러던 것이 도주가 죽고 하 부인이 땅을 분할해 주면서부터 극미한 변화가 일어났다.

일부 사람이 땅을 팔고 해남도로 이주했다.

그들은 동향인(同鄕人)들끼리 모임을 가졌고, 기쁨과 어려움을 함께 나눴다. 처음은 단순한 친목 모임으로 시작했지만 여럿이 모이면 힘이 되는 것, 세월이 흐르면서 자연스럽게 하나의 세력을 이루었다.

그들은 자신들의 모임을 광양회(光陽會)라고 부른다.

"광양회가 바쁘다…… 해순도에 무슨 일이 있었군."

귀제갈은 고개를 갸웃거렸다.

광양회는 이름만 거창했지 조그만 이권 모임에 지나지 않는다.

자식을 객점 점소이로 들여보내는 일조차도 인맥(人脈)을 활용해야 하는 무지렁이들이 만든 모임. 힘든 노역만 하지 않으면 점소이가 되었든, 하인이 되었든 출세했다고 서로 축하해 주는 한심한 위인들이 그들이 원하는 출세를 하기 위해 만든 인맥.

그들의 움직임이란 건 워낙 미미해서 보고 거리도 되지 않는다.

한데 보고가 올라왔다. 출세를 위해 한두 명 정도 움직인 것이 아니라 광양회 전체가 어떤 목적을 가지고 움직였다는 소리다.

광양회 전체가 들썩이는 경우는 딱 하나뿐이다. 그들이 마님이라고 부르는 하 부인을 위해서 움직일 때뿐.

귀제갈은 전서를 모아놓은 서가로 갔다.

주먹 하나 들어갈 크기로 칸을 촘촘히 막아놓은 서가에는 두루마리 전서가 빼곡하게 꽂혀 있었다.

서가 맨 밑 칸. 쭈그리고 앉아야 칸을 볼 수 있는 곳에 둘둘 말린 전서 하나가 놓여 있다.

일 년 열두 달이 지나도록 보고라고는 한 건도 없는 곳인데.

'저걸 읽어보았나……?'

두루마리에는 먼지가 퀴퀴하게 쌓여 있다.

두께로 보아서 보고 몇 건이 합쳐졌다. 해순도와 광양회에 관한 보고는 하나로 치부하며, 해순도에 배정된 칸도 하나뿐이라서 몇 건이 겹칠 적에는 이렇게 합쳐 놓곤 했다.

전서를 꺼내 먼지를 툴툴 털어냈다.

해순도나 광양회에 대한 일은 무시하고 넘어가곤 했는데…… 그들은 철저히 무시해도 좋은 유일한 곳, 유일한 사람들인데……

전서를 펼치자 지렁이가 기어가는 듯한 졸필이 드러났다.

읽어 내려가던 귀제갈의 입가에 미미한 미소가 번진다.

"후후! 하 부인이 겁간을 당했다? 후후후! 어떤 놈이 해순도를 집어삼키려고 작정을 했군. 하기는 하 부인 정도 되는 미모라면 몰매 맞을 각오로 덤벼볼 만도 하지."

귀제갈은 전서를 덮어버리려 하다가 무슨 생각이 들었는지 다시 펼쳐 읽었다.

그는 더 이상 웃지 않았다. 눈이 실지렁이처럼 가늘어지면서 예리한 빛을 뿜어내기 시작했다.

"벙어리. 스물서넛. 작년 태풍 때 물에서 건진 놈…… 전신이 난자되어 죽은 줄 알았다?"

직감이 꾸물거린다.

작년 태풍…… 당시 해남무림은 지극히 평온했다. 싸움이나 비무도 거의 없었다. 가장 큰 사건이라면 외지에서 온 낯선 자가 노도문 사천혈검을 꺾은 것.

일반 무인들은 그 정도밖에 모르고 있다.

하지만 각 문파의 문주나 중요 인사들은 큰 사건이 벌어졌던 해로 기억한다.

금하맹을 둘러싼 암투. 백팔겁의 몰살과 남해검문 살각, 전각의 막대한 손실.

그 정도는 대충들 알고 있으나 내색하지 않는다. 아니, 대해문처럼 더 깊은 것까지 알고 있을 수도 있다. 뱃속에 능구렁이를 서너 마리씩은 감추고 있는 늙은이들이라 입을 꾹 다물고 있어서 그렇지.

백팔겁에서 유일하게 살아남은 야괴가 남해검문에 침입했다가 물러 났다. 성동격서(聲東擊西)의 계(計). 바로 그날, 금하명이 남해검문으로 숨어들었으나 실종되었다.

이런 사건이야말로 진짜 사건인 게다.

귀제갈은 해순도에 떠밀려 온 벙어리가 혹여 금하명이 아닐까 하는 생각이 들었다.

"어주(魚主)."

스윽!

조용한 부름에 한 인영이 원래 있었던 것처럼 소리없이 나타났다.

"독사어 조련은?"

"살각, 전각과 맞설 정도는 되었습니다."

"수고했군."

귀제갈은 만족스러운 듯 턱수염을 쓸어 내렸다.

일부 문파는 지난 해 사건을 보고 크게 용기를 얻은 듯하다.

남해검문의 최정예라는 살각과 전각 무인들이 일개 살수 집단에게 그토록 낭패를 당했다면 남해검문도 이제 종이호랑이가 된 것이 아니냐며 수군거리기도 했다.

그런 사람들은 자만심을 키우도록 내버려 두면 된다. 언젠가는 분수를 모르고 툭 튀어나왔다가 된서리를 맞고서야 땅을 치며 후회할 테니까.

백팔겁을 우습게 보면 안 된다. 목적을 위해서라면 수단과 방법을 가리지 않는 자들. 중원에서 가장 잔혹한 살수들.

그들은 낯선 해남도에서 최선을 다했다.

오로지 지둔술과 기습으로 승부를 걸었다는데, 정면 승부로는 상대가 되지 않는 자들을 상대로 기습도 아니고 사람을 지키는 일을 맡았으면서 그만큼이나 죽였으니 잘한 것이다.

귀제갈은 지난 해 사건을 보고 솔직히 많이 놀랐다.

백팔겁이라면 전각이나 살각 하나쯤은 무너뜨릴 수 있다고 생각했는데 겨우 삼 할을 죽이는 데 그쳤다.

전각과 살각의 대응이 백팔겁 못지않게 빠르고 강했다는 뜻이다.

으레 살인검끼리의 싸움은 단 한 수로 승패가 갈리기 때문에 싱겁게 보이기도 한다. 그 정도라면 별것 아니라는 인식을 갖는 것도 이해한다.

오판하는 사람은 많으면 많을수록 좋다.

만홍도에 들어간 독사어는 금하명에게 몰살당했다. 소위 대해문 필살검수라는 자들이 한 명을 해치우지 못하고 도륙당했다.

자신의 장점으로 싸우지 않고 타인의 장점으로 싸웠기 때문이다.

금하명은 무공으로 죽여서는 안 되는 거였다. 그가 갓 출도한 풋내기라도 최선을 다해서 기습으로 승부를 봤어야 한다. 하물며 빙사음과 삼박혈검이 믿고 끌어들였으며 귀사칠검까지 전수받은 상태였으니 합공 따위로 깨질 자가 아니었다.

과거의 독사어는 오로지 목숨을 내놓는 필살 의지만을 키웠다.

독사어로 선정되어 오 년 이상 살아남은 자는 수치다. 싸움판에 가는 목적은 오직 하나, 죽기 위해서다. 너희가 죽으면 너희 가족들은 평생 영화를 누리며 살 것이다.

그런 식이었으니 피해가 클 수밖에 없다.

한때는 효과가 있었는데…….

새로 조련한 독사어들은 그런 실수를 저지르지 않을 것이다. 백팔겁처럼 목적을 위해서는 생사람의 목숨까지도 이용할 줄 아는 무서운 자들로 키웠다. 죽기 위해서 싸움판에 나서는 것이 아니라 죽이기 위해서 나간다는 점을 명확히 가르쳤다.

"독사어 실력을 보자."

"누굽니까?"

어주란 자는 음습한 살기를 뚝뚝 흘려냈다.

"후후! 죽이란 명령이 아니니 너무 좋아하지 마라. 지난해에 실종된 야괴란 자가 있다. 청부를 수행하지 않으면 절대 물러서지 않는 백팔겹 수뇌지. 그자를 찾아라."

"그것…… 뿐입니까?"

"또 있다. 지난여름부터 올 봄까지 해순도 하 부인 곁에 머물렀던 벙어리가 해남도에 들어와 있다. 그자도 찾아라."

"……."

대답이 없었다. 명령이 상당히 불만스러운 듯 미간을 잔뜩 찡그리고 있다.

"왜? 불만인가?"

"독사어를 쓸 일이 아니라고 생각됩니다."

어주는 솔직하고 당당했다.

"후후! 옛날의 독사어가 아니라 이 말이지? 그래서 보겠다는 거다. 난 이 명령을 밀당(密堂)에도 내릴 생각이다. 무슨 말인 줄 아나? 소식을 가져와도 밀당보다 늦으면 필살수라는 명예를 놓아야 한다는 거지. 한마디로 지금까지 헛수고 한 게야."

"밀당이면 하루 이틀 정도면 되겠군요."

어주는 위축되지 않았다.

밀당은 대해문의 눈과 귀다. 중원무림에 삼 할, 해남도 전역에 칠 할의 간자(間者)를 두고 끊임없이 소식을 취합, 분석, 보고한다. 해남무림을 뒤흔들 큰 사건부터 옆집 부부가 싸운 사소한 일까지 알아내고자 해서 못 알아낸 일이 없다고 확언할 수 있다.

물론 타 문파에도 이런 역할을 하는 부처가 있다. 하지만 대해문은 밀당주를 장로들 중에서 임명한다. 그만큼 밀당을 소중하게 생각하고, 막대한 지원도 아끼지 않는다.

독사어와 밀당의 겨룸이라면 당연히 밀당이 우세하다.

그들이 지금까지 축적해 놓은 정보만으로도 귀제갈의 명쯤은 쉽게 수행해 낼 수 있다. 반면에 독사어는 벙어리가 머물렀던 해순도, 야괴가 종적을 감춘 해구에서부터 조사를 착수해야 한다.

"명이 끝나셨으면……"

"기대하겠다."

어주가 사라졌다.

'벙어리가 금하명이라면…… 하 부인…… 남해옥봉과 견주는 절색의 과부. 후후! 이건 이야기가 꾸며지겠어. 야괴도 소용이 다 된 줄 알았더니 아직 쓸모가 남아 있던가. 쓸 데가 있으면 찾아야겠지.'

귀제갈은 들고 있던 전서를 다시 한 번 읽어봤다.

* * *

해남도에서 광양회의 움직임에 신경을 쓴 문파는 대해문뿐만이 아니다.

추명파파(追命婆婆)는 벙어리의 행적에 비상한 관심을 가졌다.

하 부인이 겁간당했다는 소식을 들었을 때 가장 안타까워했던 사람들 중 한 명이 그녀다. 오죽했으면 소문이 진실인지 탐문해 보라고 두 번, 세 번 지시했을까.

하지만 남녀 간의 일이란 당사자밖에 모르는 것이고, 두 당사자가 굳게 입을 다물고 있으며, 남남이나 마찬가지로 낯설게 행동했으니 진실을 캘 도리가 없었다.

사람들이 태풍으로 힘들어할 때 물에서 건져 올린 자라고 들었다. 숨이 끊어진 상태로.

그런 자에게 하 부인은 옥정관을 내줬다.

이해할 수 없는 부분이다. 옥정관은 시신을 썩지 않게 하는 귀한 보물이다. 그런 보물을 쉽게 내줄 수 있는가. 그럴 리 없다. 하 부인이 옥정관을 어떻게 생각하는지 누구보다 잘 알고 있는데.

옥정관을 내줄 수밖에 없는 상황이 일어난 게다.

수소문을 거듭한 끝에 단서를 찾기는 했다. 하 부인이 그자의 몸에서 꺼낸 벌레와 불가분의 관계가 있다.

그러나 그 벌레가 뭔지, 왜 옥정관을 내줘야 했는지는 당사자에게 물어보지 않는 한 알아낼 수 없었고, 해순도와 인연을 끊은 추명파파 입장에서는 대놓고 물어볼 수도 없었다.

벙어리는 배에서 내려 해남도에 발을 딛는 순간부터 그녀의 촉각에 걸려들었다.

무공을 익힌 자, 벙어리가 아닌 자. 전신이 난자되어 해순도에 표류해 온 자.

결코 평범한 일이 아니다.

배를 타고 뭍으로 가기를 간절히 바랐건만, 그는 조그만 소원조차

외면했다. 뿐만 아니라 광양회 전추가 숙식을 제공해 준다고 하는데도 뿌리치고 제 갈 길을 가버렸다.

그의 종적은 화물항에서 잠시 발견되었다. 하지만 그 후로는 또 놓쳐 버렸다.

행동도 제멋대로, 도무지 거침이 없는 자다.

그런데…… 밀당이 움직이고 있다. 그들의 이목이 일제히 벙어리에게 쏠린다. 해남도에 깔려 있는 모든 눈과 귀가 움직여 그만 쫓는다.

'대해문이 왜……?'

개인적인 관심 때문에 그를 주의하지 않았다면 결코 알아차릴 수 없는 움직임이었다.

추명파파는 삼박혈검을 찾아갔다.

"쿡쿡쿡쿡! 에따, 그놈 잘도 먹는다. 비가 오니까 아예 제 세상을 만났구나. 아서라, 이놈아. 이 태풍 속에 휘말렸다가는 뼈도 못 추려. 좀이 쑤시더라도 조금 참아라."

삼박혈검은 오리에게 먹이를 주며, 혼자 웃고 즐기는 중이었다.

"영감탱이! 나 좀 보자."

"봐."

"끌끌! 시간 나면 애들 붙잡고 무공이나 하나 더 가르치지. 이러니 애들이 영감만 보면 피하지."

"피하고 싶으면 피하라지. 누가 겁나나. 난 이놈이 좋아요. 먹이 잘 먹고, 말 잘 듣고. 요즘 세상에 누가 이놈처럼 말 잘 듣나? 모두 저 잘났다고 목청만 높일 줄 알지."

삼박혈검은 약 달이고 남은 찌꺼기를 오리에게 먹였다.

"영감, 사적인 부탁 좀 하자."

삼박혈검이 고개를 돌려 추명파파를 쳐다봤다.

"할멈이 웬일로 부탁까지 하시나. 세상 살다 보니 이런 일도 다 있군, 그래. 무슨 부탁인데?"

"좀 귀찮은 부탁이야. 개망나니가 있는데 뒤를 좀 봐줘."

"개망나니? 나보고 뒤를 봐달라고? 어떤 놈인데? 할멈과는 무슨 사이야?"

삼박혈검의 얼굴에 호기심이 가득했다.

추명파파는 성격이 대쪽 같아서 누구에게 아쉬운 소리를 하는 사람이 아니다. 누구를 뒤쫓거나 하는 일은 더욱 성격에 맞지 않는다.

진한 호기심이 일었다.

"해순도에서 하 부인을 겁간한 놈이야. 얼마 전에 해남도로 기어들어 왔어. 섬을 떠났으면 뭍으로나 갈 일이지. 좌우간 그 망나니는…… 휴우!"

"하 부인을 겁간한 놈이라…… 그런 일이 있었군. 허허! 세상에! 세상이 어찌 되려고 이 지경인가. 그 착한 여자를 겁간하다니. 그런 놈이면 개망나니 소리를 들어도 싸지."

삼박혈검이 혀를 끌끌 찼다.

악행은 천 명이 알아도 선행은 만 명이 안다는 말이 있다.

왼손이 하는 일을 오른손이 모르게 해도 알 만한 사람들은 전부 알게 된다.

하 부인은 해순도뿐만이 아니라 해남도에도 벗이 많았다. 그녀가 모르는 벗, 그녀를 돕고 싶어하는 벗이.

"가만…… 이거 이상한데? 그런 놈이라면 당연히 찢어 죽일 놈 정도는 나와야 되는데 망구가 어쩐 일로 개망나니 정도로 그치나? 이미 엎

질러진 물로 인정한 거야?"

"인정은 무슨……."

추명파파는 말꼬리를 흐렸다.

"인정했는데 뭘. 그래서 그렇게 신경 쓰는군. 여기서 사고라도 치면 하 부인이 얼굴을 들지 못하니까."

"이틀 전에 화몰항에서 꼬리를 잡았는데, 귀신같이 사라져 버렸어. 아주 제멋대로야."

삼박혈검은 다시 오리에게 고개를 돌렸다.

"아무리 그래도 나보고 뒤를 봐달라는 건 너무한 거 아냐? 이래 뵈도 장로라고."

"그 정도 일 같으면 영감한테 오지도 않았지. 그놈이 뭔 짓을 하든 내가 무슨 상관이야. 한데 영감, 대해문이 왜 그 망나니를 쫓을까?"

"뭐? 대해문이? 대해문이 왜 그놈을 쫓아?"

"쯧! 물은 내가 잘못이지. 영감한테 무슨 대답을 듣겠다고."

"대해문이 뒤를 쫓는다…… 낄낄낄! 재미있는 일이 생기겠군. 좋아, 망구 부탁 들어주지. 내가 뒤를 봐주겠어. 한데, 빈 입으로는 안 되고……."

"빌어먹을 영감탱이. 얼마나 내주면 돼?"

"술? 아냐. 술은 됐어. 망구가 담근 술보다야 못하지만 곳간에 그득 쌓인 게 술이니 대충 때울 수는 있지."

"그럼 뭘 달라는 거야."

"망구…… 해순도 출신 맞지?"

"……."

"맞군. 오래전부터 궁금했거든. 망구가 광양회에 신경을 잔뜩 쏟을 때부터. 망구가 혹시 광양회주 아냐?"

"귀신 씻나락 까먹는 소리는."

"낄낄! 해본 소리야. 망구 성격에 앞에 나서서 누굴 끌고 갈 리 없지. 뒤를 봐주는 정도라면 모를까."

삼박혈검은 입을 다물었다.

이런 걸 물으려던 게 아니다. 원래는 죽은 해순도 도주가 혹시 아들이 아니냐고 묻고 싶었다.

해순도 도주가 죽었을 때…… 남해검문에서는 그런 일도 있었구나 하는 정도로 지나쳐 버렸다. 크게 관심을 끄는 사안은 아니었으니까.

오직 추명파파만이 이상했다.

방문을 꼭 닫고 나올 생각을 하지 않았다. 사람도 만나지 않았다. 며칠 만에 얼굴을 보였는데, 피골이 상접하여 완전 딴 사람 같았다.

본인은 앓았다고 했지만 그 말을 곧이곧대로 믿는 사람은 아무도 없었다.

'며느리를 겁간한 놈인데, 뒤를 봐주라는 것은…… 망구, 이제 놓아주기로 했나? 잘했어. 한참 팔팔할 나이에 독수공방(獨守空房)이라니. 사람 할 짓이 아니지.'

第二十三章
노호두상박창승(老虎頭上拍蒼蠅)
호랑이 머리 위에 앉아 있는
파리를 때려잡는다

노호두상박창승 (老虎頭上拍蒼蠅)
…호랑이 머리 위에 앉아 있는 파리를 때려잡는다

　금하명은 제이봉 정상에 자리잡았다.
　쓰러질 듯 반쯤 기운 나무 옆이다. 풍치가 좋아서 자리잡은 곳은 아니고 무공 몇 수 펼칠 만한 공간을 찾다 보니 그런대로 괜찮은 곳을 찾았다.
　해남도 사람들이 태풍, 태풍 할 때는 엄살도 심하다 싶었는데 막상 몸으로 부딪치니 빨리 끝났으면 하는 마음이 절로 든다. 정말 지겹도록 비가 많이 온다. 바람도 너무 맹렬하다.
　제일 먼저 운기부터 시도했다.
　백회혈이 뚫린 다음에는 운기하는 맛이 전혀 나지 않는다.
　몸 안에 회오리치는 기운이 감지되어야 재미있는데, 급류처럼 쏟아져 들어와 연기처럼 사라져 버리니 기운이고 뭐고 느낄 겨를이 없다.
　그래도 독맥 하나는 확실하게 뚫려서 거대한 쇳덩이가 훑고 지나가는 느낌이다.

'진기는 독맥만 운행되는데, 전신이 충만한 느낌이란 건……'

처음부터 다시 할 생각이다. 미흡했던 부분은 꼼꼼하게 채워 넣고, 넘치는 부분은 덜어내면서 완벽하게 균형 잡힌 몸과 마음을 만들 생각이다.

일섬단혼은 두 번 다시 상대하기 꺼려지는 강자다.

지금으로서는 백이면 백, 무너진다.

나도 일초, 일섬단혼도 일초.

이초가 필요없는 일초 싸움에서 일섬단혼은 더 이상 오를 수 없는 경지까지 올랐다.

누가 그를 상대할 수 있을까?

일초를 피해내도 이초가 일초처럼 전개된다면 어떡할 텐가. 또 피해낼 수 있는가.

남해검문주, 일검파진도…… 그들은 강했다. 숨 막히도록 강했다. 하나 상대가 일섬단혼이라면 승부를 예측하지 못한다. 굳이 우세를 점치라면 일섬단혼의 손을 들어주고 싶다. 그들이 어떤 검을 지녔는지도 모르고 예단하는 것은 경망된 일이지만 지금 감정은 그를 천하제일인으로 추켜올려도 모자랄 지경이다.

감각에서 무너졌기 때문에 충격은 더욱 크다.

파천신공의 제일 강점이 무너졌다. 신공에 의지하는 바가 컸던 무명신법, 무명곤법이 무너지는 것은 당연하다.

그러나 일섬단혼을 넘어서야만 한다. 그를 피해간다면 또 다른 강적이 나타났을 때 피할 생각부터 들게 된다. 처음 만난 장벽이 산처럼 크다고 해도 넘어야 할 산이라면 반드시 넘어서야 한다.

돌아가는 것도 한 방편이라며 유혹이란 놈이 고개를 쳐든다.

우선 작은 산부터 넘어서 체력을 키운 다음에 큰 산에 도전해야 되는 법이란다.

과감하게 유혹을 뿌리쳤다.

일섬단혼이 이처럼 강한 자인 줄 몰랐다. 다행히 마음의 검을 썼기에 망정이지 진검을 사용했다면 어쩔 뻔했는가. 앞으로도 이와 같은 일이 벌어지지 않으리란 보장이 어디 있는가.

병기를 맞대는 순간 큰 산이 작은 산이 될 수도 있고, 작은 산이 큰 산으로 변할 수도 있다.

무인은 어떤 산이든 뛰어넘을 각오가 없으면 무인이라는 말을 하지 말아야 한다.

'십이경맥운행어일신내외(十二經脈運行於一身內外 : 십이경맥은 일신의 안과 밖을 운행하고), 편포각처(遍布各處 : 각 처에 두루 깔리며), 불론시사지(不論是四肢 : 사지에 헤아리지 않는 곳이 없다)……'

신공을 고찰하기 위해서는 인체를 알아야 한다. 인체를 아는 방법 중에는 여러 가지가 있으나 하 부인 집에서 기억해 놓았던 의서들을 되새겨 보는 것도 좋다.

금하명은 깊고 깊이 자신의 바다로 빠져들어 갔다.

스륵……! 슥! 스으윽!

빗물이 옷 속으로 스며든다. 다른 빗물보다 유난히 촉촉해서 세포들이 예민하게 반응한다.

'아닌데……?'

문득 이상한 느낌이 들었다.

노호두상박창승(老虎頭上拍蒼蠅)

빗물은 주르륵 흘러내리는데 이건 일정한 간격을 가지고 움직인다.

간격이 있다고 느낀 것도 그만의 생각이다. 빗물은 흘러내리는 것이 너무도 부드러운데, 살갗이 가져온 느낌은 딱딱하기 때문에 간격이 있다고 판단했다.

지렁이가 기어오르고 있다. 실뱀일 수도 있지만 크기로 보아서는 큰 지렁이다.

지렁이 외에도 많은 것들이 몸을 침범했다.

대부분은 곤충이다. 돌좀이나 좀붙이같이 발이 여러 개 달린 것도 있고, 노린재나 사마귀처럼 형체를 뚜렷하게 느낄 수 있는 것도 기어 다닌다.

이것들이 언제부터 몸을 더듬어댔을까.

깊고 깊은 침묵 속에 생기마저 안으로 감추자 아무 경각심 없이 올라섰을 게다.

'구통사지백해(溝通四肢百骸:봇도랑을 만들어 사지백해를 통하게 하고), 두면구간(頭面軀幹:머리와 얼굴을 몸의 줄기로)…….'

더욱 깊은 침묵 속으로 빠져들었다.

경락의 흐름을 몰랐다면 파천신공을 수련하지도 못했다. 옛날, 천우신기를 수련할 때부터 귀에 못이 박히도록 들었던 것이 경락의 이해와 활용이다.

새삼스럽게 경락을 다시 되새기는 것은 파천신공이 납득할 수 없는 행로로 운기되기 때문이다.

강풍이 몰아치는 것도 잊고, 폭우가 몸을 두들기는 것도 잊었다.

낮과 밤은 처음부터 의식하지 않았다. 배고픔이나 괴로움 같은 인간적인 감정들은 일찌감치 지워 버렸다.

우주(宇宙)는 혼돈(混沌)에서부터 이해해야 한다.

하늘이 열리고 땅이 굳어진다. 그 사이에 인간이 우뚝 서니 천지인(天地人)이다.

'견이천목(見以天目), 용천(湧泉), 단전(丹田).'

눈을 보라. 용천혈을 보고 단전을 보라.

'위치유별(位置有別) 상징천(象徵天), 지(地), 인(人) 삼종위치(三種位置)……'

위치가 구별되니 하늘과 땅과 사람, 천지인의 위치다.

천우신기의 구결이 머리 속을 휘저었다.

파천신공을 참오하는데, 천우신기라니.

방해하지 않았다. 생각이 떠오르는 대로 내버려 두었다. 천우신기와 파천신공을 구분해서 무엇 하나. 신공이면 어떻고 의서면 어떤가. 이것도 내 것, 저것도 내 것인데 무엇을 나누고 가른단 말인가.

머리 속에 들어 있는 지식이 총동원되도록 내버려 두었다.

우르르릉……!

머리 속에 구름이 몰려왔다. 회음혈에서 치밀어 독맥을 타고 백회혈로 빠져나온 진기가 머리 위에서 회색 구름으로 변했다.

구름은 언제나 거기에 있었다.

인간이 눈을 감아 보지 못할 뿐, 산천초목은 언제나 제자리에 있듯이 진기도 백회에서 반 촌쯤 떨어진 곳에 똬리를 틀고 다음 명령이 떨어질 때까지 하회를 기다렸다.

얼마나 시간이 지났을까?

촌각일 수도 있고, 일 다경일 수도 있다. 한 시진, 두 시진이 경과했을 수도 있다.
　시간을 망각해 버렸기에 얼마나 흘렀는지 모른다.
　회색 구름은 조금씩 흩어져 산화했다. 한 줌 남지 않고 허공에 흩어져 버렸다.
　계속 이어지는 진기가 그 자리를 차지한다. 그리고 또 흩어져 간다.
　귀사칠검은 여기까지다. 이어지는 부분이 없다. 처음부터 끝까지 되돌리고 되돌려도 백회혈에서 끝난다.
　결론은 하나, 파천신공은 미완성이다.
　누군가 외기를 강력하게 받아들일 수 있는 법을 발견해 냈다. 독맥을 장강처럼 넓힐 수 있는 방법도 찾아냈다. 하지만 생각과는 다르게 운기되었다. 진기가 휘돌지 않고 백회혈을 치다니.
　여기서 끝난다.
　아마도 그 누군가는 백회혈을 뚫지 못했을 거다. 뚫었어도 자신이 그랬던 것처럼 똬리를 튼 회색 구름을 보지 못했다. 봤다면…… 봤다면 어떤 식으로든 다시 받아들이는 방법도 연구했을 텐데.
　천우신기를 수련하지 않은 상태에서 파천신공만 수련했다면 어떻게 되었을까?
　불문가지, 죽었다.
　미쳐서 죽지 않아도 백회혈이 뚫리는 순간 오장육부의 균형이 무너져 시름시름 앓다가 죽었다. 아니면 충격을 받은 장기가 일시에 마비되면서 즉사했을 수도 있다.
　저승에 계신 아버님이 도와주셨기에 살았다.
　저십이경맥동인체내적장부균각유련계(這十二經脈同人體內的臟腑均各有連繫).

십이경맥은 인체 안에서 밀접한 관련을 갖고, 각 장부가 균형있게 발전하도록 해준다.

이 간단한…… '경맥'이란 말을 알게 되면서 제일 처음 듣는 말속에 구함의 손길이 있었다.

독맥이 맹위를 떨칠 때, 천우신기는 속에 숨어서 십일 경맥을 보호한다.

다행스럽게도 파천신공은 끊임없이 운행되는 관계로 독맥까지 보호할 필요는 없다. 독맥에서 얻어온 진기의 여파로 간신히 다른 경맥들을 먹여 살렸다. 부족한 부분은 원정(原精)에서 끌어다 썼다.

몰랐을 때는 태연할 수 있지만 알게 된 지금은 땅을 치고 통곡해도 시원치 않다.

원정일관즉내정천관(原精一貫卽內精千貫)이라고 했다.

무게를 말하는 것이 아니라 내정을 천 관쯤 쌓아야 원정이 한 관 늘어난다는 말이다.

그만큼 원정은 쌓기가 힘들다. 쓰는 것은 똑같지만 쌓는 것은 천양지차다. 내정이 화려한 전각이라면, 원정은 집을 받치고 있는 반석.

귀중한 것을 물 쓰듯 써버렸다.

그러면서 내공이 강력해졌다, 증가되었다며 좋아했으니.

지금이라도 알았으면 되었다. 어떻게든 방법이 나오지 않겠나.

꾸물꾸물 기어가는 놈들이 눈으로 보듯이 환히 보인다.

강풍은 몸에 닿기 전에 어느 쪽에서 불어오는 것인지 알 수 있다. 빗방울이 전신을 흠뻑 적시는 모습 또한 밝은 대낮에 감상하는 것처럼 뚜렷하다.

모공(毛孔)이 활짝 열려 썩은 기운을 토해내고 맑은 기운을 받아들였다. 더불어서 감각도 크게 열렸다.

파천신공이 열었던 감각과는 전혀 다른 감각이다. 진기를 훌훌 떠나보내고 오로지 육체의 느낌만을 극대화시킨 감각이다.

그것마저도 넘어섰다. 마음을 활짝 열고 세상을 받아들였다.

그러니 보인다. 눈을 뜬 것처럼 세상이 또렷하다.

불가(佛家)에서는 이런 현상을 두고 개안(開眼)했다고 한다. 심안(心眼)을 열었다고도 한다.

심안을 열려면 영(靈)을 느껴야 한다.

사물이 지닌 영, 바람의 영, 비의 영, 곤충들의 영…… 세상에 존재하는 생물, 무생물들과 감정을 주고받아야 한다.

진시형상이준학(眞是形象而准確)이라. 사물을 있는 그대로 보아 받아들인다. 수기응변(隨機應變) 상입비비(想入非非)라. 변하는 것을 받아들이되, 생각으로 붙들어 매지 않는다.

'준비는 끝났어.'

몸이 되었으니 이제는 진기를 고친다.

시작은 파천신공으로 한다. 파천신공만큼 강력한 운기법도 없으니 원정을 갉아먹는 반쪽짜리 신공이라 해도 버릴 필요가 없다.

문제는 백회혈을 뚫고 나가 똬리를 틀어버린 진기를 어떻게 끌어들이냐는 것.

뚫고 나간 것을 끌어들여도 좋다. 뚫고 나가기 전에 전정(前頂)으로 빨아들일 수 있어도 좋다. 어떤 방식으로든 임맥(任脈)으로 흐르게 하여 단전에 거둬야 한다.

강력하게 튕겨 나가는 힘을 끌어들이거나 빨아들이려면 한 가지 방법밖에 없다.

임맥에서 파천신공보다 훨씬 강한 진기를 일으키는 것.

생각은 쉽지만 방법은 여의치 않다. 파천신공 자체가 하늘 아래 둘도 없는 힘이거늘.

금하명은 회전을 떠올렸다. 사막에서 일어나는 용권풍(龍捲風)은 저항 자체를 생각지 못하게 한다. 바다에서 일어나는 소용돌이도 용서가 없다.

빨려들지 않으면 모르되, 휘말리면 끝이다.

임맥에서 그만한 회전력만 일으키면 된다. 밖으로 뻗어나가는 힘이 아니라 안으로 빨아들이는 구심력(求心力)을 일으켜야 한다.

실수하면 주화입마(走火入魔).

대단한 걸 요구했으니 이쪽도 목숨 정도는 내놔야 한다.

'일원(一元) 태극(太極)은 혼돈이다. 일원은 음양(陰陽)을 내포하니 음과 양이 서로 꼬리를 물고 끝없이 돈다. 회전이다. 파천신공이 쉼없이 운기되듯이, 일원의 움직임도 시작하면 중단할 수 없다. 음과 양이 생명을 얻어 물고 물리는 싸움을 끝없이 벌일 테니.'

연습이라도 할 수 있으면 좋으련만, 누구에게 조언이라도 들을 수 있으면 한결 부담이 가시련만…….

생각처럼 일원이 움직이지 않으면 어쩌나. 파천신공을 임맥으로 끌어들였다가 음양이 회전을 중단하기라도 하면 어떤 결과가 나올까. 또 과연 음양이 파천신공을 감당할 수 있을까.

온갖 상념이 치밀었다.

번뇌는 욕심이다. 무욕(無慾)의 상태에서만 최상의 신공을 운기할 수 있는데…….

노호두상박창승(老虎頭上拍蒼蠅)

운기를 멈췄다.

음양의 단순한 회전만으로는 파천신공을 끌어들일 수 없다. 용권풍 정도가 되어도 모자랄 판에 장난처럼 맴돌면 어쩌잔 말인가.

경혈도(經穴道)를 다시 그렸다.

태극 음양에 오행(五行)을 가미했다.

오행 금목수화토(金木水火土)의 자리에서 음양이 동시에 회전한다.

화(火)에서 양(陽)에 해당하는 혈은 양곡(陽谷), 음(陰)은 소부(少府)다. 토(土)에서는 삼리(三里)와 태백(太白), 금(金)에서는 상양(商陽)과 경준(經準)이다. 수(水)의 자리에서는 통곡혈(通谷穴)이 양, 음곡혈(陰谷穴)이 음이며, 목(木)에서는 임읍(臨泣)과 태돈(太敦)이다.

일 호흡에 열 개의 혈이 동시에 움직이며 음양의 회전 다섯 개를 만든다. 이것이 소회전이다.

소회전은 회전을 계속하며 오행상생의 위치로 이동한다.

금은 목으로, 목은 수로…… 각 자리에 있던 두 개의 음양진기가 다른 자리로 이동하는 과정에서 큰 회전이 일어난다. 이것을 대회전이라고 명명한다.

단순한 음양의 회전보다는 한결 강력할 것 같지 않은가.

상념이 치밀지 않았다면 큰 실수를 저지를 뻔했다.

그렇다. 무엇인가 불안한 구석이 있으니 번민이 치미는 거다. 마음이 고요하고 평화로우면 욕념이 끼어들 자리가 없다. 부족하니까, 모자라는 구석이 존재하니까…….

아직도 진기를 운행하기가 망설여진다.

무엇인가 빠진 게 또 있다.

대회전 한 번이면 소회전 다섯 번이 일어난다. 열 개의 자리에서 일어난 오십 번의 회전은 엄청난 힘을 발휘할 게다.

'아직도 부족해. 부족하니까 망설여지는 거야.'

경혈도를 대폭 수정했다.

대회전 다섯 자리는 고정 불변이다. 소회전이 일어나는 열 군데 혈도 변함이 없다.

대회전 다섯 자리에 각기 오행을 둔다.

화의 자리 같으면 양곡과 소부혈이 음양이 되어 돌게 되고, 화를 둘러싼 작은 오행이 상생의 위치를 찾아 돌고 돈다. 각 점에도 음양을 둔다.

화의 자리에서만 열두 개의 혈이 회전을 일으키는 것이다. 이런 식으로 다섯 자리면 모두 육십 개 혈.

소회전이라고 명명했던 것은 중회전으로 바꿨고, 중회전 주위에서 도는 작은 오행이 소회전이 되었다. 최종적으로는 대회전이 이루어진다.

음양 회전이 삼십 개다. 오행 회전이 소회전 다섯, 대회전 하나, 도합 여섯 개다.

이만하면 장기가 충격을 견뎌낼지 염려스러울 정도이니 파천신공을 끌어오기에 충분하지 않을까?

이번에는 망설임이 없었다.

회음혈을 최대한으로 열었다.

쿠오오오!

거센 역류가 등줄기를 타고 뻗어 오른다.

모든 게 아주 순간적이다. 혈을 열자마자 진기가 솟고 사라지려고 한다.

파파파팟……!

육신이 뒤틀렸다. 장기가 제자리를 벗어나는 것 같고, 심장은 터질 듯이 부풀어 오른다. 뼈란 뼈는 모두 자리를 이탈하는 것 같다. 경혈이라고 다행일 수는 없다. 찢어지고 갈라져서 아무것도 남는 게 없는 것 같다.

몸이 부르르 진동했다. 머리가 아찔해져 하마터면 정신을 놓을 뻔했다.

회전력이 이 정도인 줄 알았다면 마지막 경혈도는 그리지 않을 것을. 그냥 소회전과 대회전만으로도 충분했던 것 같은데.

파아아앗……!

백회혈로 빠져나가려던 진기가 전정으로 이끌려 들어왔다.

이것도 순간이다. 순식간에 임맥을 타고 내려와 태극오행 진기에 휘말렸다.

'크으윽!'

비명을 입 밖으로 토해내면 진기가 분산된다. 오장육부로 흩어지며 엄청난 타격을 준다. 그러고도 주화입마를 면할 수 있다면 대라신선이라 불러도 좋다.

간신히 비명을 억눌렀다.

태극오행진기는 파천신공보다 위력이 크다. 하물며 파천신공까지 가세하니 그 충격은 차마 말로 표현하지 못할 정도다.

유밀강신술? 어디서 어린아이 소꿉장난을 들이미는 게냐. 흑벌? 얼마든지 쏴봐라. 아니, 제발 지금 쏴다오.

꽈앙!

단전에서 거대한 폭발이 일어났다.

파천신공을 흡수한 태극오행진기는 얌전한 모습으로 단전 자리를 찾지 않았다. 무뢰배가 방문을 박차고 뛰어들어 가듯, 바람난 여편네를 때려죽이려 방문을 왈칵 열어젖히듯…… 단전을 부숴 버릴 듯 밀치고 들어섰다.

"컥!"

금하명은 입 밖으로 비명인지, 신음인지, 큰 숨소리인지 모를 소리를 쏟아내는 순간 전신이 갈기갈기 찢어지는 아픔을 느끼며 혼절하고 말았다.

쏴아아……! 쏴아!

볼을 때리는 비바람이 이토록 정겨울 줄이야. 얼굴을 깨물고 지나가는 개미가 이렇게 귀여웠다니. 꼬물꼬물 콧속으로 파고드는 실지렁이는 또 왜 이렇게 앙증맞은지.

몸이 날아갈 듯 가볍다.

사람 몸이 종이보다 가볍게 느껴질 수 있다면 믿겨지나?

일어나 앉아 어찌 된 영문인지 생각해 보려고 했다. 그러나 그럴 필요도 없었다. 누워 있는 몸을 일으키는 순간 몸에서 일어나는 변화를 느꼈으니까.

파천신공이 백회혈로 빠져나가지 않고 전정으로 휘돈다. 예상대로 태극오행진기도 부단히 휘돈다.

파천신공에 이은 태극오행진기의 접목이다.

이제 이 진기들은 금하명조차도 멈출 수가 없다. 의념을 일으키지 않아도 이들은 끊임없이 물고 물리며 휘돈다.

진기의 순환이 편안하게 느껴지는 것도 그런 이유다.

처음에는 엄청난 충격을 줬지만…… 그가 혼절해 있는 동안에도 진기는 순환했고, 육신이 벌써 적응해 버린 것이다.

미완성의 신공은 빙사음에게 얻었으나 완성은 자신이 시켰으니 자신의 신공이라고 해도 괜찮지 않을까?

'화살처럼 쏘아져서…… 궁술 사(射). 맹렬히 회오리를 일으키고, 골 선(旋), 끊어지지 않는 기(氣). 사선기? 훗! 좀 이상한데. 차라리 선 자 대신에 풍(風) 자를 써서 사풍신기라고 하는 게 좋겠군. 사풍신기…… 그것도 이상해. 그냥 태극음양기라고 하자. 파천신공이 억울해 하겠지만 어쩔 수 없어.'

일어서서 목곤을 잡았다. 그리고 마음먹고 태극음양기를 휘돌렸다.

파아아앗!

몸이 찢겨 나갈 줄 알았는데…… 너무 평온하다. 진기를 일으키지 않은 것처럼 고요하다. 속에서는 엄청난 운기가 벌어지고 있는데 일절 겉으로 드러내지 않는다.

세상도 환히 보인다.

파천신공을 참오하기 전에 심안을 열었는데, 태극음양기의 효용 탓인지 더욱 발달해서 참된 즐거움을 안겨준다.

슈웃!

목곤의 성질도 변했다.

탄황(彈簧)의 묘는 가미되어 있지만 살 떨리는 살기는 담겨 있지 않다. 오히려 머리를 부드럽게 쓰다듬어 주는 어머니의 포근한 손길을 느끼게 한다.

살(殺)이 아니라 활(活)이다.

이것은 무공이 증진한 게 아니다. 진기의 성질이 변했기 때문에 초식도 성격을 달리한 게다.

이전까지는 살법(殺法)도 궁극에 이르면 활법(活法)이 되는 줄 알았다.

천만에! 이제는 아니라고 말할 수 있다.

살이 궁극에 이르면 결국 살이다. 활도 마찬가지다. 활법을 극성으로 수련하면 살법이 보이는 것뿐이지 자신 스스로 살법의 궁극에 이른 것은 아니다.

자연은 상생도 있지만 상극도 있다.

서로 도우면서 생존할 수만 있다면 가장 이상적인 세상이다. 또한 먹이사슬 없이 존재할 수 없는 것도 세상이다. 상극 역시 상생 못지않게 중요하다.

살법과 활법의 중용을 찾을 때, 무공이 진일보했다고 말할 수 있으리라.

아버님의 무공, 원완마두의 곤법, 능 총관의 부법, 그리고 농도에서 수련한 무명곤법.

이 모두가 살법이었는데…… 어떻게 초식을 전개해야 빠르고 강하게, 효과적으로 칠 수 있느냐에 초점을 맞췄는데.

느닷없이 활법으로 바뀌니 당황스럽다.

금하명은 자신이 알고 있는 모든 무공을 시연하기 시작했다.

'절에 가면 불법을 따르고 도관에 가면 도법(道法)을 따르는 법. 주인이 활법으로 바꾸라고 하면 바꿔야겠지.'

쉬이이익!

목곤이 일 점의 기운도 싣지 않고 허공에서 최단 거리를 찾는 원완마두의 곤초(棍招)를 좇았다.

❷

하늘은 차갑게 흐렸다.
검은 솜덩이를 옅게 흩어놓은 것처럼 뭉친 데는 뭉치고, 찢어진 데는 찢어진 먹구름이 빠른 속도로 흘러갔다. 그 사이사이로 비치는 하얀 하늘이 너무 차가워서 쳐다보기만 해도 살갗에 소름이 돋는다.
우르르릉……!
하늘 위쪽에서는 연신 마른천둥이 친다.
아침인데도 어둠이 채 가시지 않은 흐린 날씨다.
어깨에 나뭇잎이 부딪칠 때마다 후두둑 물방울이 떨어져 내린다.
금하명은 제이봉 산정에 올라섰다.
개들은 나타나지 않았다. 올라서기가 무섭게 으르렁거리며 나타날 줄 알았는데.
맹견의 위치는 파악된다. 잠자는 것도 아니고 생동력이 가득해서 온 산을 뛰어다닌다. 사냥을 하는 놈, 나무뿌리를 파헤치는 놈…… 맹견 네 마리가 자유분방하게 돌아다닌다.
발길을 떼어 일섬단혼이 머물렀던 곳으로 향했다.
나뭇잎에 맺힌 빗방울을 맞으며 걷기를 얼마간, 낫을 세워놓은 듯한 바위가 눈에 들어왔다.
다른 곳과는 다르게 송림(松林)이다. 이리저리 꼬부라져서 자란 소나무들이 아니라 잣나무처럼 쭉쭉 뻗어 올라간 소나무가 시야 가득히 들어온다.

'여기서 살고 있나.'

바위 밑에 가서 털썩 주저앉았다.

바위 밑은 사람이 얼마나 뒹굴었는지 풀 한 뿌리 자라 있지 않다. 황갈색 황토가 반질반질하게 윤기마저 토해낸다.

'육 년이 지났군. 엊그제 같은데 벌써 그렇게 됐나.'

아버님이 돌아가신 지도 꽤 오래되었다. 제사도 변변히 모시지 못했다. 농도를 떠나올 때 어설픈 제사를 딱 한 번 모셨다.

아마도 그 어른…… 제삿밥조차 제대로 얻어먹지 못해서 바짝 말라 계실 거다.

산을 헤집고 다니던 개들 중 한 마리가 돌아왔다.

황소처럼 큰 덩치며, 뾰족한 송곳니가 늑대도 물어 죽일 것 같은데…… 금하명을 보고는 잠시 움찔했다가 태연히 걸어와 옆에 배를 깔고 누웠다.

활법의 묘용이다.

예기와 살기가 씻은 듯이 사라져 버렸으니 경계심을 느낄 이유가 없다. 무공을 수련하지 않은 범부들도 타고난 원정지기에 의해서 조그만 예기는 뿜어내기 마련인데, 그래서 동물들이 촉각을 곤두세우는데 금하명에게는 그마저도 남아 있지 않았다.

손을 뻗어 머리를 쓰다듬어 주었다.

맹견은 기분이 좋은지 가만히 누워서 손길을 받아들였다.

다른 맹견들도 하나씩 돌아왔다.

그놈들 역시 처음 놈처럼 짖거나 경계하지 않았다. 어떻게 보면 무시하는 듯한 태도로도 비쳐진다. 있거나 말거나 신경 쓰지 않으니 말이다.

우르릉! 우르르릉······!
하늘은 연신 마른천둥을 토해냈다. 거칠게 찢어놓은 것 같던 먹구름이 급속도로 고루 퍼지며 하얀 하늘을 가려 버렸다.
'비가 오겠군. 보나마나 쏟아 붓듯이 퍼부어대겠지.'
날씨가 맑을 적에는 화로처럼 이글거리고, 비가 올 때는 급류에 휩쓸린 착각을 불러일으킨다.
해남도 날씨는 참 적응하기 힘들다.
그래도 해남도는 살 만한 곳이다. 풍광이 너무나 아름답다. 비취색으로 빛나는 바다를 볼 때면 영원히 눌러앉고 싶은 충동마저 일어난다. 남만에서나 볼 수 있는 온갖 식물을 보는 맛도 빼놓을 수 없다.
쫘르릉! 꽈앙!
기어이 번개가 내리쳤다. 세상이 노란빛으로 변했다가 다시 컴컴해졌다. 그리고 굵은 빗방울이 떨어졌다.
"에구! 이놈의 더러운 날씨! 어떤 놈인지 내 하늘에 올라가기만 하면 저놈을 가만두지 않을 거야. 싸가지없는 자식. 감히 이 어르신 머리에다 빗방울을 뿌려?"
일섬단혼이 구르듯이 달려오며 투덜거렸다.
참 미련한 사람이다. 그냥 아무 곳에서나 비를 피하면 될 것을.
어차피 머물 곳이 따로 있는 사람도 아닌데, 하루 이틀쯤 다른 곳에 머물면 어떤가.
"이놈의 자식들은 왜 코빼기도 비치지 않는 거야! 헛!"
일섬단혼이 황급히 뛰어들다가 금하명을 발견하고는 훌쩍 물러섰다.
"너, 너 그때 그 미친놈 아냐? 저놈들은 어떻게 된 거야? 혼을 빼냈냐? 저놈들이 왜 저래?"

일섬단혼은 주인을 배신하고 금하명 곁에 머물고 있는 맹견들을 때려죽일 듯이 노려봤다.

그러거나 말거나 맹견들은 편안하게 드러누워 뒹굴거렸다.

금하명은 일섬단혼이 나타났는데도 이상하게 긴장이 되지 않았다. 그토록 치 떨리던 검기가 언제 뻗쳐 나올지 모르건만 마음은 잔잔한 호수처럼 고요했다.

한동안 맹견의 머리를 쓰다듬어 주다가 목곤을 들고 일어섰다.

"너 이 새끼…… 누구야?"

일섬단혼의 눈가에 횃불이 일렁거렸다.

"방금 미친놈이라고 하지 않았습니까."

"아냐, 그놈이 아냐. 너…… 쌍둥이냐?"

"하하하!"

금하명은 목청이 보일 만큼 크게 웃었다.

일 점의 경계심도 없고, 진기도 드러나지 않으며, 투지도 엿보이지 않는다.

일섬단혼이 다시 한 발 뒤로 물러섰다.

그는 더 이상 여유롭지 못했다. 솔잎 하나만 닿아도 쾅! 하고 터져 버릴 듯이 팽팽한 긴장감을 끌어올린 채 풀지 못했다.

"노오옴! 활법을 깨달았구나."

"덕분입니다."

"자식, 한마디 해줬더니 금방 잘난 체하기는. 그래 봤자 역시 애송이야. 비린내가 물씬 풍겨. 에잇, 퉤엣!"

일섬단혼이 고개를 돌리며 가래침을 내뱉었다.

그런데 그 순간…… 보인닷! 몸에서 검기가 일어나 짓쳐온다! 전에는 당한 다음에야 느꼈을 뿐인데, 이제는 몸에서 일어나는 즉시 감지된다.

금하명은 쾌속하게 옆으로 일 장이나 이동했다. 바람이 부는 듯 유유하여 전혀 무리가 없어 보이는 신법이다. 빠름으로만 따지면 섬광이다. 번개가 내리치는 사이에 그는 벌써 일 장을 이동했으니 섬광보다도 빠르다.

"여전하시군요."

"네놈이 날 언제 봤다고 아는 체야!"

금하명은 다시 움직였다. 그러나 이번에는 옆으로 이동하지 않았다. 두 발이 갈지(之) 형태를 밟았다. 상체는 강풍에 휘날리는 갈대처럼 종잡을 수 없이 휘청거렸다. 목곤은 싸움을 예견한 듯 부르르 떨림을 토해냈다.

두 사람의 거리가 급격하게 좁혀졌다.

금하명은 숨 한 번 들이쉴 틈도 주지 않았고, 일섬단혼은 압박을 받아들였다.

슈욱!

언제 어디서 뽑았는지 모를 검이 허공을 갈랐다.

금하명은 더 이상 나아갈 수 없었다. 아니, 그런 느낌이 들기도 전에 신형부터 빼냈다. 동시에 한 점 진기도 깃들지 않아서 무력하게 보이는 목곤이 허공을 가르기도 힘든 듯 뚝 떨어졌다.

타앙!

목곤과 검은 정면으로 부딪쳤다.

슈우웃!

역시! 예상대로다. 일섬단혼의 분광검(分光劍)은 일초에서 끝나지 않는다. 일초를 받아내는 사람이 없었기에 일섬단혼인 것이지 무공의 끝은 절대 아니다.

타앙! 탕탕!

연속적인 울림이 세 번이나 터졌다. 이초는 일초보다 빠르고, 삼초는 이초보다 빠르다. 마지막 세 번째 검을 받아냈을 때는 숨이 턱에까지 차 올랐다.

일섬단혼은 진기를 조절할 시간마저 빼앗았다.

그것은 일섬단혼의 내공이 사초를 일초처럼 펼칠 만큼 심후하다는 것이며, 상대의 내공이 조금이라도 뒤진다면 진기가 흐트러져 검을 맞게 된다는 뜻이다.

일섬단혼의 눈가에 기광이 떠올랐다.

"이걸 받아내? 이 새끼, 정말 미친놈이 틀림없네."

"이젠 제 차례입니다."

"미친놈, 주둥이만 깝죽대지 말고 덤벼봐."

슈웃! 파파팟!

첫 번째 공격은 자신 스스로 십자곤(十字棍)이라고 명명한 곤법을 썼다.

머리 속에 새겨져 지워지지 않는 그림이 있다.

언제 누가 펼친 것인지, 아니면 어디서 봤던 것인지 전혀 기억나지 않지만 위력만은 상상을 넘어설 정도로 절륜했다.

"십자검공!"

일섬단혼이 경악성을 터뜨리며 황급히 부딪쳐 왔다.

슈웃! 카앙!

십자곤이 막혔다. 가로로, 세로로 그어내는 검은 실초와 허초가 없다. 가로가 실초면 세로가 허초다. 바로 그렇게 느끼는 순간에 세로가 실초로 변하고 가로는 허초가 된다. 가로와 세로로 긋는 동작이 너무 빨라서 눈으로 식별해 내기에는 무리다.

어느 것이 실초인지, 허초인지 분간해 낸다면 인간이 아니라 신안(神眼)을 지닌 신이다.

그 점은 일섬단혼도 마찬가지다. 그러나 그는 상상을 초월하는 쾌검, 십자곤보다 빠른 검을 지녔기에 수월히 막아냈다.

두 번째 공격부터는 탄황을 가미했다.

목곤이 미세하게 떨린다. 육신과 목곤이 일체가 되어 떨림을 공유한다. 장기의 떨림은 진기에 전달되면서 실체로 변하고 활법의 묘가 더해져 목곤으로 집중된다.

허공에도 길이 있다. 상대와 나를 잇는 최단 거리를 찾고, 유유히 따라가기만 하면 세상에서 가장 빠른 공격이 될 것이니.

슈욱! 까앙!

일섬단혼은 쉽게 막아냈다. 하지만 금하명의 공격은 일격으로 끝나지 않았다.

탄황의 떨림이 막아서는 검을 밀쳐 냈다. 그와 동시에 물 고인 웅덩이를 훌쩍 건너뛰듯, 검을 넘어서서 육신을 쳐갔다.

까앙! 탕! 따앙!

일섬단혼은 검을 연거푸 세 번이나 쳐낸 다음에야 목곤의 그늘에서 벗어날 수 있었다.

'천지지도(天地之道) 유인야(惟人也). 건괘기산(乾卦氣散) 감괘기충(坎卦氣衝)…….'

천지간의 도는 인간에게 있다. 건괘의 기는 흩뜨리고, 감괘의 기는 찌르며…….

상대를 확실하게 칠 수 있는 방법 중에 가장 좋은 것은 방비하지 못할 만큼 바짝 붙어서 치는 것이다. 일 장 밖에서부터 쳐가는 것과 코앞에서 치는 것은 엄청난 차이가 있다.

이러한 간격은 무공의 차이에 따라 좁혀지기도 하고 넓혀지기도 한다. 상대가 나보다 강하다면 거리는 점점 늘어날 것이고, 내가 강하다면 반대로 좁혀지리라.

금하명은 거리를 신법으로 좁혔다.

슈욱! 수웃!

어김없이 검이 날아온다. 조그만 틈만 있어도 비집고 들어서는 판인데 사지를 활짝 열어주었으니 들어오지 않을 리가 없다.

건괘의 기가 흐트러지고, 감괘의 기운이 송곳처럼 찔러갔다.

상체가 힘없이 늘어지며 휘청휘청 검을 피해냈다. 왼발에 집중된 기운은 그를 왼쪽으로 눕혔고, 반쯤 쓰러진 상태에서 목곤이 곧게 찔러갔다.

예측할 수 있는 공격은 누구나 피할 수 있다. 싸움에 임해서는 어떻게든 예측하지 못하는 공격을 펼쳐야 한다.

제삼공(第三攻)은 허간곤(虛看棍)이다. 취화이수(聚火離水)에서 착안한 곤법으로 강력한 불길을 한쪽으로 몰아놓은 다음, 약하게 드러나는 물길을 치는 초식이다.

상대의 강함을 한쪽으로 몰아넣은 후, 흩어져 있는 약한 부분을 공격한다.

태극음양진기를 생각하다가 문득 떠오른 것을 곤에 실어봤다.

인간의 행동에도 음과 양이 있을지니, 양이 한쪽으로 쏠리면 음이 나타난다. 기운이 양에 집중되어 있으면 음은 부실해진다. 양을 피하고 음을 칠 수만 있다면 어떤 싸움이든 쉽게 해결할 수 있지 않을까?

심안을 최대한으로 열어 상대의 행동을 내 몸처럼 읽을 수 있어야 펼칠 수 있는 공격이다.

"허엇!"

일섬단혼은 검이 목곤을 치지 못하고 허공에 흐르는 순간 위기를 감지했다. 금하명은 반쯤 누워 있었고, 그곳에서 쳐낸 목곤이 겨드랑이 밑을 파고든다.

이러고저러고 할 시간이 없다. 진기를 거둬들일 여유도 없다.

진기가 집중된 검을 놓아버리고 훌쩍 물러섰다. 금하명의 목곤이 자신처럼 서너 번씩 연이어 펼쳐진다는 점을 알기에 오순개화(五馴開花)를 사용하여 다섯 번이나 도약해 뒤로 빠졌다.

"헉헉!"

일섬단혼은 거침 숨을 토해냈다.

"이, 이 자식…… 정말 미친놈이야."

금하명은 공격하지 않았다. 취화이수가 통하는 순간 탄황을 풀어버렸다.

"검 없이 싸울 수 있습니까?"

땅에 떨어져 있는 검을 흘깃 쳐다보며 물었다.

연사곤처럼 연검(軟劍)이다. 연사곤보다 훨씬 재질이 좋은지 떨어져 있는 모습이 꼭 채대(彩帶)를 풀어놓은 것 같다.

"미친 새끼! 다 끝났는데 뭘 더 싸우자는 거야!"

"이제 일승일패(一勝一敗) 아닙니까. 제가 한 번 졌고, 한 번 이겼으니 결론을 내야죠."

"일없다, 자식아."

일섬단혼은 성큼성큼 걸어와 연검을 집어 들었다.

"너 몇 수까지 준비했냐?"

"네 개. 그게 통하지 않으면 어쩔 수 없었습니다."

"그런데 빌어먹게도 세 번째에 무너졌단 말이지. 마지막도 아니고! 빌어먹을! 세상 헛살았네. 이 나이 먹도록 무공에 매달린 게 고작 이런 꼬락서니가 되려고 그랬나."

말은 그렇게 해도 섭섭하다거나 분한 기색은 전혀 없었다.

"짧은 승부를 내서 그렇습니다. 긴 승부로 갔다면 얼마나 길어질지……."

"새끼, 또 잘난 체한다. 좌우지간 어린것들은 한마디만 해주면 기가 살아가지고는……."

연검은 옷 속으로 사라졌다.

정말 기묘한 노릇이다. 일섬단혼은 발가벗은 몸이나 다름없다. 옷이란 것을 걸치고 있기는 하지만 상반신은 찢어진 곳이 워낙 많아서 맨살이 거의 다 드러났고, 바지도 치부만 간신히 가린 상태다.

그런데 연검이 흔적도 보이지 않고 사라졌다. 마치 살 속으로 녹아 들어 간 것처럼 보인다.

"왜? 신기하냐?"

금하명의 동그랗게 커진 눈동자에서 마음을 읽기는 쉬웠다.

"좋은 검이군요."

"지랄하네. 기껏해야 쇠붙이에 불과한데 쇠붙이가 좋으면 얼마나 좋다고. 아침은 처먹었냐? 댓바람부터 칼질을 했더니 배가 쏙 꺼졌네. 빌어먹을 놈, 처먹을 것도 없는데 배까지 꺼뜨리고 있어."

먹을 것은 많다. 해남도가 좋은 점 중에 하나가 바로 먹을거리 걱정을 하지 않아도 된다는 점이다. 온갖 과일이 주렁주렁 열려 있으니 누워서 감이 떨어지기를 기다리는 사람만 아니라면 굶어 죽는 사람은 없을 게다.

무엇으로 어떻게 배를 채우느냐가 문제일 뿐.

"솔잎이나 따와!"

일섬단혼은 휘적휘적 걸어가 개들 사이에 벌렁 드러누웠다.

일섬단혼같이 세상 이치를 한눈에 꿸 만큼 나이든 사람도 패배는 견디기 힘들었나 보다.

솔잎을 씹을 때도, 그리고 개들 틈에 몸을 누인 다음에도 도대체 말이 없다.

금하명은 일섬단혼과의 싸움을 되새겼다.

싸울 때는 몰랐는데 돌이켜 보니 소름이 오싹 끼친다. 신법이 한 치만 늦었어도 사지육신 중 하나는 절단되었을 살공이다.

제일공, 십자곤은 좋았다. 공격이 통하면 더욱 좋고, 통하지 않아도 좋다. 십자곤으로 일섬단혼의 내공을 파악해 냈다. 빠름도 정확하게 판단해 냈다.

십자곤은 위험없이 상대의 무공을 읽을 수 있는 절초다.

남이 펼친 무공인 것 같은데…… 언제 어디서 보았는지…….

'십자검공이라고 했는데…… 십자검공이 뭔지 알아야 어디서 봤는지 기억해 내지. 단단히 삐쳤으니 물어볼 수도 없고.'

제이공도 좋았다.

원완마두의 곤법을 탁마(琢磨)하여 일섬곤(一閃棍)을 만들었다. 거기에 탄황의 묘를 가미하니 금상첨화(錦上添花)다. 일섬단혼같이 마음의 검을 쓸 정도가 아니라면 막아내기 힘들 것이다.

제삼공은 아주 만족스럽다.

일섬단혼 같은 고수의 행동을 읽고 허점을 쳤다는 데서 더욱 큰 자신감을 얻었다.

그런데 문득 일섬단혼을 물러서게 만든 게 순전히 제삼공 때문은 아니라는 생각이 든다.

그렇다! 그전에 충분히 거리를 좁혀놨다.

거리를 좁힐 때까지 끝을 보지 못한 것이 일섬단혼에게는 최후의 패착이다.

거리를 좁힐 수 있도록 도와준 것은 두말할 필요도 없이 태극음양진기가 활짝 열어준 기감(氣感)이다.

시작에서부터 끝날 때까지 몸에서 한시도 떨어진 적이 없으며, 지금도 파천신공 때보다 더한 기세로 감각을 열어주고 있는 태극음양진기.

허간곤이 승리를 이끌어내는 데 일조한 것은 분명하지만 그것 때문이라고 말할 수는 없다. 탄황에다가 단타(短打)의 묘리까지 가미된 감각의 승리였다.

금하명은 복고(復考)를 끝내자 몸을 일으켰다.

일섬단혼은 이렇게 놔두는 것이 좋다. 승리도 그의 몫이지만 패배도 그의 몫이다. 자신이 끼어들 공간은 어디에도 없고, 그럴 자격도 없으며, 그러고 싶지도 않다.

쏴아아! 후두두둑!

빗방울은 더욱 굵어졌다. 바닷물이 하늘 높이 솟구쳤다가 해남도를 통째로 뒤덮는 것 같다.

한데 폭우가 좋다. 기분이 무척 상쾌하다. 영원히 넘지 못할 것 같던 태산을 넘어서인지 날아갈 듯 가볍다.

"왜? 가려고?"

금하명이 폭우에 몸을 던져 두 걸음도 걷기 전에 일섬단혼이 물어왔다.

"흔히들 하는 말이 있죠. 오라는 데는 없어도 갈 곳은 많다고."

"지랄하고 있네."

"한 수 잘 봤습니다."

금하명은 돌아서서 포권지례를 취했다.

"미친놈, 갈 땐 가더라도 비나 그치면 가자."

'가자?'

뒷말이 이상했다. 같이 간다는 말 같기도 하고, 갈 곳이 있다는 말 같기도 하고.

"복건 삼명에서 왔다고?"

"네."

"들어와 앉아. 이 비는 쉽게 안 그쳐. 아마 하루 종일 퍼부을 거야. 저 새끼, 똥창이 찢어졌거든."

일섬단혼이 하늘을 가리키며 말했다.

금하명은 도로 들어가 앉았다.

일섬단혼처럼 평생을 무공 수련에만 바쳐 온 사람과는 대화를 나누는 것도 쉽지 않다. 웬만한 후기지수들은 이런 기회를 만들기 위해 애써서 노력도 기울인다.

'심도 깊은 대화를 나눌 수 있을 거야.'

"나 말고 또 노린 놈이 있냐?"

무심히 대답했다.

"지나가는 길목이기에 들렀습니다. 섬을 한 바퀴 돌 생각이었으니까 원래대로라면 맨 나중이 되겠지만 중간에 사연이 생겨서……."

문득 말을 하다 보니 이상한 예감이 들어 옆을 돌아봤다.

일섬단혼의 얼굴이 썩은 감빛으로 물들었다.

"문주 직은 이어받지 않는다 해도 문을 떠날 수는 없습니다."

"누가 문을 떠난대? 아, 내 마음대로 살아보겠다는데 왜 이 지랄들이야! 이래도 안 된다, 저래도 안 된다. 이놈의 집구석에서는 되는 게 뭐야!"

"형님! 형님은 장현문의 대들보입니다. 대들보가 들판에 나뒹군다면 사람들이 웃습니다."

"그래? 그럼 산속에 틀어박혀 있으면 되겠네. 됐냐?"

"형님, 정말 왜 이러십니까. 형님의 무공은 장현문 최고입니다. 형님이 없으면 이 장현문을 어떻게 지키라는 겁니까. 형님, 제발 문주에 오르세요."

"오라…… 그러니까 문주에는 오르지 않아도 되는데, 난 놓아줄 수 없다 이거지? 그러니까 탁 까놓고 말해서 시키는 대로 일 좀 해라, 이거 아냐?"

"형님! 곡해십니다!"

"곡해고 곡괭이고 간에 일없다! 날 부려먹으려면 날 꺾어. 날 꺾는 놈이 있다면 똥구멍을 핥으래도 내 핥아줄 테니까. 날 꺾기 전에는 어림 반 푼어치도 없어. 알았어! 이것들이 어디서 시답잖게 개수작들이

노호두상박창승(老虎頭上拍蒼蠅) 77

야, 개수작은."

"형님! 형님 무공을 대적할 자가 누가 있다고 그러십니까. 제발 오해를 푸시고 장현문을 이끌어주십시오."

"오호! 기습까지 허용해 달라? 좋아, 좋아. 얼마든지 해. 하지만 이것 하나는 분명히 새겨둬. 어떤 놈이든 시비를 걸어오는 놈은 맹세코 살려두지 않겠어. 알아. 대갈통을 닭 모가지처럼 비틀어 버릴 테니까 각오가 섰으면 달려들어."

'이런 말도 안 되는 일이!'

이런 경우는 처음이다. 이럴 때는 어떻게 대처해야 하는가. 무슨 말, 어떤 행동을 해야 하나.

"크크크! 속이 환히 보이는 놈들. 내가 이곳에 자리를 잡자마자 제일 먼저 공격해 온 놈이 누군지 알아? 조카 놈이야. 조카 놈이 월영(月影)이라는 동영(東瀛) 인자(忍者) 놈들을 사가지고 공격하더만. 세상은 더러운 거야."

'그런데도 여길 떠나지 않은 이유는 뭡니까?'

금하명은 물음을 던졌다. 어떤 대답이 나올지 짐작하겠기에 마음속으로만 물었다.

증오는 양날의 검이다. 증오의 다른 편에는 사랑이 존재한다. 사랑이 깊을수록 증오도 깊고, 증오가 클수록 사랑하는 마음도 깊다.

어쩌면 일섬단혼은 장현문도에게 죽을 때를 기다리고 있었을지도 모른다. 자신을 이길 자가 찾아와 베어주기를. 그자가 장현문도라면 기쁜 마음으로 받아들일 테고.

"어쨌든…… 한 입으로 두말한 적은 없으니 내뱉은 말은 주워 담아야겠지. 너 이놈, 운이 좋은 거냐, 나쁜 거냐? 가는 길목이라서 우연히 들러? 빌어먹을! 죽자 사자 달려들던 놈들은 닭 쫓던 개 신세가 되고, 어느 놈은 뒷걸음질치다가 소똥이나 밟고. 응? 말이 어찌 이상하다? 소지? 소가 뒷걸음질치다가…… 소똥을 밟을 리는 없고. 뭘 밟지?"
"오래전 일인데 굳이……."
"그래서? 그래서 나보고 해남도 인간들이 모두 알고 있는 일을 주워 담으란 말이야? 이 새끼, 이거…… 곱게 봐줬더니 안 되겠구먼. 일어나, 자식아! 우리 두 새끼 중 한 새끼는 뒈져 보자."

'노인네, 고집 하고는…….'
결국 금하명이 지고 말았다.
비무를 한 사실은 아무도 모른다. 절대 함구하겠다는 말도 했다. 일승일패, 아직 승부가 난 것은 아니지 않느냐는 말도 했다.
어떤 말도 일섬단혼의 고집을 꺾지 못했다.
오히려 일섬단혼은 남해십이문 문주들이 동귀어진을 각오해야만 검을 맞댈 수 있는 고수가 옆에 있으니 천군만마를 얻은 것만큼이나 든든하지 않냐면서 미친놈 소리를 귀에 딱지가 앉도록 쏟아냈다.
비무행을 하는 것이지 문파를 일으키거나 누구와 싸우려는 게 아니라는 말을 했다. 비무행을 하는데 누가 옆에 있으면 방해만 된다고 입장을 바꿔서 생각해 보라고.
세상을 모른단다. 비무행이 뜻대로 되는 게 아니란다. 제이봉에서 한 걸음도 벗어난 적이 없지만 남해십이문에서 보낸 자들과 죽도록 싸워봤으니 자신처럼 실전 경험이 많은 자도 드물 거란다.
"이놈들아, 가자. 이제 맛있는 것 많이 먹여줄게. 크크! 봉 하나 물

노호두상박창승(老虎頭上拍蒼蠅) 79

었다."
 거지 중에 상거지와 맹견 네 마리.
 '복인가? 아무래도 복은 아닌 것 같아.'

❸

 삼박혈검은 복산수고를 이 잡듯 뒤지고 있을 게다.
 행동이 자유로울 수는 없다. 복산수고는 장현문 영역이니 마찰이 일어나지 않도록 조심해서 행동해야 한다.
 추명파파는 두 군데 손을 써뒀다.
 광양회와 남해검문 구령각(鳩靈閣).
 사적인 일로 남해검문의 힘을 사용할 수는 없는 노릇이다. 하지만 그 힘을 사용하지 않고는 벙어리의 행방을 알아내기가 요원하다. 다른 때 같으면 광양회에 맡겨두겠지만, 그들 힘만으로는 숨어 있는 작자를 찾아낼 수 없다.
 구령각은 과연 기대를 저버리지 않았다. 대해문 밀당과 수위를 다투기에 충분한 정보력이다.
 한데 구령각주와 나눈 말이 마음에 걸린다.
 "그자와 어떤 관계세요?"
 "관계는 무슨……."
 "웬만하시면…… 장로님께서는 손을 떼시는 게 좋을 것 같습니다. 사사로이 행적을 조사할 정도라면 보통 관계는 아니라고 판단되어서 드리는 말씀입니다."

"그게 무슨 소린가? 손을 떼라니?"

"이제 그자는 저희도 관심있게 지켜볼 수밖에 없습니다. 노리는 자가 한두 문파가 아닙니다. 대해문, 장현문…… 천풍문(天風門)까지. 이 일에 휘말릴 문파가 얼마나 늘어날지 짐작도 못하겠습니다."

"도대체 그게 무슨 소린가? 좀 알아듣게 이야기해 보게."

"작년에 본 문을 침입한 자가 있었습니다."

"알고 있네. 야괴라고. 그게 이 일과 무슨 상관인가?"

"야괴는 아무것도 아닙니다. 조양각까지 침입한 자가 있었죠."

"뭐라고!"

"문주님과 삼정께서 해결하셨지만…… 아무래도 그자 같다는 심증이 듭니다."

순간, 아찔했다. 다른 곳도 아니고 남해검문과 척을 진 자라면 살아남을 수가 없다.

일이 어떻게 돌아가는 건가. 하 부인은 또 한 번 장례를 치러야 되는 건가. 벙어리는 도둑서방에 불과하니 밖으로 표현할 수도 없고, 벙어리 냉가슴 앓듯이 마음 한구석에서 슬픈 장례식을 치러야 하는 건가.

"전 지금 이 길로 문주님께 보고하러 갑니다. 그전에 장로님께 말씀드리는 것이 예의다 싶어서 이곳부터 들렀습니다."

"고…… 맙네."

아무 말도 할 수 없었다.

금하명!

삼박혈검과 빙사음이 만홍도에서 데려온 자. 귀사칠검을 수련하여 육살령까지 내린 자.

하 부인…… 하필이면 그런 자와 인연을 맺었단 말인가.

문주와 삼정은 철저히 비밀에 부쳤지만, 금하명이 그들 손에 요절났다는 것은 얼추 짐작된다.

전신이 난자된 채 해순도로 표류되어 왔다?

그때다. 확실히 그때다. 하 부인이 삼정 손에 생명을 놓고 표류하는 금하명을 끄집어냈고, 되살려 놨다.

일이 이 정도 되면 경우에 따라서는 하 부인도 무사하지 못한다.

추명파파는 무거운 마음으로 구령각주가 건네준 서신을 펼쳤다.

복산수고(福山水庫) 서(西) 십삼 리(十三里) 임고현(臨高縣) 군주호(群珠湖). 장현문(章玄門) 일섬단혼(一閃斷魂) 동행(同行).

"장현문, 일…… 섬단혼과 동행이라고!"

얼마나 놀랐는지 입이 얼어붙었다.

대해문이 그를 노리는 것은 알았지만 일섬단혼까지! 거기에 동행?

일섬단혼이 나섰다면 장현문이 뒤따르는 건 당연하다. 또한 일섬단혼이 임고현에 들어섰다면 천풍문이 긴장하는 것도 이해된다.

문주님께 보고하지 않으면 안 되는 구령각주의 심정도 충분히 읽을 수 있다. 해남무림 최고수 중 한 명인 일섬단혼이 나섰는데 보고하지 않고 배길 일인가.

이해되지 않는 건 금하명이 어떻게 일섬단혼과 동행할 수 있냐는 거다.

제이봉에서 일섬단혼을 끄집어낼 수 있는 방법은 오직 하나뿐이다. 무공으로 그를 꺾는 것. 그럼 금하명이 일섬단혼을 이기기라도 했단 말인가?

"말도 안 돼."

추명파파는 자신도 모르게 중얼거렸다.

금하명이 일섬단혼을 꺾을 정도라면 삼정도 무사하지 못했다. 그 정도 고수를 죽이려면 삼정 중 두 명 정도는 목숨을 내놔야 한다.

과거, 일섬단혼을 끌어들이기 위해서 무인을 파견하지 않은 문파가 없었다. 그를 꺾기만 하면 수족처럼 부릴 수 있는데 욕심이 나지 않는다면 사람인가.

살수를 고용하기도 하고, 절정검수가 도전하기도 했다.

결국 그를 끌어들인 문파는 없다. 그를 꺾기 위해서는 문주가 직접 나서야 한다는 결과를 얻은 것으로 만족했다.

금하명의 무공이 그 정도로 높을 리 없다. 절대 없다.

혹…… 귀사칠검을 연성했으니 마인이 되어 날뛰는 것은 아닐지.

그것도 아니다. 해순도에서 그는 순박하고 부지런한 벙어리였다. 그 점은 광양회에서도 인정한 바다. 미친 짓거리를 조금이라도 했다면 벌써 귀에 들어오고도 남는다.

머리 속이 복잡했다. 도무지 뭐가 뭔지 정신을 차릴 수가 없다.

삼박혈검의 안위도 염려된다. 대해문, 장현문, 천풍문에 일섬단혼까지 한 곳에 모여 있다면…… 웬만한 일은 모른 척하고 끼어들지 말아야 하는데…… 그 끼어들기 좋아하는 사람이…….

'삼박혈검, 그 영감탱이에게 맡기는 게 아니었어. 단감 땡감 구분 못하고 먹어대는 위인이니…… 어쩌면 벌써 위험해졌을지도 몰라.'

추명파파는 행낭도 챙기지 않고 곧바로 신형을 날렸다.

당금 해남무림에서 추명파파보다 더 크게 놀란 사람이 있다면 남해검문주와 삼정이다.

"무슨 연유로 그 아이라고 단정했느냐!"

명옥대검이 카랑카랑한 음성으로 물었다.

금하명은 죽는 날까지 잊지 못할 자 중에 한 명이 되었지 않은가.

"생김새입니다."

구령각주는 침착한 태도로 종이 두 장을 꺼내 내밀었다.

한 장에는 목곤을 들고 있는 전신상이, 다른 한 장에는 얼굴 초상화가 그려져 있었다.

"이, 이자가 맞느냐! 잘못 본 건 아니냐!"

해천객도 놀랐다. 칠보단명도 너무 놀라서 눈을 부릅떴다.

"확실합니다."

대답을 들을 필요도 없다. 신중하기로 소문난 구령각주다. 백 번을 짚어보고 확실하다 싶으니 올린 보고이리라.

조양각에 침투한 금하명을 뇌옥에 감금한 후, 척살한 사건은 철저히 비밀에 부쳐져야 한다. 남해검문의 눈인 구령각도 예외가 될 수 없다. 그렇기에 알면서도 모른 척해왔다.

육살령이 떨어졌을 때부터, 아니, 그전에 금하명이 해남도에 들어섰을 적부터 호기심 많은 눈동자가 그를 뒤따랐으리라. 육살령에 간여하지 말라는 엄명을 받았어도 눈의 성격상 따라붙지 않을 수 없었을 것이다.

남해검문에서는 금하명에 대해서 구령각처럼 많이 아는 곳도 없다고 확언할 수 있다. 만홍도 사건에 가담했던 사람들을 제외하면.

애써 모른 척한 일을 내놓을 때는 그만큼 확신이 선다는 걸 말한다.

"금하명과 일섬단혼은 무슨 관계야? 확인해 봤어?"

남해검문주가 생각에 잠긴 채 물었다.

"거기까지는 아직 파악치 못했습니다. 하지만 호형호제(呼兄呼弟)하는 것으로 봐서는 무척 친밀한 사이로 보였습니다."

"호형호제?"

네 사람은 서로의 얼굴을 쳐다봤다.

세상에 이런 말도 안 되는 일이 어디 있나. 일섬단혼이 누구인데 이제 갓 출도한 풋내기하고 호형호제를 한단 말인가.

일섬단혼이 해남무림에서 차지하는 배분(輩分)은 단연 꼭대기다. 사승(師承)이 빨라서 같은 연배보다도 한 배분이 높다.

현재 생존해 있는 사람들 중에 같은 배분을 꼽으라면 오지산(五指山) 신령(神靈)인 천소사굉(天笑斜轟)과 어느 문파에도 입문하지 않고 유유자적 낚시를 즐기는 벽파해왕(碧波海王) 두 사람뿐이다.

일섬단혼은 연배로 따지면 다섯 손가락 밖으로 밀리지만 배분만은 단연 높다.

"어떻게 일이 그렇게까지 된 게야?"

남해검문주도 어처구니없어했다.

"저희가 가봐야겠습니다."

해천객이 말했다.

남해검문주는 고개를 살래살래 흔들었다.

"그 성격을 내가 왜 몰라. 금하명을 죽여야 한다는 생각밖에 없겠지. 일섬단혼도 눈에 들어오지 않을 거야. 참아. 일섬단혼을 비켜나게 하려면 그대들 중 두 사람은 죽어. 늘그막에 노우(老友)를 잃어서야 쓰겠나."

삼정은 침묵했다.

어떤 형식을 빌리던 문주가 입 밖으로 낸 말은 절대적으로 지켜져야 한다.

"구령각 힘을 모을 수 있는 데까지 모아봐. 쓸데없이 나서지는 말고. 그렇다고 진짜 중요한 일을 놓치는 일도 없어야 해. 겸사겸사…… 두루 살피면서 해봐."

"알겠습니다."

구령각주가 허리를 깊이 숙였다.

    *   *   *

밀당은 독사어의 능력을 너무 과소평가했다.

예전의 독사어들이라면 확실히 무시받을 만하다. 싸움에 임해서는 동귀어진도 불사하는 자들이지만 정보를 수집하거나 사람을 찾는 일 따위에는 초보적인 기초도 모르는 문외한들이었기 때문이다.

그런 독사어가 백팔겁에게 자극을 받아 실수 형태를 띠면서 완전히 달라졌다.

첫째, 밀당도 그들의 존재를 파악하지 못했다. 손바닥처럼 환히 들여다보는 해남도인데, 어디에서 무슨 수련을 하는지 알아낼 방도가 없었다.

둘째, 우습게도 밀당의 모든 정보가 그들 손에 흘러들어 갔다.

밀당 내에 누군가 간자 짓을 하고 있다.

그것도 이번 일 때문에 알게 된 것이지 이번 일이 있기 전에는 추호도 의심치 못했다.

간자는 쥐꼬리만한 단서조차 남기지 않았다. 하지만 몰랐으면 모를까 알게 되었으니 언젠가는 마각을 밝혀낼 게다.

귀제갈은 탁자 위에 있는 서찰 두 통을 쳐다봤다.

한 통은 일 각 전에 어주가 올려놓은 것이고, 다른 한 통은 밀당주가 방금 올려놨다.

내용이 충실하다면 독사어의 승리다.

먼저 밀당주가 올린 서찰부터 꺼내 읽었다.

독사어의 정보력은 증명되지 않았지만 밀당은 수백 번에 걸친 활동 결과 정보력의 신속, 정확함을 입증해 냈다.

"하하! 밀당이 독사어에게 뒤를 밟혔군. 하하하!"

귀제갈은 웃었다. 그러나 서찰을 읽어가면서 웃음이 서서히 사라지더니 급기야는 경악으로 물들었다.

"흠……! 일섬단혼…….."

신음이 새어나왔다.

일섬단혼은 귀제갈에게 뼈아픈 상처를 안겨준 유일한 인물이다.

대해문에 몸을 의탁한 후, 그가 한 일은 많다. 그중에는 성공도 있었지만 실패도 있었다.

최근에 벌인 일은 백팔겁과 남해검문을 충돌시킨 것.

대해문주는 어떻게 생각할지 모르지만 귀제갈은 성공했다고 본다.

남이 벌어준 돈으로 남을 사서 남해검문에 흠집을 냈고, 가장 중요한 전력을 파악했으니 성공이다. 남이 벌어준 돈을 자신이 번 것으로 착각하면 성과가 마음에 차지 않겠지만, 일을 벌일 때는 그런 마음이어서는 안 된다.

그전에는 만홍도 사건을 맡았다.

남해검문도를 쓸어내고 만홍도를 완전 장악하는 것이 목적.

실패다. 하나, 소주가 무모하게 일을 처리한 탓이지 자신의 머리가 잘못된 것은 아니다.

지금까지 모든 일이 그래 왔다. 소주나 문주가 욕심을 내서 일을 망쳤지, 자신이 망친 일은 없다.

의견 개진을 끝까지 하지 않은 책임은 남는다.

이 부분도 귀제갈은 명확한 주관을 가지고 있다. 책사는 머리를 빌려줄 뿐이고, 결정은 주인이 내려야 한다는. 책사가 주인의 의견을 꺾기 시작하면 끝이 없다는 사실을.

일섬단혼은 실패를 인정하게 만들었다.

함정을 파놓고 습격했는데 모두 몰살당하고 말았다. 올가미, 노방(路傍), 화살, 불…… 동원하지 않은 것이 없건만 끝내 빠져나갔다.

그토록 빠른 검은 처음 보았다. 해남무림이 왜 그를 끌어들이기 위해 머리를 싸매는지 알게 되었다.

실력을 확인했으니 본격적으로 나포(拿捕)할 차례다.

완벽한 함정을 준비했다. 일섬단혼의 검으로도 빠져나오지 못할 함정이다. 그러나 잠시 동안 일섬단혼을 묶어둘 절대 검이 필요했고, 대해문에서는 문주밖에 그 일을 도맡을 사람이 없었다.

문주는 피식 웃었다.

결국 함정은 발동조차 못해본 채 사장(死藏)되었다.

첫 번째 함정에서 빠져나가지 못하게 했어야 한다. 문주는 여러 번 기회를 주는 사람이 아니다. 자신이 이용당하는 것은 극도로 싫어한다. 적은 읽었지만 문주를 제대로 읽지 못했다.

실패다. 완벽한 실패.

지금도 그 일만 생각하면 후회가 남는다.

귀제갈은 퍼뜩 정신을 차렸다.

"독사어! 독사어는 어디 있나!"

"뒤를 쫓고 있습니다."

"뒤만 캐라고 했지 누가 쫓으라고 했어! 물럿! 당장!"

독사어와 밀당의 겨룸은 머리 속에서 지워진 지 오래다. 맹수는 기회를 직감적으로 알아차리는 법이다. 귀제갈은 일생일대의 도박을 벌일 기회가 찾아왔다는 사실을 직감했다.

일섬단혼이 금하명과 호형호제를 하며 움직인다는 것은 해남무림에 공표했던 금약(禁約)이 깨졌다는 걸 의미한다.

누군가에게 꺾였다. 그자는 귀사칠검을 수련한 자, 삼정에게 죽임을 당한 자, 구사일생으로 살아나 해순도 하 부인을 능욕한 자가 틀림없으리라.

귀제갈은 독사어가 올린 서찰을 읽었다.

서신 내용이 한눈에 들어온다. 한 치도 어김없이 똑같은데 딱 한 군데만 다르다.

귀제갈은 다른 부분만 소리 내어 읽었다.

"일섬단혼은 암격할 수 있으나 금하명은 곤란하다? 이건 어주가 내린 판단인가?"

"직접 보고 판단했습니다."

"금하명이라는 자가 그렇게 강해 보였나?"

"강하기는 일섬단혼이 훨씬 강합니다. 한데…… 글쎄요. 종잡을 수 없는 인간이라는 편이 옳겠군요. 예감입니다. 공격하면 이로울 게 없다는 예감이 들더군요."

"이상한 행동은 하지 않던가?"

"……?"

"미쳤다거나 이성을 잃고 날뛴다거나."

"없었습니다."

순간 귀제갈의 눈빛이 번뜩였다.

'귀제갈의 저주가 풀렸다! 역시 기회가 왔어!'

일섬단혼을 무너뜨린 강자가 출현했다. 일섬단혼은 자신이 준비했던 함정들을 가볍게 빠져나간 초강자인데 그를 무너뜨렸다. 대해문주조차도 맞상대하기 싫어한 사람인데 무너뜨렸다. 더군다나 그는 남해십이문 어디에도 몸이 메이지 않은 외인이다.

'대해문에 몸을 의탁하고 있지만 이룬 게 없다. 남해검문을 해남도에서 지워 버릴 방책뿐만이 아니라 해남무림을 일통할 수 있는 방안까지 마련해 올렸다. 그럼 뭐 하나. 들어먹지를 않는데.'

남의 목을 치려면 팔 하나쯤은 내줘야 하는 법이다.

만인의 존경을 받으면서 패업(霸業)을 이룰 수도 없다. 예부터 역사가 말해 준다. 패업을 이룬 자치고 잔인하지 않은 자가 없었다.

이루는 자와 지키는 자는 구별되어야 한다. 이루면서 지키는 것까지 바랄 수는 없다.

대해문주는 이루면서 지키려고 한다.

귀제갈은 대해문주를 버렸다. 그의 대에서는 아무런 대업도 이루지 못한다. 무모하게까지 비치는 소주가 차라리 낫다. 소주는 그래도 벨 것은 베고, 버릴 것은 버리는 과단성이 뛰어나다.

귀제갈은 남해검문에서 대해문으로 화살을 돌렸다.

대해문주는 남해검문주가 병사하기 직전이라고 해도 움직이지 않을 것이다. 혹 모른다. 완전히 죽고 난 다음이라면 움직일지도. 하지도 않을 싸움이면서 계속 사람을 피곤하게 만드는 것은 뭐란 말인가.
'대해문주는 틀렸다.'
지금은 남해검문 따위나 견제하고 있을 때가 아니다. 대해문주를 쳐야 한다. 대해문주만 바뀌면 남해검문과의 싸움도 쉽게 결정된다. 해남무림의 일통을 적어도 이십 년은 앞당길 수 있다.
귀제갈의 머리는 갑자기 속도를 내어 돌아가기 시작했다.
그는 순간적으로 다가온 기회를 오랜 시간 동안 공들여 만들어놓은 기회처럼 바꾸는 재간이 있었다.
지금이 그렇다. 금하명의 등장은 순간적이지만 초강자의 등장 소식을 접한 순간 오랫동안 머리 속에만 담아둔 계획이 실 풀리듯 풀려 나왔다.
"어주는 독사어 삼대를 데리고…… 아냐, 오대까지 데리고 가. 지금 즉시 해순도로 떠나. 해순도에 들어서면 하 부인을 면밀하게 관찰해. 명이 떨어지기 전까지는 절대 움직이지 말고 누구에게 발각되어서도 안 돼."
음성에 긴장감이 묻어났다.
"그것뿐입니까?"
어주는 귀제갈과는 다르게 실망스런 표정을 지었다.
싸우고 싶어하는 그 마음…… 안다. 조금만 기다려라. 실컷 싸우게 해줄 테니까.
"명이 떨어지면 바로 하 부인은 납치해서 데려와. 이곳, 내 집무실까지. 중간에 떨어지는 모든 명령은 무시해. 아니, 명령을 가져온 자는 베어버려. 독사어가 몰살당하는 일이 있더라도 반드시 이곳으로 데려와야 해."

어주의 눈가에 메마른 웃음이 번졌다.

진한 싸움을 예감하고 비로소 웃음을 흘린 것이다.

"시신도 괜찮습니까?"

귀제갈은 즉시 말했다.

"아니, 절대 안 돼! 무슨 일이 있어도 산 채로, 손톱 하나 건드려선 안 돼. 다시 한 번 말한다. 독사어가 전멸되는 한이 있어도 하 부인만은 반드시 데려와."

어주는 평소와 다른 음색에 얼굴빛을 굳혔다.

언제 귀제갈이 이토록 단정적으로 말한 적이 있던가. 이것은 무엇인가. 곧 큰 싸움이 벌어질 전조이지 않은가.

"반드시 산 채로."

어주의 입가에서 살소가 새어 나왔다.

第二十四章
유연천리내상회(有緣千里來相會)
인연이 있으면
천 리를 떨어져 있어도 만난다

유연천리내상회(有緣千里來相會)
…인연이 있으면 천 리를 떨어져 있어도 만난다

금하명은 웃어야 할지 울어야 할지 난감하기 그지없었다.

"우리 집이 요기 고개만 넘으면 나오네. 식구들 입 건사도 못하는 처지지만 들러서 닭이라도 한 마리 먹고 가게."

군주호를 지나 적성(蹟腥)으로 들어섰을 때, 생전 처음 보는 사람이 말을 건네왔다.

하 부인은 정말 쓸데없는 일을 벌여놨다. 어쩌자고 사람 입장을 이토록 곤란하게 만드는가. 그런데,

"술도 있나?"

일섬단혼이 불쑥 끼어들었다.

사내는 인상을 찡그렸다. 한눈에 쓸어 봐도 인간답지 않은 괴물인데다가 나이도 많이 봐줘야 마흔 정도 되어 보이는 놈이 불쑥 반말을 해대니 기분이 상할 수밖에 없다.

일섬단혼은 한술 더 떴다.

"이 새끼가 갑자기 귀머거리가 됐나, 왜 주둥이를 처닫고 지랄이야."

"뭐야! 이 사람이 정말!"

"어! 이 새끼 잘하면 사람 치겠다? 오냐, 어디 쳐봐라. 그러잖아도 편히 누울 구들장이 필요했는데 어디 한 서너 달 누워 있어보자."

일섬단혼은 때리라고 아예 머리를 디밀었다.

사내는 주춤 물러섰다.

일섬단혼쯤이야 한 주먹감도 안 돼 보이는데, 옆에서 침을 질질 흘리고 있는 맹견 네 마리가 목줄을 물어뜯을 것 같다.

"형님, 왜 이러십니까. 이러지 말아주십사 그렇게 사정했는데."

일섬단혼은 금하명 어깨를 잡아끌어서야 그제야 만족한 미소를 지으며 멈췄다.

"새끼…… 치지도 못하는 놈이 주둥이만 살아가지고는. 임마! 술 있어, 없어! 있으면 어서 안내하고 없으면 꺼져!"

사내는 분이 솟구치는지 얼굴이 붉으락푸르락해졌다. 그러다 난감해하는 금하명을 보고는 툭 쏘아붙였다.

"어쩌다 하 부인께서 당신 같은 사람을…… 따라오쇼."

이쯤 되면 대접하는 사람이나 대접받는 사람이나 기분 나쁠 판이다. 마음이 담긴 대접은 아예 물 건너갔다. 얻어먹는 것이 살이 될 리도 없고, 앉은 자리도 가시방석이 될 게 뻔하다.

그래도 일섬단혼은 신이 났다.

"야! 동생. 술이란다. 키키! 이게 얼마 만에 마셔보는 거냐. 야! 너 돈은 없냐? 이놈 봉인 줄 알고 잡았더니만 나보다도 더 거지야. 주둥이 하나만 가지고 다니는 놈이라니까."
 금하명은 뒤에서 터덜터덜 따라갔다.
 한두 번 겪어본 일도 아니고 사람을 만날 때마다 시비를 거니. 거기다가 염치는 하늘 높은 줄 모르고.
 '확실해졌어. 복이 아니야. 파천신공의 저주가 떠나니까 이제는 인재(人災)가 닥치네.'

 두 사람에게 필요한 것은 술뿐이었다.
 사내가 닭도 두 마리나 잡아왔건만 일섬단혼은 망설임없이 개들에게 던져 주었다.
 사내는 맹견들이 아귀처럼 달려들어 뜯어 먹는 것을 보고는 방문을 쾅! 닫으며 들어가 버렸다.
 가난에 전 집이다. 사내도 일 년 가봐야 닭고기 한 번 뜯기 힘들어 보인다. 아무리 하 부인이 부탁했다고는 하지만 닭을 두 마리나 잡은 것은 사내로서는 크게 인심 쓴 것이다.
 그런 것을 대뜸 개들에게 던져 주었으니.
 "형님, 앞으로는 제발 이러지 좀……."
 "자식아, 그럼 네가 술을 사던가. 사주지도 못하는 놈이 얻어먹는 것도 못하게 해? 그리고도 네가 동생이냐? 이게 형님을 대접하는 태도야? 에라이, 똥물에 튀겨 죽일 놈아."
 골치가 지끈거린다.
 살검의 최고봉만 오를 것이지, 막무가내는 뭐 하러 최고까지 오른단 말인가.
 호형호제도 하고 싶어서 한 것이 아니다. 절대 불가(不可)를 말했다

유연천리내상회(有緣千里來相會) 97

가 욕설을 한 바가지나 얻어먹었다.
"여기서 술 좀 드시고 계세요. 전 잠시······."
"어디 가게?"
"잠시 들를 데가 있어서."
"이놈아 들를 데가 있으면 이 형님과 같이 가야지 혼자 쏙 빠져나가는 거야? 천하에 이······."
"때려죽일 놈아."
"새끼가 이젠 내 말까지 가로채네?"
"그러지 말고 잠시만······."
"왜? 천풍문에 들르게? 헛수고 마, 이놈아. 이 자식 이거 되게 고집 센 놈이네. 네놈 비무 상대는 내가 정해준다니까 말귀를 콧등으로 처먹었나 왜 이렇게 못 알아들어."
"잡시다."
금하명은 벌렁 드러누웠다.
도무지 어떻게 해볼 도리가 없는 노인네다. 이건 따라다니는 것이 아니라 끌려 다니는 형국이지 않은가.
차라리 잠자는 게 속 편하다.
일섬단혼이 한마디 툭 내뱉었다.
"대낮부터 퍼질러 자는 새끼는 처음 봤네."

'이해할 수 없네. 뭐가 어떻게 되어가는 거야?'
삼박혈검은 금하명과 일섬단혼을 보며 고개를 설레설레 흔들었다.
그가 알고 있는 일섬단혼은 절대 부드럽지 않다.
도전해 온 자는 살려두지 않는다. 면전에 병기를 들이대는 자는 반드시 죽인다. 무공이 변변치도 않으면서 무공을 논하는 자도 죽인다. 죽인다. 죽인다…….

그는 잔인한 사람이다. 해남무림에서 가장 잔혹한 손속을 지닌 사람이다. 무인을 만나면 어떻게든 시비를 걸고, 먼저 검을 뽑게 한 다음 죽인다.

그가 거주하는 제이봉에 한정된 일이지만, 아직까지 제이봉에 들어가서 살아 나온 사람이 없다는 것만 봐도 손속이 얼마나 잔인한지 읽을 수 있지 않은가.

이게 정상적인 일섬단혼이다.

미친 것은 아니다.

욕설 몇 마디를 입에 달고 살아서 그렇지 사리분별은 뚜렷하다.

그런데 금하명에게 하는 모습을 보면 노망난 노인네 같다.

일섬단혼에게 목적이 있지 않고서야 이런 일이 가능한 건가?

분명한 목적을 알아야 한다.

금하명을 다시 보니 반가운 마음이 울컥 치밀지만 쉽게 접근하지 못하는 이유였다.

'응? 방금 전까지 술 마시던 사람이 어디로……?'

잠시 생각에 잠겼다 정신을 차려보니 일섬단혼이 사라지고 보이지 않는다.

'측간엘 갔나?'

금하명에게 접근할 수 있는 기회가 생겼다.

그에게 일섬단혼의 매서운 손속을 알려줘야 하는데…….

'이, 이런!'

한순간, 삼박혈검은 보이지 않는 올가미에 전신이 칭칭 감겨드는 느낌이 들어 당황했다.

자신이 왜 삼박혈검이라고 불리게 되었나.

삼박혈검(三縛血劍)의 삼박이란 보이지 않는 그물로 세 번 얽어맨다는 뜻이다. 치밀하게 배합된 검초 속에 몰아넣어서 꼼짝할 수 없게 만든 다음, 혈검을 쳐낸다.

거미줄에 걸린 파리가 빠져나가는 것을 본 사람이 있나?

아무도 빠져나갈 수 없다.

이번에는 자신이 걸려들었다. 싸운 것도 아니고 치밀한 검초의 배합을 겪은 것도 아닌데…… 가만히 숨어 있다가 걸렸다.

'움직이면…… 베인다.'

확실하다. 동아줄로 칭칭 옭아맨 자는 단숨에 몸통을 가를 무공이 있다. 해남무림에서 이토록 가공한 검기를 뿜어내는 자라면?

'일섬단혼! 제길! 어쩐지 보이지 않더라니.'

"가만있자. 이놈 키가 꼭 난쟁이 똥자루만하네. 너 혹시 삼박혈검인가 뭔가 하는 그놈이냐?"

등 뒤에서 생각했던 대로 일섬단혼의 음성이 들려왔다.

'노, 노옴!'

기가 막혀도 이렇게 기막힐 수가. 수염이 희끗희끗한 나이에 '놈' 소리를 듣게 될 줄이야.

"끙끙! 이게 무슨 냄새야? 야, 난쟁이. 너 자단향(紫檀香) 처바르고 다니냐? 사내자식이 불알 값 좀 해라. 자단향이 뭐냐, 자단향이."

이제는 더 이상 참을 수 없다. 일섬단혼의 검이 아무리 매섭더라도 한 수 견식을 해봐야겠다.

쐐에엑!

삼박혈검은 돌아서자마자 일검을 쳐냈다.

해무십결 중 마지막 제십결(第十訣) 기정염염(氣精炎炎).

우검조내치어단전처(右劍朝內置於丹田處:우검은 단전 위치에 두고), 제단전지기상승지전중혈(提丹田之氣上升至膻中穴:단전의 기운을 끌어 전중혈로 올린다). 동시병제항긴검(同時並提肛緊劍:동시에 검을 굳게 얽어 부풀려 끌며), 용의용경도인검(用意用勁導引劍:뜻과 경으로 검을 이끈다)…….

해무십결은 모두 세 자로 되어 있는데, 마지막 십결만 네 자로 되어 있다.

이는 다른 초식들과 구별하기 위함이다.

남해검문도는 십결을 달리 의검(意劍)이라고도 부른다.

다른 초식들이 검으로 전개하는 초식이라면, 십결은 마음으로 전개하는 검이다.

삼박혈검은 자신에게 무명을 안겨준 초식의 배합을 버리고, 다짜고짜 의검을 전개했다. 그렇지 않고는 일섬단혼의 손에서 벗어날 수 없다고 판단했기 때문이다. 그런데,

"헉!"

삼박혈검은 제십결을 미처 펼쳐 내기도 전에 헛바람을 토해냈다.

낭심으로 쏘아져 온 검이 복부를 가르고 가슴을 지나 머리까지 쪼갰다.

삼박혈검은 부르르 치를 떨었다.

"너 미쳤냐? 검을 쓰려면 쓰지 왜 중풍 맞은 노인처럼 발발 떨고 그래? 설마 진짜 중풍 맞은 건 아니지? 아니면 미친놈이고."

'이, 이건 심검(心劍)!'

경악스럽다. 남해검문의 의검이나 일섬단혼의 심검은 같은 맥락이

다. 검에 뜻을 싣는 것이나 검기로 상대를 베서 지레 검을 놓게 만드는 것이나 같은 종류의 검공이다.

일섬단혼의 심검은 고절했다. 남해검문주의 의검과 견주어도 승부를 판단할 수 없을 만큼 완벽했다.

"짜식! 내 새로 얻은 동생만 아니었으면 넌 벌써 죽었다. 감히 뒤를 밟아? 데려오라니까 데려가기는 하는데, 한마디만 헛소릴 지껄여도 넌 죽은 목숨이야. 알았어, 자식아!"

삼박혈검은 정신이 없었다.

일섬단혼이 자신을 발견해 낸 것은 그렇다 치고, 금하명까지 눈치채고 있었단 말인가. 금하명의 무공이 그렇게 높아졌는가.

"술을 좋아하시는데…… 없군요."

금하명이 일어나 앉으며 씩 웃었다.

"오, 오랜만이네."

삼박혈검은 어색하게 웃었다.

남해검문이 발동한 육살령, 그리고 죽어갔다던 백팔겁. 그 한가운데 금하명이 있었다.

어지간히도 남해검문을 원망했을 텐데, 그런 내색을 손톱만큼도 비치지 않는다.

삼박혈검은 어색함을 떨치기 위해서 급히 말했다.

"술 없는 집이 어디 있겠나. 누가 보기 싫어서 내주지 않는 거겠지."

"뭐야! 이 새끼가!"

일섬단혼이 발끈해서 일어섰다.

다음 차례는 눈부신 쾌검만큼이나 현란한 욕설을 퍼붓는 것.

금하명이 재빨리 사이에 끼어들었다.

"형님, 하나ㅡ]."

삼박혈검은 소스라치게 놀랐다.

추명파파의 전서를 받고 대충 알기는 했지만 정말 일섬단혼과 호형호제를 하는 사이라니.

삼박혈검이 놀라거나 말거나 일섬단혼은 눈을 동그랗게 뜨고 금하명을 쳐다봤다.

"하나? 하나가 뭐야?"

"하나, 말할 때 새끼는 빼시기 바랍니다."

일섬단혼의 안색이 새파래졌다. 거의 동시에 거친 욕설이 우르르 쏟아져 나왔다.

"뭐야? 네가 동생이면 동생이지 새끼야, 네가 뭔데 이래라저래라……."

일섬단혼은 말을 마치지 못했다.

깨갱! 깽! 컹! 깨갱!

맹견들이 죽겠다고 짖어댄다. 이리저리 도망치려고 하지만 두 발로 개목걸이를 꽉 밟고 있으니 도망칠 수도 없다. 또 내려치는 목곤은 맹견들이 피하기에는 너무 빠르다.

"아야! 야! 너 뭐 하는 짓이야!"

"새끼 한 번 말하시는데 다섯 대씩. 괜찮죠?"

"너 이 새…… 너 정말 이럴래?"

"곰곰이 생각했죠. 이런 식으로 할까, 똥구멍을 핥으라고 할까."

일섬단혼이 아무 대꾸도 못하고 털썩 주저앉았다.

삼박혈검은 조금 전보다 더 크게 놀랐다.

유연천리내상회(有緣千里來相會) 103

"누구든지 날 이겨봐! 똥구멍을 핥아달라고 하면 핥아줄 테니까."

해남무림인치고 이 말을 모르는 사람은 없을 게다.
'맙소사! 이…… 일섬단혼을 이겼단 말이야? 어떻게 이런 일이! 아냐, 이건 하늘이 두 쪽 나도 일어날 수 없는 일이야. 내가 꿈을 꾸고 있어. 이런 일은……'
삼박혈검은 볼을 꼬집었다.

"세상에 말이지. 정말 무공을 아는 놈이 없어. 무공을 아는 놈은 많지. 무공을 좋아하고 사랑하는 놈이 없어. 목숨! 목숨을 바쳐서! 사랑하는 놈이 없다…… 이 말이야! 알아들어? 알아듣냐!"
일섬단혼의 주정은 주정으로만 받아들일 수 없었다. 주정 속에는 무공에 대한 깊은 애착이 숨어 있었다. 그는 무림을 사랑하는 사람이 아니라 무공을 사랑하는 사람이었다.
"내가 말이야. 참 많이 죽였다. 손에서…… 이 손에서 피 냄새가 풀풀 풍겼어. 어느 날은…… 사과를 먹는데 아! 사과 맛이 이상하더란 말이지. 그래서 봤지. 왜 그런가 하고. 흐흐흐! 내 손에 피가 묻어 있었던 거야. 딸꾹!"
술 냄새가 확 번졌다.
진기로 주정(酒精)을 배출시키면 이 정도까지는 취하지 않는데, 흠뻑 취하고 싶었나 보다.
"난, 난 죽이고 싶지 않아. 내가 살인귀처럼 보여? 아니지? 사람이지? 그래, 난 사람이야. 사람이 사람을 죽이고 싶겠냐? 그래서 물었지.

너 무공 좋아하니? 항상 물었어. 묻고 묻고 또 묻고…… 그럼 뭐라고들 대답하는지 알아? 너 아니면 나, 둘 중에 한 명은 죽어야 돼. 딸꾹! 그럼 할 수 없지. 죽여야지."

집주인이 헐떡거리며 술을 사왔다.

큼지막한 항아리가 일곱 개째, 장정 열 명이 마셔도 취해 쓰러졌을 양이다.

"더 사올까요?"

삼박혈검은 고개를 가로저으며 수고비로 몇 푼 더 쥐어주었다.

"사와. 더 사와. 오늘 실컷 퍼먹고 뒈져 보자. 더 사와, 새끼야!"

일섬단혼은 주정을 부리다 말고 벌렁 드러누웠다.

"내 말에 정확히 대답한 놈은 이놈이 처음이야. 내가…… 내가 물었지. 넌 무공이 좋냐? 좋다네. 그런데 물러가진 않는 거야. 또 물었지. 좋냐? 역시 좋대. 미친놈이라고 욕을 퍼부었더니 먼저 묻대. 당신은 좋냐? 나도 말해 줬지. 그래, 좋다."

일섬단혼은 혀 꼬부라진 소리로 다른 사람이 듣든 말든 계속 중얼거렸다.

"그러니 왜 죽여. 죽일 이유가 없지. 그런데 이 지겨운 놈이 말이야. 돌아가지 않고 부처 흉내를 내더니만 불쑥 나타난 거야. 활법을 익혀 가지고. 우린 묻고 물었어. 무공이 좋냐? 좋다. 당신은? 나도 좋다. 크크크! 그래서 난 이놈이 좋아. 좋아서 미치겠어. 안 그래, 동생? 동생도 내가 좋지?"

"네에. 좋습니다."

"그래, 그래야지. 동생, 저놈이 말이야. 두 번째로 내 말을 알아들은 놈이야. 동생 다음으로 말귀를 알아먹은 놈이지. 크크! 동생만 아니었다면…… 끄윽! 저놈을 좋아했을 거야. 크크!"
 삼박혈검은 마시던 술을 뿜어낼 뻔했다.
 '세상에! 심검을 쏘아놓고…… 뭐라고? 무공이 좋냐고 물었다고? 그런 말을 알아들을 사람이 몇 명이나 된다고. 망령이 났나.'
 생각은 그랬지만 일섬단혼을 다시 보는 계기가 됐다.
 그러고 보니 그를 치러 갔던 사람들 중에는 심검이나 의검을 제대로 이해하는 사람이 없었다. 적어도 한 문파의 장로쯤은 되어야 이해할 성질이다.
 당시 장로나 문주들은 몸을 사렸다. 누구도 동귀어진을 원하지 않았다. 일섬단혼이 탐나기는 했지만 목숨을 던져 가면서까지 끌어들일 생각은 없었다.
 그에게 죽은 사람들 중에는 장로가 있기는 있었다. 일부 호승심 강한 장로들이 검을 들고 쫓아갔었다.
 그들의 면면을 살펴보자.
 투지가 너무 강했다. 심검이 쏘아져 오는 것은 알았지만 날이 없는 공격이기에 무시하고 쳐 나갔다. 일섬단혼이 뭘 묻는다고는 전혀 생각지 못하고 기선을 제압하는 줄로만 알았을 게다.
 일섬단혼은 순수한 비무와 사심 깃든 비무를 구분하여 각기 다른 검을 사용했다.
 심검으로 끝낼 자, 진검을 사용할 자.
 일섬단혼이 잔인하다고 생각했던 게 수치스럽다. 또 금하명과 일섬단혼이 어울리는 것도 이해된다.
 금하명 같은 사람은 생과 사를 염두에 두지 않고 도전한다.
 그러나 삶과 죽음보다 더한 것이 있으니 바로 무공의 비교다. 궁극적인 목적은 생사를 가르는 것이 아니라 상대에게 무공 한 수 지도받겠다는 데 있다.

　금하명이 일섬단혼의 생애에 순수한 의미로 비무를 청한 첫 무인이라면, 그도 참 불행한 사람이다.

　일섬단혼이 코를 골기 시작했다.

"하 부인을 겁간했다며?"
"그렇게 됐습니다."
　금하명은 순순히 시인했다.
"착한 여자야. 울리지 마."
"그럴 생각입니다."
"책임을 지는 것으로 끝나는 게 아냐. 죽지 말아야지. 벌써 장례를 한 번 치른 여자니까."
　금하명이 독주를 들이켰다.
"어떤 사이십니까?"
"나? 나와는 상관없어. 추명파파와 관계있지. 아주 깊은 관계가. 추명파파가 네놈 뒤를 봐달라고 부탁하지 않았다면 네놈이 활개 치고 다니는 사실도 몰랐을 게다."
"두 분이 잘 어울립니다."
"누구? 추명파파와 나? 에끼, 이 사람아."
"아뇨. 일심단혼과 선배님요."
"뭐? 지금 키 작고 못생겼다고 놀리는 건가?"
"하하! 취소하겠습니다. 하하!"
　즐겁다. 사람을 만나는 건 괴롭기도 하지만 즐겁기도 하다.

삼박혈검과 일섬단혼은 한 형제라고 해도 좋을 만큼 닮았다. 둘 다 기형적으로 작은 키도 닮았고, 못생긴 얼굴도 닮았고, 동물에 애착을 가지는 것도 닮았다. 한 사람은 오리, 한 사람은 개. 그러나 무엇보다 세상을 해학적으로 사는 면이 닮았다.

남해검문이 쳐온 검은 잊었다. 자신을 친 검이 아니라 귀사칠검을 친 검이기에 뇌리에서 깨끗이 지워 버렸다.

일섬단혼은 금하명을 부끄럽게 만들었다.

일섬단혼을 찾아갔을 때만 해도 순수하게 무공을 견주어보겠다는 생각밖에 없었는데, 지금은 모두를 한시바삐 뉘어버리고 해남도를 홀홀 떠날 생각만 하고 있다.

그래서는 진정한 무도를 깨우치지 못한다.

일섬단혼은 일부러 취했다. 어쩌면 코를 골고 있는 지금도 정신이 멀쩡할지 모른다. 그렇게까지 해서라도 비무에 급급해하는 동생을 자존심 상하지 않게 일깨워 주려고 했다. 틀림없다.

"귀사칠검은 풀었냐?"

"네."

"네라니! 정말 풀었어?"

"네. 덕분에 좋은 무공을 창안하게 되었습니다. 완전한 무(無)에서는 유(有)를 창조할 수는 없더군요. 무언가를 이룩하려면 그만한 기반이 있어야 하죠. 아버님, 원완마두, 능 총관, 귀사칠검…… 이 모든 무공이 모여서 기반을 만들어주었어요."

"무공을 창안했다…… 낄낄! 정말인 게로군."

금하명은 웃었다. 그러나 하루 종일 놀란 삼박혈검은 술판 마지막 자리에서까지도 놀란 채 입을 다물지 못했다.

❷

"강아지가 신경 거슬리지?"

일섬단혼은 꿩을 잡아 맹견들에게 던져 주었다.

맹견은 마파람에 게 눈 감추듯 먹어치웠다. 뼈까지 오독오독 씹어 먹어서 깃털과 핏자국 외에는 남아 있는 것이 없었다.

"천풍문에는 암검(巖劍)이 있다고 들었는데요."

"자식, 강아지 이야기하는데 웬 천풍?"

"강아지야 한두 마리도 아니고 해서."

"그따위로 말한다 이거지? 오냐, 이놈아. 천풍에 암검? 오뉴월에 이질 걸려 되질 소리는 하지 말라고 그래. 암검은 무슨 암검. 지놈들이 암검을 알기나 한데?"

일섬단혼은 방향을 꺾어 담주현(儋州縣)으로 향하는 관도(官道)를 탔다.

금하명은 천풍문에 들르지 못한 것이 못내 아쉬운 표정이었다.

'천풍문 문주를 노렸던가.'

삼박혈검은 금하명이나 일섬단혼이나 두 명 다 머리에 뿔이 둘 달린 도깨비처럼 보였다.

금하명은 귀사칠검의 저주를 풀고 새로운 무공을 창안했다고 한다. 한데, 그 말을 믿을 수 없다. 이리 살펴보고 저리 뜯어봐도 진기라고는 전혀 엿보이지 않는 범부의 모습이다. 누가 검을 쳐낸다면 움직이지도 못하고 맞아 죽을 사람처럼 보인다.

믿지 않을 수도 없다. 금하명이 천풍문주를 말하는데, 일섬단혼은 오히려 상대할 가치도 없다는 투다. 움직이지 않는 가운데 움직인다는 부동신(不動身)을 눈 아래로 깔아버린다.

다른 사람도 아니고 일섬단혼의 입에서 나온 말이니 믿지 않을 수도 없다.

'천풍문주가 이 소리를 들었다면 입에 게거품을 물겠군.'

해남무림에는 고수가 많다. 각 문파의 문주만 내세워도 열두 명이다. 그들만 있는 것도 아니다. 문주도 승패를 장담할 수 없는 장로들, 원로들이 부지기수다.

아무리 못 잡아도 쉰 명 정도는 서로 손을 쓰기 꺼려하는 무공을 지녔다.

삼박혈검의 판단으로는 일섬단혼 역시 천풍문주와의 승부를 자신할 수 없다. 일섬단혼이 제이봉에 틀어박혀 있는 동안, 해남무림은 장족의 발전을 했다. 과거에는 일섬단혼의 힘을 써먹고자 하는 문파가 많았지만 지금은 신경도 쓰지 않는다.

세월이 변했다.

일섬단혼은 과거의 몽상에 사로잡혀 있다. 현재의 해남무림을 과거의 잣대로 저울질해서는 안 된다.

일섬단혼이 몸을 북북 긁으며 말했다.

"또 혹시 모르지. 죽은 영감탱이가 살아온다면. 그 영감탱이 죽은 후로는 암검도 끝났어."

'암풍사검(暗風死劍)!'

삼박혈검은 또 곤혹스러워졌다.

암풍사검은 전대 천풍문주로 이십 년 전에 현 천풍문주에게 자리를 이양하고 은거에 들어갔던 절대검사다. 그가 천수를 다해 검을 놓은 건 팔 년 전.

일섬단혼은 제이봉에 틀어박혀 있으면서도 해남무림에서 신경을 돌리지 않았다. 장현문의 누군가가 무림 대소사를 끊임없이 보고해 줬다는 추론이 성립된다.

그럼 일섬단혼은 진정으로 천풍문주가 금하명의 상대로는 부족하다고 생각한 것인가.

"이놈아, 가자. 아무리 몸을 풀고 싶어도 호랑이는 호랑이와 싸워야 하는 법이야. 저놈의 강아지 새끼들. 야! 꼬마! 네가 어떻게 좀 해봐라. 꼭 이 어른이 나서야 되겠냐? 나무 꼭대기에 있는 물건은 확실하게 치워."

'꼬마……! 도토리 키 재기 하자는 거야, 뭐야!'

나이 차가 얼마 나지도 않는데, 다 같이 늙어가는 주제에.

"끄웅!"

삼박혈검은 된소리를 내며 일어섰다.

강아지라고 해서 천풍문, 대해문, 남해검문에서 보낸 밀자(密者)들인 줄 알았다.

"망구! 왜 따라왔어?"

"영감탱이는 왜 저놈들과 어울려!"

"뒤를 밟으려거든 들키지나 말던가. 쯧쯧! 하는 짓거리 하고는."

"내가 뒤따르는 걸…… 눈치 챘단 말이야?"

"특별히 말하더만. 나무 꼭대기에 있는 물건은 확실하게 치우라고."

추명파파는 할 말을 잃었다.

"내가 그렇게 믿기지 않던가? 그럼 부탁이나 하지 말던가. 왜 따라온 거야?"

"영감, 저놈이 누군지 알아?"

"일섬단혼?"

"아니, 저놈 말이야. 금하명 저놈."

"무슨 말을 그렇게 해? 금하명보고 금하명이 누구냐니?"

"저놈이 바로 조양각에 침입한 놈이야. 문주님과 삼정께 죽임을 당한 놈이고."

"대충 짐작은 했지."

삼박혈검은 별로 놀라지 않았다. 오히려 그런 태도에 추명파파가 놀랐다.

"알…… 고 있으면서 놈과 같이 있단 말이야?"

"그럼 어쩌겠나. 사람 인연이 그런 걸."

추명파파는 인상을 찡그렸다.

오면서 들은 소문이 있다. 금하명과 일섬단혼에 관한 이야기로 상당히 안 좋다. 그들은 터지기 일보 직전의 화약고라고 해도 좋다. 저들과 같이 있다가는 엄한 돌팔매질을 당한다.

그런데 추명파파의 마음을 읽지 못한 삼박혈검이 먼저 말을 꺼냈다.

"돌아가. 파파, 이런 말을 하기는 뭐하지만…… 파파나 나나 할 일이 없는 것 같네."

'할 일이 없지. 이제 와서 무슨 일을 하겠어.'

소문은 이미 저들을 죽음의 구렁텅이로 밀어 넣고 있다. 자신 역시 발을 빼려던 참이다. 삼박혈검이 저들과 함께 있지만 않았다면 벌써 남해검문으로 돌아가고 있을 게다.

돌아가는 상황이 너무 불리하고 외길이라서 손대는 사람이 있으면 그마저 빨려들어 가고 만다.

하 부인은 마음을 정리해야 한다. 두 번 장례를 치르는 것 정도는 감수해야 한다.

"일섬단혼의 무공은 정말 일절이더구먼."

신경이 곤두선다. 적이나 다름없는 자를 추켜세우다니.

"흥! 일섬단혼에게 겁을 집어먹었군. 그새 겨뤄보기라도 한 거야?"

"겨뤄봤지. 과연 일섬단혼, 찬사가 절로 튀어나오는데. 일초에 끝났으니까. 그것보다도…… 망구가 개망나니라고 부르는 저놈 말이네. 우리가 손대기에는 벅찬 놈으로 커버렸어."

"이 영감탱이가 미쳤나."

"망구야, 정신 좀 차려. 일섬단혼을 제이봉에서 내려오게 하는 방법은 오직 하나. 그게 지켜졌다면 정신 좀 들어?"

"그, 그럼 정말!"

"개망나니가 일섬단혼을 꺾었단 말이지. 그런 놈 뒤를 봐주라고? 오히려 저놈에게 부탁할 판이네. 우리 뒤 좀 봐달라고."

추명파파는 소 걸음처럼 느릿느릿 걸어가는 두 사람을 노려보더니 느닷없이 신형을 날려 뒤쫓아갔다.

"이런 망할! 누가 계집이 아니랄까 봐 손톱을 바짝 세우고 달려드는 거야! 좌우지간 계집은 젊으나 늙으나 가까이할 물건이 못 된다니까."

일섬단혼이 걸음을 멈췄다.

"제 손님 같군요."

금하명이 일섬단혼의 어깨에 손을 올려 돌아서지 못하게 했다.

"그으래? 그것참…… 그렇게 안 봤는데 취미도 고상하네. 너 늙은이도 건드리냐?"

"둘[二]! 농담도 정도껏 할 것."

"이 새끼…… 아니, 아니. 이 자식이! 마! 농담에 정도가 어디 있어!"

"없으면 저놈들이 타작당할 테니 만들어봐요."

말이 끝나자마자 몸을 돌리며 목곤을 뻗어냈다.

페에엑!

검 한 자루가 등 뒤에서 매섭게 찔러왔다.

금하명 말대로 노리는 사람은 일섬단혼이 아닌 금하명.

타앙!

목곤과 검이 부딪쳤다. 순간 검이 영활한 뱀처럼 곤신을 타고 올라와 손목을 베었다.

쩌엉……!

목곤에 은은한 울림이 번졌다. 문풍지가 떨리듯 바르르 떠는 모습이 숨죽여 우는 것 같은 착각을 불러온다.

스윽! 타악!

목곤은 공격해 오는 검을 감싸 안았다. 떨어져서는 안 될 사이처럼 바짝 끌어당겼다. 아니, 그렇게 느낀 순간 거칠게 털어냈다.

목곤에는 나무의 영(靈)이 깃들어 있다. 목영(木靈)은 금하명과 교감을 나누어 일체가 되었다. 금하명이 움직일 때 목곤도 움직이며, 금하명이 숨을 고를 때 목곤도 가라앉는다.

병기를 분신처럼 사용하는 사람은 많다. 무림에 십여 년만 몸을 담고 있어도 병기인지 몸인지 모를 정도가 된다.

금하명은 전혀 색다르다.

목곤은 목곤이다. 사람은 사람이다. 목곤과 사람이 전혀 다른 생명체가 되어 따로 논다. 생명과 생명이 손을 맞잡고 춤을 추고 있을 뿐, 하나라는 생각은 들지 않는다.

두 생명체다.

타앙!

"허엇!"

추명파파의 검이 손에서 벗어나 허공을 날았다.

"남해검문의 해무십결이군요."

금하명이 목곤을 빙글 돌리며 말했다.

"우리가 상대하지 못할 자로 컸다더니 정말이구나. 가증스러운 놈. 감쪽같이 속였어."

말은 그렇게 했지만 미운 사람을 보는 눈빛은 아니었다.

"하 부인과의 관계를 여쭤도 되겠습니까?"

"알 것 없다!"

그때, 옆에서 지켜보던 일섬단혼이 불쑥 끼어들었다.

"이런 때려죽일 망구 같으니! 냄새나는 속곳 펄럭이면서 검을 휘두른 것도 용서해 줄까 말까 한데 어디서 떽떽거리는 거야!"

"야, 이 귀신도 안 물어가는 늙은이야! 넌 좀 빠져 있어! 눈치도 없이 낄 자리 안 낄 자리 다 껴들다가는 제삿밥도 못 얻어먹어, 이 늙은 귀신아!"

느닷없는 일격에 일섬단혼은 멍청해졌다.

"이, 이년…… 아직도 그거 하나? 성깔이 왜 이 모양이야?"

"셋! 차라리 벙어리가 될 것."

금하명이 손으로 이마를 짚고 고개를 설레설레 흔들며 말했다.

유연천리내상회(有緣千里來相會)

해남무림이 들끓고 있다.

귀사칠검을 수련한 자가 일섬단혼을 꺾고 노예로 삼아 끌고 다닌다는 소문에 동요하지 않을 무인은 없었다.

소문은 믿지 않고는 배기지 못할 만큼 상세했다.

대해문이 만홍도를 신개척지로 삼아서 세를 확장하려고 하자, 남해검문이 방해하고 나섰다. 그러나 책임을 도맡고 달려든 삼박혈검과 빙사음은 뜻을 이루지 못했고, 행해서는 안 될 일을 저질렀다.

낯선 자에게 귀사칠검을 전수한 것.

그 때문에 만홍도는 피바다가 되었고, 죽은 자만 수백을 헤아린다.

삼박혈검과 빙사음은 거기서 그치지 않고 살인귀를 해남도까지 끌고 들어왔다. 목적이 뭐겠는가. 대해문을 쑥대밭으로 만들고자 함이 아닌가.

하지만 남해검문주가 제동을 걸었다. 귀사칠검을 수련한 자가 십여 명쯤 된다면 몰라도 한 명으로는 시작하지 않느니만 못하다고.

남해검문은 이 일을 은폐시키기 위해 작년 여름, 살인귀를 척살했다. 삼박혈검은 대외적인 대소사에 간여하지 말라는 명을 받고 근신 중이다. 빙사음은 무남독녀(無男獨女)임에도 십 년 폐관을 명받고 묵동에 갇혀 있다.

그런데 살인귀가 죽지 않고 살아났다.

그는 겉보기에는 멀쩡하지만 하루라도 피를 보지 않고는 견디지 못하는 혈귀(血鬼)다. 어찌 된 영문인지 남해검문과의 일은 기억하지 못한다. 대신 대해문도는 보이는 족족 죽이고 있다.

이 소문에 가장 곤란한 문파는 남해검문과 장현문이다.

소문을 가만히 뜯어보면 대해문은 두둔하면서 살인귀의 배후에 남해검문이 있다는 걸 암시한다.

물론 해남무림은 대해문과 남해검문이 만홍도에서 무슨 일을 어떻게 벌였는지 알고 있다. 대해문이 야호적이라는 해적 집단을 만든 사실도 안다.

그렇기에 소문이 더 신빙성있다.

소문은 대해문이 흘린 것이다. 하지만 남해검문을 가장 잘 아는 문파가 대해문이니, 그들이 이런 소문을 흘릴 적에는 그만한 근거가 있지 않을까? 아니 땐 굴뚝에 연기 나는 법 없다. 반드시 어떤 확신이 있으니까 이런 소문도 흘리는 것이다.

소문을 뒷받침해 주는 증언은 속속 튀어나왔다.

첫째가 금하명과 일섬단혼이 함께 다니는 것. 둘째는 삼박혈검이 대외적인 일에서 손을 떼고 있는 것. 셋째는 빙사음이 정말로 십 년 폐관 수련을 명받은 것. 넷째는 작년 여름에 전각과 살각이 누군가와 치열한 싸움을 벌였다는 것. 육살령까지 동원하면서.

남해검문은 마공인 귀사칠검을 소장해 왔고, 전수했다는 오명을 벗어야 한다. 장현문은 존장이 마인과 함께 다니며 살생을 하고 있다니 어떻게든 손을 써야 한다.

"카악! 퉤엣!"

일섬단혼이 거칠게 가래침을 뱉었다.

"해남무림이 왜 이렇게 썩었나. 무인이란 놈들이 무공에 정진할 생각은 않고 잔머리만 굴리고 있으니. 카악! 퉤엣! 에잉! 귀도 근질거리네. 꼬마야, 거기 나뭇가지 좀 던져라. 귓구멍을 아예 콱 파버릴란다."

"그 소문이 언제부터 나돌기 시작했습니까?"

"내가 들은 건 이틀 전이니 훨씬 전부터 돌았을 거야."

추명파파가 심각한 표정으로 말했다.

소문은 사실도 있고, 사실이 아닌 것도 있다. 그러나 사실 때문에 사실이 아닌 것까지 사실이 되고 말았다.

지켜만 보려던 남해검문은 부득불 움직였다. 삼정 전부와 십각 중 사각이 움직였다는 소문도 있다.

장현문도 움직였다. 스물일곱 명 고수 중에 열한 명이 검을 들고 나섰다 한다.

추명파파의 정보는 정확하지 않다. 오면서 들은 귀동냥에 불과하다. 구령각을 이용하면 정확하겠지만, 사적인 일이라고 판단했기에 도움을 받지 않았다. 또 도움을 받는다고 쳐도 남해검문이 검을 겨누는 적에게 기밀을 알려줄 수는 없지 않은가.

정확하지는 않아도 널리 퍼진 소문이니 대응할 준비는 해야 한다. 그래 봤자 죽음으로 이어진다는 사실은 변함없겠지만.

"두 분…… 해순도로 가주시겠습니까?"

"해순도는 왜?"

삼박혈검이 되물었다.

"하 부인이 위험합니다. 소문이 세세한데…… 그럼 해순도도 당연히 나왔어야 옳은데 쏙 빠졌습니다. 이건 때가 되면 하 부인을 이용하겠다는 것이죠. 두 분께서 하 부인을 지켜주십시오."

삼박혈검과 추명파파는 서로를 쳐다봤다.

그들도 어느 정도는 짐작하고 있다. 하지만 무공도 모르는 하 부인을 손댈 사람이 누가 있으랴 싶었다.

금하명을 때려잡을 때, 때려잡기 힘들 때 수단과 방법을 가리지 않는다면 하 부인을 이용할 수도 있다.
 소문이 수고스럽게 수집하지 않아도 될 만큼 퍼진 상태라면…….
 "내가 가지. 하 부인을 만나면…… 전할 말 있으면 해."
 "유연천리내상회(有緣千里來相會)."
 "만날 사람은 천 리를 떨어져 있어도 만난다. 좋은 말이긴 한데 미련을 남기는 말이야. 그런 말을 들은 여자는 평생을 기다리게 되어 있어. 못 지킬 약속 같으면 하지 않는 게……."
 금하명은 벌써 일어서서 휘적휘적 걸어갔다.
 "은밀한 곳을 알지. 질녀는 걱정 말고 자네나 몸조심하게. 일섬단혼, 하 부인을 뭐라고 불러야지?"
 "일섬단혼? 이 자식이 정말 뒈지려고……."
 "어허! 나에게는 질녀, 자네에게는 제수씨. 이래도 머리가 안 돌아가나? 낄낄! 다음에는 주량 좀 키워 가지고 오라고. 낄낄낄!"
 "저 자식이 정말!"
 일섬단혼은 얼굴이 새빨갛게 변한 채 발만 동동 굴렀다.

 "어디로 갈 생각이냐?"
 일섬단혼이 어슬렁어슬렁 따라오며 물었다.
 "남해검문으로 가볼 생각입니다."
 "내 그럴 줄 알았다. 네놈 머리가 고작 그 정도지. 이놈아, 죽을 자리 줄 빤히 알면서 찾아가는 놈이 어디 있냐!"
 "그 다음은 대해문으로 가려고요."
 "점점…… 그리고?"
 "복건으로 가야죠."

"비무는 관두고?"

"남해검문과 대해문을 거치다 보면 비무는 싫도록 할 것 같네요."

"크하하핫! 명답이네. 명답이야. 그럼 지들끼리 싸우라고 냅두고 훌쩍 떠나 버리면 어떠냐?"

"제가 관계된 분란…… 이대로 남겨두면 찜찜하죠. 언젠가는 하 부인을 만나러 올 텐데, 그때쯤이면 피바람이 싫어질 것 같아요. 아예 지금……."

"자식아, 따라와라. 싸울 때는 싸우더라도 배를 곯아서는 안 되는 거야. 상식도 모르는 놈이 싸우겠다고."

일섬단혼은 금하명의 대답도 기다리지 않고 객잔(客棧)으로 불쑥 들어갔다.

❸

삼박혈검이 건네준 돈은 엉뚱한 데 쓰였다.

일섬단혼은 장장 두 시진에 걸친 긴 목욕을 했다. 땅에까지 질질 끌리는 머리카락도 절반쯤 잘라서 허리까지만 늘어지게 했다.

옷은 맞는 것이 없어서 청삼(靑衫)으로 급히 지었다.

머리카락을 뒤로 넘겨 여인처럼 질끈 묶고, 깨끗한 청삼을 받쳐 입은 일섬단혼의 모습은 사람이 얼마나 변할 수 있는지 보여주는 극단적인 사례였다.

"괜찮냐?"

금하명은 입을 쩍 벌린 채 말을 못했다.

어느 정도 짐작은 했지만 너무 놀랍다.

키만 정상적이라면 옥골선풍(玉骨仙風)이 따로 없다.

못생겼다고 생각한 건 착각이었다. 이목구비가 또렷하고 균형이 잘 잡혔다. 쾨쾨 묵은 때를 벗겨내면 서른 중반쯤으로 보일 것이라 생각했는데, 그것도 착각이다. 키가 작아서인지 아무리 잘 봐줘도 금하명 정도로밖에 보이지 않는다. 잘 봐줘서 그런 것이니 얼핏 본 사람은 금하명을 위로 볼 게 틀림없다.

"자식이 왜 말을 안 하고 그래? 볼품없냐? 그래도 옛날에는 여자가 줄줄 따르던 몸이었는데."

"꼬마야, 일섬단혼께서는 아직도 목욕 중이시냐?"

"뭐뭐! 이 자식이!"

"어허! 상스럽게 욕은. 어른을 존중할 줄 알아야지!"

"이 새…… 자식이 정말!"

"하하하! 천 년 묵은 여우가 여기 있었네. 사람이 이렇게 둔갑해도 되는 건가."

"그만 해, 임마! 따라와!"

일섬단혼이 성질을 버럭 내며 밖으로 나갔다.

뒤를 밟는 자들은 미행 사실을 숨기지 않았다. 아예 대놓고 버젓이 미행할 테니, 하고 싶은 대로 해보라는 투였다. 그렇다고 다가와 말을 걸거나 시비를 거는 것도 아니고 항상 일정한 간격을 유지했다.

미행자들이 바뀌는 경우도 생겼다.

천풍문의 영역에서 벗어날 때는 많은 사람들이 사라지고 한 명만 남아 뒤를 쫓았다. 대신 다른 자들이 슬그머니 그 자리를 채웠다.

"싸가지없는 놈들! 어른을 봤으면 냉큼 나와 인사부터 올릴 것이지 뒤꽁무니는 뭐 하러 쫓아다녀! 적검문(赤劍門), 이놈의 새끼…… 자식들은 싸가지 좀 있는 줄 알았는데 영 글러먹었네."

'냉전비검(冷電飛劍) 여국걸(呂國傑).'

금하명은 적검문이라는 소리에 한 사람을 생각해 냈다.

삼박혈검이 많은 무인들을 말해 주었고, 잊어버리지 않을 만큼 외워 놨지만 지금은 몇 사람만 제외하고는 뇌리에서 지워 버렸다.

해남도에서 평생을 살 것도 아닌데 관계없는 사람들을 일일이 알아 둘 필요가 없을 것 같았다.

적검문 당대 문주인 냉전비검 여국걸은 지우지 않은 사람 중에 한 명이다. 차가운 번개처럼 빠르다고 하며, 검초 또한 난해하기 이를 데 없어서 몇 번 싸워본 사람도 대책을 강구할 수 없게 만든다는 절정 검사다.

일섬단혼이 아니었으면 그를 만나러 갔을 텐데.

아니다. 비무는 시급하지 않다. 지금 당장 중요한 것은 남해검문이나 대해문으로 찾아가 소문을 종식시키는 일이다. 하 부인을 위험 속에 방치해 놓을 수도 없고, 빙사음이나 삼박혈검에게 무거운 짐을 짊어지게 할 수도 없다.

그러나 일섬단혼은 그 일조차도 뒤로 미루게 했다. 모든 일이 다 잘 풀릴 테니 자신만 믿으라면서 목적지도 말해 주지 않은 채 질질 끌고만 다닌다.

"자식, 또 발광하네. 꾹 눌러 참아라. 눌러두면 눌러둘수록 튕겨나는 힘이 거센 거지. 적검문에는 늑대는 있어도 호랑이는 없어. 크크! 그런 새끼…… 자식들이 일파의 문주랍시고 앉아 있는 꼴이란…… 그러면서 싸우기는 왜 싸워. 싸울 바에는 차라리 발가벗고 끝장날 때까지 붙어보던지. 계집들처럼 찔끔찔끔. 그게 뭐야, 그게."

"지금 어디로 가는 겁니까?"

"가보면 알아. 괜찮은 놈하고 붙여주려는 거야."

괜찮은 놈 정도가 아니라 굉장할 것 같다.

일섬단혼은 자식이나 마찬가지인 맹견들마저 떼어놓았다. 잠은 여전히 야지(野地)에서 노숙했지만 자는 방법은 전혀 달랐다. 옷을 다 벗고 발가벗은 몸으로 가부좌를 틀고 앉아서 밤을 꼬박 밝혔다.

기감을 최고조로 끌어올리려는 행동이다.

일섬단혼 같은 사람이 목욕재계하고 기감까지 조절할 만큼 강한 사람이 누구인가.

금하명은 나름대로 머리 속을 뒤져 보았지만 마땅한 인물이 떠오르지 않았다. 절대 강자들은 많지만 일섬단혼이 이토록 준비할 정도라면 그들보다 훨씬 강해야 한다.

오지산(五指山)의 웅장한 모습이 뚜렷하게 보였다.

정상에 손가락 다섯 개를 펼쳐 놓은 것 같아서 오지산이라고 부른다던데, 실제로 보니 정말 그렇다. 손가락을 쭉 편 모습으로 암석 다섯 개가 자리해 있다.

"오지산으로 가는 겁니까?"

"그놈 참 말 많네. 불알 달린 자식이 왜 진득하질 못해!"

동방현(東方縣)은 해남도 서쪽 끝부분에 있다.

높이가 이백여 장에 이르는 산이 하나, 삼백여 장쯤 되는 산이 하나. 수고는 다섯 개나 존재한다.

일섬단혼은 동방현을 가로질러 십소(十所)라는 곳으로 갔다.

"여기선 해변이 지척이야."

말해 주지 않아도 안다. 바람 속에 짠 바다 냄새가 잔뜩 묻어나고 파도 소리도 들려온다. 고갯마루에만 올라서도 드넓게 펼쳐진 바다가 보이리라.

"저쪽으로 가면 암석 해변이 나와."

손길이 서남쪽을 가리킨다.

고갯마루로 올라가지 말고, 길 없는 곳을 더듬어 가야 한다.

"일지암(一指巖)을 찾아. 쉽게 찾을 수 있어. 네 상대는 거기서 낚시하는 늙은이야. 아직 뒈졌다는 소식은 못 들었으니 살아 있겠지. 벽파해왕(碧波海王)이라는 늙은이로 조검(釣劍)을 귀신같이 부려. 벽파해왕을 겪지 않고는 해남무림을 봤다고 할 수 없지. 아직 패배한 적이 없는 늙은이니까 조심해야 할 거야."

일섬단혼은 차분하게 말을 이었다.

"벽파해왕과의 승부가 어떻게 나든, 목숨이 붙어 있다면 당분간은 숨어 있어라. 딱 한 달만 숨어 있어. 내게 생각이 있으니 귀사칠검 문제를 너무 조급하게 풀려고 하지 마. 꼭 명심해. 이제 그만 가봐."

"같이 안 갈 겁니까?"

"이놈아, 내가 그렇게 한가한 몸인 줄 알아? 어서 꺼지지 않고 뭘 해! 꼭 엉덩이를 차줘야 사라지겠어!"

금하명은 눈빛으로 작별을 고했다.

잠깐 동안 못 보는 것뿐이다. 또는 이승에서는 더 이상 함께할 수 없는 마지막 만남일 수도 있다.

"오늘 해 떨어질 무렵에…… 구운 고기를 안주 삼아 술 한잔 하죠.

석양을 보면서 마시는 술도 일품일 겁니다."

"돈도 없는 놈이 주둥이만 살아서."

"아직 몇 푼 남았습니다."

금하명은 등을 돌렸다.

'형님이시니…… 살아 계시리라 믿습니다.'

잘못 생각했다. 일섬단혼이 목욕재계하고 기감을 높인 것은 절대고수를 상대하고자 함이 아니었다.

장현문도. 왜 그들을 간과했을까? 그들이 검을 들고 나섰다는 말을 들었는데 왜 주의하지 않았을까.

일섬단혼은 약속을 지키려고 한다. 자신을 꺾는 사람이 있다면 똥구멍이라도 핥겠다고 한 공언을 이행하려고 한다. 그러자면 친족의 가슴에 검을 꽂을 때도 있으리라. 형제를 죽여야 할 순간도 올 게다.

지금이 그때다.

평생 하지 않던 목욕을 하는 것으로 과거를 벗어던졌다. 머리를 자르는 것으로 혈연을 끊었다.

그러지 않아도 된다고 말하고 싶다. 옛말은 옛말일 뿐, 이제 그만 돌아가라고 등을 떠밀고 싶다. 그래서 들을 사람이라면.

일섬단혼은 지금 이 순간을 기다렸다.

금하명이 비무를 하러 간 사이에 혈전을 벌일 결심이다.

금하명이 끼어들지 않도록. 혈족 간의 싸움에 외인이 끼어드는 게 싫어서.

상대는 일섬단혼의 검을 누구보다도 상세히 꿰뚫고 있다. 무공이 어느 정도인지는 그들보다 잘 파악하고 있는 문파도 없다. 그런 사람들이 검을 들고 나왔다. 돌아가자는 말을 들으면 괜찮지만 거부하면 죽이기 위해.

지금까지 장현문도가 뒤만 쫓을 뿐 나서지 않은 것은 금하명 때문이었다.

일섬단혼도 버거운데 그를 눌렀다는 금하명이 함께 있으니 쉽게 나설 수 없었을 게다. 그러던 차에 한 사람이 빠져 주니 얼마나 좋을까.

싸움을 말릴 방법은 비무를 하지 않는 것뿐이다.

같이 붙어 다녀도 금하명이 누군가와 비무를 하는 순간, 일섬단혼은 혼자가 된다. 그리고 그때 공격이 시작되면 금하명의 정신도 분산되어서 온전한 비무를 할 수 없다.

일섬단혼은 그 승부를 지금 이곳에서 벌이려고 한다.

금하명은 뒤도 안 돌아보고 뚜벅뚜벅 걸었다.

암석 해변에는 크고 작은 바위들로 빼곡했지만 일지암을 찾기는 쉬웠다. 손가락을 곧추세워 놓은 듯한 길쭉한 바위에는 대나무 마디처럼 선 두 개가 그어져 있다. 손가락 관절 부분을 정으로 쪼아놓은 모양새와 흡사하다.

바위 위에는 백발이 성성한 노인이 낚싯대를 드리고 있다.

몸이 산처럼 우람하고 넓은 무명천으로 머리를 질끈 묶었다. 희디흰 수염은 삼국시대(三國時代) 촉(蜀)의 맹장(猛將)이었던 장비(張飛)처럼 거칠게 삐죽삐죽 튀어나왔다.

'벽파해왕……'

금하명은 마음속으로 노인의 별호를 되뇌었다.

삼박혈검이 말해 준 별호 속에는 벽파해왕이 들어 있지 않다. 일섬단혼은 장현문을 소개하면서 말해 주었지만, 어쩐 일인지 벽파해왕에

대한 언급은 없었다.

일지암 아래로 걸어가 먼바다를 바라보았다.

마음은 개미굴처럼 번잡했다. 지금쯤 일섬단혼은 싸움을 시작했을 게다. 일섬단혼을 믿지만 장현문도 필살검을 준비해 왔을 터이니 쉽지만은 않을 텐데.

벽파해왕과의 비무를 잠시 미루고 일섬단혼에게 달려갈까 하는 생각도 해봤지만 다시 고쳐 먹었다.

'내가 개입하는 걸 원하지 않아. 보는 것조차 싫어해. 혈족을 베는 일이니까.'

일체의 생각을 지워 버리고 온 신경을 벽파해왕에게 집중시켰다.

벽파해왕에서는 아무런 기운도 느껴지지 않는다. 허공처럼 몸이 있으니 볼 수 있을 뿐, 느낌으로 감지하려 들면 아무것도 잡히지 않는다.

'활…… 법?'

자신의 기운과 같다. 태극음양진기는 그를 범부로 만들었는데, 벽파해왕도 범부 이상의 기운은 없다.

금하명은 벽파해왕이 낚시를 끝낼 때까지 끈질기게 기다렸다.

일 다경, 일 다경, 반 각, 한 시진…….

힘껏 부딪쳐 온 파도가 암석을 쓸고 넘어와 바지를 적시고는 빠져나갔다.

"바다가 좁지?"

벽파해왕이 먼저 말을 건네왔다.

"넓군요."

금하명은 느낀 대로 대답했다. 열이면 열, 백이면 백…… 바다가 넓다고 느끼지 좁다고 느끼는 사람은 없을 게다.

"그래? 허허! 넓다…… 난 눈에 보이는 것밖에 보질 못하는 필부라서인지 무척 좁게 느껴지는군. 허허허! 바다가 넓었군."

'음……!'

금하명은 미간을 살짝 찌푸렸다.

이건 어떻게 생각하면 야망이 크다는 뜻으로 받아들일 수 있다.

아니다. 벽파해왕은 야망에 대해서 말하는 것이 아니라 무공에 대해서 말하고 있다.

무언의 도전에 대한 명백한 거절.

눈에 보이는 것만 본다. 육신의 한계를 벗어나지 못했다는 말이다. 그런 사람이 한계를 벗어난 사람과 어떻게 겨룰 수 있나. 자네가 이겼으니 물러가라.

"뭘 낚으십니까?"

잔잔한 음성으로 물었다.

"음…… 아무거나! 바다 속에서 벌어지는 일을 어떻게 알아. 상어가 물리면 상어를 잡고, 멸치란 놈이 물면 멸치를 잡는 거지."

"그렇군요. 전 사람을 잡는 줄 알았습니다."

"……."

벽파해왕이 침묵했다.

낚싯대 속에는 일섬단혼이 말한 조검이란 게 숨겨져 있다. 낚싯대의 성격으로 보아서 기형적으로 뾰족한 검일 것이며, 보통 검보다 훨씬 긴 장검일 게다. 또한 청죽(靑竹)의 낭창거림에 부흥해야 하니 재질이 무른 연검 종류일 가능성도 높다.

금하명은 조검에서 풍기는 피 냄새를 말했다. 벽파해왕이 알아들을 것이라 생각하고.

"오늘은 내 생애에서 가장 큰 고기를 낚겠군."

한참 만에야 벽파해왕이 말했다.

'음양승강(陰陽升降), 불출천지지내(不出天地之內). 일월운전(日月運轉), 이재천지지외(而在天地之外)…….'

태극음양진기는 점점 강성해졌다.

몸 곳곳에 작은 오륜(五輪)이 형성되어 회전했다. 밖으로 휘돌리면 다가서는 것은 모조리 튕겨내는 강력한 회전력이 되며, 안으로 돌리면 멀리 있는 것도 단숨에 끌어당기는 구심력이 된다.

오륜이 돌고 도니 인위로 끊을 수 없다. 혈(穴)이 충격을 받거나 손상되어 힘을 잃는 경우가 생겨도 다른 오륜에 의해 회전이 재생되니 진기가 끊어지지 않는다. 불붙어 일어난 오륜은 영원히 멈추지 않으니 불사(不死)이며, 강맹한 기운은 혈도를 마모하니 무혈(無穴)이다.

쏴아아아……!

회음에서 일어난 진기가 상쾌한 느낌으로 백회혈을 통과해 단숨에 단전을 채웠다.

파라라락……!

바람도 없는데 목곤이 흔들거린다. 출렁인다. 파르르 떤다. 그런데 진기가 집약된 느낌은 전혀 없다. 목곤 자체가 살아서 꿈틀거리는 것이지 금하명이 조정하는 것은 전혀 없다.

"활법이군! 젊은 나이에 대단한 성취야! 도전할 만해!"

콰아아아……!

벽파해왕의 신형이 일지암에서 솟구쳐 흑점(黑點)이 되었다.

조검이 세상에 드러났다.

보통 장검은 삼 척, 조검은 육 척. 검신은 회초리보다 가늘어 검이라고 부를 수도 없다. 그런 검이 천지를 송두리째 담은 듯, 도끼와 같은 힘으로 내려쳐진다.

'세상에서 가장 빠른 것은 광(光)이니, 광을 얻으려면 몸 또한 광이 되어야 하며, 병기는 자체로 흉포하니 목곤이 광이 될 필요는 없다.'

쒜에엑!

빛살 한 점이 허공을 찢었다.

사아아앗……!

목곤과 조검이 엇갈렸다.

조검은 쏘아져 오는 목곤을 비켜나며 계속 흘러내렸다. 손목을 자르고, 머리를 갈라 버릴 심산으로. 목곤도 조검을 피해 쏘아갔다. 떨어지는 벽파해왕의 가슴을 노리고.

'무변(無變)에 백팔십변(百八十變)을 포함하니 환무(幻舞). 일수에 태산을 담으니 압악(壓岳).'

곤첨이 움찔거렸다. 독아(毒牙)를 드러내고 달려들다가 잠시 멈칫거리는 것 같은 모습이었다.

벽파해왕이나 금하명의 눈에만 그렇게 보였다. 옆에서 지켜보는 사람이 있었다면 살벌한 기세로 쏘아져 가는 것만 보였을 것이다.

그사이 목곤은 열 개나 되는 환영(幻影)을 그려냈다.

일직선으로 내려쳐지던 조검도 변화를 보였다. 큰 고기를 낚은 낚싯대는 활처럼 휘어진다. 조검이 그랬다. 아무것도 물린 것이 없는데 검신이 활처럼 휘어지며 목곤을 밀쳐 냈다.

땅땅땅땅……!

조검은 휘어졌다 튕겨오고, 다시 휘어졌다. 목곤에 실린 탄황은 부르르 떨면서 부딪쳐 오는 검신을 연거푸 밀어냈다. 수법은 전혀 다르지만 효과는 똑같다.

탄황이 무용지물로 변하는 순간이다.

파앗! 팟!

벽파해왕과 금하명은 동시에 물러섰다. 금하명은 머리가 갈라지기 일보 직전이었고, 벽파해왕은 가슴이 파헤쳐질 순간이었다.

"일수에 이초 십삼식을 쏟아내다니, 쓸 만하군."

"대환검이라는 검식을 곤식으로 펼쳐 봤습니다. 괜찮으셨다니, 아버님 얼굴에 먹칠은 하지 않았군요."

대환검을 완벽하게 펼쳐 낼 자신이 있어서 펼쳤는데 너무 부족하다. 아직은 다듬고 보완해야 할 부분이 많다.

"자! 또 받아봐라!"

벽파해왕은 팽이처럼 빙글빙글 돌았다. 그가 돌 때마다 조검도 따라서 돌았다.

촤악! 촤아악……!

검이 마치 채찍처럼 쏘아져 온다. 암석을 때려내고 부서뜨리면서. 발이 땅에 닿을 틈조차 주지 않는다. 수백 명이 일제히 쏘아낸 화살을 받는 기분이다.

슈욱! 촤악……!

경쾌한 소리가 끊임없이 터졌다.

암석만 때리는 게 아니다. 가슴도 쓸어오고, 배도 찔러온다. 그러다가는 다시 후려치고, 어깨에서 옆구리로…… 아니, 양 발목을 노리고…… 아니다, 몸을 휘감아 단번에 찢어내려 한다.

'이건 폭풍이야!'

정신이 없다. 피하기에 급급해서 한 치도 나아갈 수 없다. 하물며 틈을 잡아 공격해 들어가기란 하늘의 별 따기다.

노도문 사천혈검과 겨룰 때 천수여래(千手如來)가 생각났었다. 팔이 천 개나 되는 듯 현묘한 변화를 선보였다. 다행스럽게도 사천혈검은 어떻게 공략해야 하는지 생각할 시간적인 여유를 주었다.

벽파해왕의 공격은 생각할 시간마저 없다. 검이 날아오는 것을 느낌으로 감지하고 피해야 한다. 두 동강이 나지 않으려면.

곤이 지닌 효용도 사라졌다. 조검의 길이는 목곤과 비교해도 전혀 뒤지지 않는다.

'내 무공을 믿는다!'

금하명은 조검이 암석을 후려칠 때까지 기다렸다.

타아악!

기다리는 시간이 그리 길지는 않았다. 신형을 두어 번 비틀었을 때 조검이 발밑을 후려쳤다.

순간! 순간이다!

쒜에엑!

금하명은 회수되어지는 검을 따라붙었다. 목곤도 함께 쭉 뻗어나갔다. 찌르는 행동도 아니고 후려치는 동작도 아니다. 그저 몸이 나아가는 대로, 손에 잡고 있으니 앞으로 뻗어나간 것뿐이다.

일섬단혼을 패배시킨 허간곤(虛看棍).

적의 공격을 모두 모아 한쪽으로 밀쳐 놓고, 허점을 친다.

조검은 금하명 쪽에서 보면 왼쪽으로 물러나고 있다. 다시 말해 오른쪽은 비었다.

진정한 빠름은 속도에 있지 않다. 칠 곳을 쳐야 할 시간에 칠 수 있는 선만 따라 나아가면 세상에서 가장 빠른 공격이 된다.

무심히 따라 나간 목곤이 오른쪽 허점을 찔러대고 있다.

까앙!

놀라운 변화!

도저히 받아내지 못할 공격이었건만, 일섬단혼도 이 공격에 물러섰건만…… 벽파해왕은 조검을 돌려 목곤을 받아쳤다.

일반적으로 장병을 사용하는 사람은 일정한 공간과 거리를 필요로 한다. 벽파해왕은 상식을 무너뜨렸다. 조검은 가운데가 구부러져 삼척장검이 되기도 하고, 편이 되기도 하며, 어떤 때는 아주 짧은 단검의 묘용도 지닌다. 반 걸음만 물러서면 들어오는 공격을 무산시키고 재차 반격을 가할 수 있다.

차착! 슈우웃!

조검이 구부러졌던 장대가 펴지듯 튕겨 올랐다.

예측했다. 숨 막히는 공격을 받으면서 벽파해왕의 초식을 면면히 살핀 끝에 조검의 운용 방법을 알아냈다.

목곤을 살짝 늘어뜨리자 솟구치던 조검과 정면으로 부딪쳤다.

타앙!

극미한 떨림, 탄황이 조검을 연속적으로 밀쳐 냈다. 조검도 낭창한 특성을 이용해 맞받아왔다.

이것 역시 제일 처음에 경험해 본 것!

일섬단혼과 싸울 적에는 제삼공까지 사용했다. 과연 벽파해왕은 마지막 사공(四功)도 받아낼 수 있을까? 받아낸다면 더 이상 기회는 주어지지 않는다.

목곤 잡은 손을 살짝 열었다.

손은 원통(圓筒)이다. 곤은 원통 안에서 빙글빙글 도는 물레다.

엄지손가락 끝 소상혈(少商穴)을 양(陽)으로 삼고, 새끼손가락 끝 소택혈(小澤穴)을 음으로 삼는다. 둥근 손아귀는 태극이며, 음과 양이 물고 물리면 목곤이 회전한다.

태극음양진기가 내재되어야만 전개할 수 있는 곤법이다. 이 세상에서 오직 그만이 전개할 수 있다.

우우우웅……!

목곤이 울음을 터뜨린다. 목곤에서 흘러나오는 경기(勁氣)가 태산 같은 중압감이 되어 몰아친다.

'건곤곤(乾坤棍)!'

쭈욱 뻗은 목곤에 조검이 딸려온다. 강력한 파천신공이 태극음양진기에 빨려들 듯 돌풍에 휘말린 조검이 주춤주춤 당겨져 온다.

소용돌이에서 빠져나가려면 힘이 배로 들기 마련, 벽파해왕이 조검을 빼내려면 금하명보다 두 배는 강한 내공이 필요하다.

피웃! 파악!

조검을 무기력하게 만든 목곤이 벽파해왕의 어깨를 빗겨 쳤다.

"으음……!"

벽파해왕이 미미한 신음을 토하며 비틀거렸다. 그러나 단 한 번의 패배도 없었던 고수답게 고통스러운 표정은 짓지 않았다.

쏴아아! 철썩!

비로소 파도 소리가 귀에 들어온다. 파도가 암석을 긁는 소리도 들린다. 갈매기가 끼룩끼룩거리는 소리도 들을 수 있다.

"마지막 초식 이름이 뭐냐?"

벽파해왕이 조검을 낚싯대 속에 들이밀며 말했다.

빗겨 맞았다고는 하지만 한쪽 팔이 마비될 정도로 충격이 클 텐데 전혀 내색을 하지 않았다.

"건곤곤이라고 합니다."

"사원(師原)을 말해 줄 수 있나?"

"글쎄요…… 가전무공을 수련했으나 가승(家乘)을 이은 건 아닙니다. 삼혈마의 무공을 수련했으나 사부로 모시진 않았습니다. 귀사칠검을 익혔으나 지금은 녹아 없어졌습니다. 억지로 몇 수 만들어보기는 했지만 아직 미완성이니 자신있게 말할 수도 없습니다."

"우하하핫! 그렇군. 요즘 소문이 자자한 금하명이 자네군. 해남도에서 귀사칠검을 당당하게 말할 수 있는 사람은 자네밖에 없을 거야. 좋아! 인정하지. 벽파해왕은 금하명에게 졌다! 비폭산화검법(飛瀑散花劍法)은 미완성 곤법에 패배했다."

벽파해왕은 바다가 떠나가라 고함쳤다.

第二十五章
천생아재필유용(天生我材必有用)
하늘이 나를 낳았으니 반드시 쓸모가 있다

천생아재필유용 (天生我材必有用)
…하늘이 나를 낳았으니 반드시 쓸모가 있다

치열한 싸움을 벌인 흔적은 역력하게 남아 있었다.

여기저기 흩어져 있는 핏방울과 핏방울 속에 묻어 있는 살점, 장기 조각들.

시신이나 상한 사람들은 없었다.

모두 깨끗이 치워졌다.

금하명은 일섬단혼의 생사 여부를 확인해 보고 싶었지만 남아 있는 단서로는 알 길이 막막했다.

하여간 그도 사라지고 없다.

"아는 사람들인가?"

벽파해왕이 옆으로 다가서며 물었다.

금하명은 고개를 끄덕였다.

"내 해남무림에 한 가지 요청한 것이 있지. 이곳에서부터 십 리 안에서는 싸움을 벌이지 말아달라고."

금하명은 고개를 벌떡 치켜들었다.

"방금 뭐라고 말씀하셨습니까?"

벽파해왕은 싸움의 흔적을 유심히 들여다보며 말했다.

"내게 비무를 청해오는 것이야 존장 입장에서 기꺼이 받아줄 수 있네만 피를 흘리는 싸움만은 자제해 달라고 부탁했어. 오랫동안 지켜져왔는데 생애 첫 패배를 당한 날 깨졌군."

금하명은 벽파해왕의 말속에서 은은한 분노를 감지했다.

'좋지 않네.'

십소(十所)…… 평범한 촌민들이 거주하는 조그만 마을은 무인들이 함부로 검을 휘두를 수 없는 일종의 성역이요, 금지다.

일섬단혼이나 장현문도가 그런 사실을 모르고 싸움을 벌이지는 않았을 게다. 금지는 금지이되 어떤 제약이 있는 금지는 아니다. 벽파해왕을 존중해서 지켜지고 있는 것이다.

벽파해왕의 입장에서는 자신을 무시했다고 여길 수 있다. 싸움을 벌인 자를 찾아서 무시한 대가를 요구할 수도 있다. 무인이 요구하는 대가는 검과 검의 겨룸으로 끝나는 게 탈이지만.

"발끝으로 찍어서 다섯 걸음을 좁힌다. 장현문의 오보축지(五步縮地)군."

벽파해왕은 금하명이 무심히 지나친 발자국에서 문파를 찾아냈다.

'너무 쉽게 찾아낸다!'

금하명은 고개를 갸웃거리다 희미한 미소를 머금었다.

일섬단혼과 벽파해왕 두 사람은 서로를 너무 잘 안다. 상대방이 지닌 무공의 장단점까지 소상히 파악하고 있다. 벽파해왕은 슬쩍 쓸어

보는 것만으로도 장현문의 무공을 찾아낼 수 있다. 그만한 일은 누워서 식은 죽 먹기다.

일섬단혼이 벽파해왕을 부른다.

장현문도와의 싸움에 가담시키려는 의도는 아닐 것이다. 아무리 검을 들이대는 원수라도 혈족이 타인의 손에 죽는 모습은 견디기 어려울 것이고, 일섬단혼이 차도살인(借刀殺人)을 할 만큼 야비하지도 않다.

한 가지만은 분명하게 추측할 수 있다.

장현문과의 결전에 자신이 있다는 뜻이다. 살아남을 자신이 있으니 안심하고 벽파해왕을 부른다.

"위에서 아래로 내려치는 사검(斜劍). 진기가 남아돌아 바닥에서 위로 추켜올려진다. 장현문도가 동귀어진을 감행할 때 사용하는 구유명선(九幽冥線). 하나같이 장현문 절초들뿐이군. 한쪽은 장현문이 확실하고……."

"일섬단혼입니다."

금하명은 일섬단혼의 뜻대로 그를 밝혀줬다.

"뭐라고!"

"장현문도와 싸운 사람이 일섬단혼이라고 말씀드렸습니다."

벽파해왕의 눈가에 이채가 번뜩였다.

속마음을 전혀 숨기지 않는 사람이다. 화내고 싶으면 화내고, 웃고 싶으면 웃고…….

"일섬단혼과는 어떤 관계냐?"

묻는 음성에 짙은 호기심이 배여 있다.

"본의 아니게 형님이 되셨습니다."

"뭐라고? 형님! 일섬단혼과?"

벽파해왕은 금하명을 뚫어지게 응시했다. 그러다가 피식 실소를 터뜨렸다.

"후후! 그럼 날 소개한 사람도 일섬단혼이겠군."

"……."

"싸우지 말라는 곳에서 쌈질이나 하고…… 쯧! 나이는 어디로 먹는지. 청하려면 정중하게 청하던가. 보아하니 이 늙은일 써먹자는 것 같은데……."

벽파해왕도 한눈에 상황을 읽었다.

"그 늙은이, 아직도 동안(童顔)인가?"

"제 벗쯤으로……."

"더 어려졌군. 그래도 서른쯤은 되어 보였는데. 그 애늙은이도 건곤곤에서 무너졌냐?"

제삼공 허간곤이다. 하지만 굳이 사실을 밝혀서 일섬단혼의 입장을 난처하게 할 필요는 없을 것 같았다. 보아하니 일섬단혼이나 벽파해왕이나 서로가 서로를 호적수로 생각하는 것 같은데.

그냥 고개를 끄덕여 주었다.

"오지산 귀신 이야기는 하지 않더냐?"

'오지산 귀신?'

금하명은 처음 듣는 소리에 고개를 가로저었다.

"그래, 눈길을 주지 않는 게 제일 상책이지."

무엇이 상책인가. 오지산에는 무엇이 있으며, 오지산 귀신이란 무슨 말인가.

벌써 호기심이 발동했다.

"소문에 간여할 생각은 없었다만…… 너와 손을 섞어보니 마인은 아닌 것 같고. 억울하다면 억울할 수 있겠지."

벽파해왕이 고개를 주억거렸다.

"애늙은이와 네 관계가 의형제라니 아마 그 일 때문에 부르는 걸 게다. 넌 당분간 숨어 있어. 명심해. 절대 사람 눈에 띄지 말고 숨어 있어. 그래 봤자 남해검문이라면 금방 찾아내겠지만. 어디 조용한 곳을 골라서 낚시나 해."

이런 말은 일섬단혼에게도 들은 적이 있다. 하 부인과 빙사음, 삼박혈검이 너무 무거운 짐을 지고 있다고 입을 벙긋거릴 적마다 자신만 믿으라고 했다.

벽파해왕을 부른 것이 그 일 때문이었나. 도대체 무슨 일을 하려고. 소문에는 남해검문에서도 무인이 나섰다고 한다.

가장 안면이 많다고 할 수 있는 삼정이 직접 나섰단다. 당연하다. 상대가 자신이라면, 동굴에서 혹독하게 일전을 치러봤으니 삼정이 나서는 게 당연하다.

그때 그 상황이라면, 귀사칠검에 이성을 잃은 상태라면 삼정도 무거운 마음이지 않겠나. 그러니 전각과 살각을 포함하여 십각 중 사각이나 움직였겠지.

그들도 염려스러운데…… 지금쯤 공격을 가해왔어야 옳은데…….

아무런 기미가 없다는 것은 일섬단혼이 무슨 일인가를 벌이고 있다는 뜻이다.

벽파해왕은 낚시나 하라고 했지만 마음이 평온하지 않으니 한시도 쉴 수가 없다.

금하명은 걷고 또 걸었다.

당장은 남해검문이나 대해문은 잊으려고 노력했다.
해남무림에서 인정받고 존경받는 일섬단혼과 벽파해왕이 나선다면 오해를 쉽게 풀 수 있으리라.
소문의 맥점은 귀사칠검이란 무공에 있다.
해남무림이 경계하는 것은 귀사칠검을 수련한 마인인데, 마인이 되지도 않았고 귀사칠검의 저주마저 완벽하게 풀었다는 사실이 알려지면 어느 누구도 다칠 염려가 없다.
그리고 이런 일은 본인이 직접 나서서 해명하는 것보다 누군가가 나서서 중재해 주는 쪽이 훨씬 수월하다.
남해검문과 대해문을 찾아가서 직접 자신의 모습을 보여주고 해명하자는 생각은 잠시 접었다.
귀사칠검 하면 마인만 떠올리는 남해검문이니 싸움이 일어날 공산은 거의 확실하다. 그럼 싸워야 한다. 강자만이 존재하는 세상이라면 강자가 되어야 한다.
그 다음은 대해문으로 간다. 똑같은 이유, 똑같은 싸움을 벌이러.
그런 것보다야 일섬단혼과 벽파해왕이 나서주면 싸움없이 끝낼 수 있을 것 같다.
우선은 그들을 믿어보자. 싸움은 후에도 얼마든지 할 수 있으니까.
금하명은 오면서 봤던 다섯 손가락, 오지산으로 향했다.
일섬단혼에 이어 벽파해왕에게서 오지산에 대한 말을 두 번째 듣는 순간 그의 마음은 굳게 굳어져 있었다.
'오지산 귀신이 뭔지, 사람이면 누군지 알아보는 것도 괜찮을 거야.'

오지산은 중원에서나 볼 수 있는 큰 산이다.

전체적인 산세는 호도 속처럼 생겼다. 뇌처럼 보이기도 한다.

해남도 절반을 차지하는 산이 동서로 쭉 갈라져 깊은 협곡을 만들었다. 협곡 한가운데에는 위쪽과 아래쪽에 각기 육백여 장에 이르는 산봉이 존재하며, 삼사백 장에 이르는 큰 산들이 줄지어 늘어섰다.

길을 모르면 들어서질 말라는 오지산.

금하명은 협곡으로 들어서서 좌우로 펼쳐진 오지산을 보며 걷고 또 걸었다.

협곡은 큰 의미에서 협곡이지, 넓이로 보면 사람 사는 마을도 있고 관도도 발달해 있다.

'모래밭에서 바늘 찾기군. 오지산 귀신이라니. 삼박혈검은 왜 오지산 귀신을 말해 주지 않았지? 그만한 고수를 몰랐을 리는 없고······.'

길에서 만난 사람을 붙잡고 물어보았다.

"오지산 귀신을 찾는데, 어디로 가야 하는지······."

별 미친놈 다 봤다는 눈총만 받았다.

다른 사람을 만났을 때는 말을 바꿔서 물었다.

"오지산에 기거하는 무인을 찾는데요."

이번에는 인간적인 대답을 얻었다.

"무인이 한두 명이라야지. 그런 식으로 찾으면 아무도 못 찾지. 이곳에서 검을 수련한 사람치고 오지산에 한두 번 안 들어와 본 사람 있나? 지금도 수백 명은 있을 텐데, 어떻게 찾누."

"혹시 오지산 귀신이라고 들어보셨어요?"

마찬가지 눈총.

"나이가 팔순을 넘긴 분이거든요. 굉장히 유명한 분인데."

일섬단혼과 벽파해왕을 염두에 두고 연배가 그쯤 되었을 것이라는 짐작 하에 물어봤다.

"모르겠수. 무인은 무인이 잘 알지 우리 같은 사람이야 어디 알 수가 있나."

후회막급이다. 이럴 줄 알았으면 자세히 물어봐 두는 건데.

생각을 바꿔서 무작정 깊은 산속으로 향했다.

촌민의 말은 백 번 옳다. 무인을 찾으려면 무인에게 물어보는 게 가장 빠르다.

'방해받지 않고 무공 수련하기 좋은 장소만 찾으면……'

깊은 산속, 적막감에 외로움이 물밀듯이 밀려오는 곳. 물이 있어서 식수를 해결할 수 있는 곳.

무인을 찾았다.

농도에서 수련할 때의 자신이 생각난다.

씻을 생각도 하지 않고, 옷이 더러워지는 것도 아랑곳하지 않고 오로지 무공에만 전념하던 때.

무인은 그때의 자신과 흡사했다.

"말씀 좀 여쭙겠습니다. 오지산 귀신이라고 아시면……"

순간, 검 한 자루에 심혼을 불어넣기에 여념없던 무인이 날카로운 눈매를 번뜩였다.

"그분을 찾는 이유는!"

물음이 아니고 추궁이다.

'그분…… 역시 무인이었나? 그러나저러나 되게 사납네. 말 한마디 잘못하면 목이 달아나겠는걸.'

"긴요한 용건이 있는데 말씀드릴 수가 없군요."

'비무'라는 말은 입 밖에도 내지 않았다.

'오지산 귀신'이라는 말을 했을 때, 무인의 눈동자에는 경외감이 깃들었다. 마치 그림자를 밟는 것도 죄송스럽다는 투다. 함자를 입에 올리는 것조차 불경스러워한다.

일섬단혼을 두려워하고, 벽파해왕을 존경하는 것과 같은 종류의 경외감이다.

"말할 수 없는 사정은 누구에게나 있는 거지."

츄릿!

무인은 검의 방향을 바꿔 금하명을 겨눴다.

"혈살괴마(血殺怪魔). 심성이 사악하다는 소문은 익히 들었다. 상대가 안 될 것 같다만 악인을 보고 그냥 지나치면 검을 든 의미도 없을 터, 몇 수 안 되는 잔재주나마 펼쳐야겠다."

'뭐야, 이건! 미쳤나?'

금하명은 어처구니없었지만 사내의 눈빛을 보니 진심으로 살검을 펼치려는 것 같다.

"사람을 잘못 보신 것 같네요. 전 혈살괴마란 사람이 아닙니……."

"해남에서 목곤을 사용하는 자는 한 명밖에 없지. 심성은 사악해도 싸움은 피하지 않는다고 들었는데, 그것도 아닌가? 귀사칠검!"

'이, 이런……'

어느 사이에 유명인이 되어버렸다. 오지산 깊은 산속에서 무공을 수련하는 사람까지 알 정도로 널리 알려졌다. 혈살괴마라고? 누가 지었는지 별호 한번 참 더럽다.

"준비해라! 싸울 준비도 안 된 놈을 베었단 소리는 듣기 싫다!"

금하명은 고개를 살래살래 흔들었다.

천생아재필유용(天生我材必有用)

무인은 상대가 안 된다.

무인에게 준비란 말이 필요한가? 치면 치는 것이요, 찌르면 찌르는 것이다. 길을 걸을 때도, 밥을 먹을 때도, 잠을 잘 때도…… 언제나 준비는 되어 있다.

그걸 알지 못하는 한, 무인의 목숨은 자신 것이 아니다. 야괴 같은 자를 만나면 하루도 넘기지 못하고 죽는다.

옛날 자신이 이랬다. 농도에서 만홍도로 건너갈 때 더도 덜도 아니고 꼭 이랬다.

'무공이라면 누구에게도 뒤지지 않을 자신이 있을 거야. 물러서지 않겠군.'

사람을 찾으러 왔다가 싸움이라니.

"당신이 상대하려는 사람은 혈살괴마요. 이초의 여유는 없으니 일초로 끝내야 할 거요."

"건방진 놈!"

쩌렁 일갈이 터지며 검기가 쏘아져 왔다. 천지를 담은 듯 웅후한 거력이 느껴지는 패검(霸劍)이다. 손에 든 건 삼척장검이 분명하지만 철부(鐵斧)를 휘두른다는 느낌이 든다.

'쇄검문(碎劍門)의 검이 패검이라더니, 쇄검문 사람이군.'

금하명은 신법을 전개했다.

무명신법은 만족하지 않는 호(湖)다.

넓고 넓어서 사방에서 물길이 쏟아져 들어와도 계속 받아들이기만 한다.

가전 신법인 유운보, 추광보, 뇌둔보는 흔적도 남지 않고 녹아들었다. 농도에서 창안한 해사풍도 한 줌 먼지가 되었다.

무명신법은 과(踝:복사뼈 관절), 슬(膝:무릎), 견(肩:어깨), 주(肘:팔꿈치), 관송(髖松:허리뼈), 완송(腕松:팔), 경송(頸松:목뼈)의 인체칠대관절(人體七大關節)을 항시 송개(松開)해 놓는다.

의상인력(意想引力)이니 뜻이 있는 곳에 힘이 모이고, 의상추력(意想推力)이니 생각하는 곳으로 힘이 옮겨간다.

인체칠대관절의 송개는 일호추력향전주일보(一呼推力向前走一步), 일흡주일보(一吸走一步)를 시전하기 위한 기초다.

숨을 내쉬매 힘이 옮겨지며 질주한다. 숨을 들이쉬면 또 힘이 옮겨지며 질주한다. 숨은 길고 가는 장호흡을 사용하며, 한 호흡에 이십 보를 주파한다.

스으읏!

금하명의 신형이 앞에서 끌어당기기라도 한 것처럼 쑥 빨려갔다.

사내의 눈이 커졌다. 검은 목표를 잃고 허공에서 허우적거린다. 다시 한 번 기회를 잡으려니 거리가 몸과 몸이 밀착할 정도로 가깝다. 좌우로 움직일 수도, 뒤로 빠질 수도 없다.

이것이 허간곤이다. 양이 되어 뻗어나간 공격은 한쪽으로 쏠리고, 음으로 남은 빈 곳만 허허롭게 염라사자를 받아들이는 것.

따악!

검을 쳐온 무인은 일격에 허리가 꺾이며 풀썩 쓰러졌다.

이슬 맺힌 땅에서 자고, 꿩이나 토끼를 잡아 허기를 채우고, 산에 흐르는 물로 목을 축였다. 그러면서 내린 결론은 길을 알지 못하면 절대 찾을 수 없다는 단순한 이치였다.

오지산 귀신을 찾는 일은 포기해야 하는가.

무인을 세 번 만나서 세 번 쓰러뜨렸다.

살공을 펼치지 않았으니 죽을 염려는 없지만 오랫동안 고생해야 할 게다.

또다시 무인을 만나 물어볼 생각은 나지 않는다. 누구를 만나든 싸움을 피할 수 없을 터이고, 자신들의 무공은 가늠해 보지도 않은 채 무조건 싸움부터 걸어오니 지겹기도 하다.

'포기하자. 오지산 귀신이 아니더라도 비무 상대는 많으니까. 오지산 귀신이 누군진 몰라도 기회가 닿으면 겨뤄볼 기회가 생기겠지.'

발길을 돌려 오지산을 벗어나려고 했다. 그러나 그러지 못했다. 태극음양진기가 무수한 살기를 읽어낸다.

'이들이 왜……?'

낯선 자들이 포위망을 구축했다.

쿵쿵쿵……!

태극음양진기만이 들을 수 있는 발자국 소리도 울린다.

절륜한 무공을 지닌 자들은 아니다. 하지만 체계적인 수련을 거친 자들인 것만은 틀림없다.

제일선에서 포위망이 형성된다. 그 뒤를 다른 무인들이 받쳤고, 제삼선까지 물샐틈없이 에워쌌다.

개미새끼 한 마리 빠져나가지 못할 포위망이 구축되었다.

목표는 불문가지, 자신이다. 이들 포위망의 정점에 자신이 있으니까.

'이백 명이 넘는다. 이만한 무인들을 동원하려면 남해십이문 정도는 되어야 하는데…… 드디어 움직인 건가.'

❷

파파팟! 파파팍……!

사전 예고도 없는 공격이다. 정정당당한 승부가 아니라 오로지 죽이고자 하는 살공이다. 적어도 삼십여 명이 일제히 쐈냈다고 봐야 할 강전(鋼箭)들이 하늘을 빼곡히 메웠다.

우우우웅……!

목곤에서 울음이 새어 나왔다.

금하명은 어느새 앞으로 치달려 절반에 가까운 강전을 피해냈다. 치달리면서 빙글 돌린 목곤은 황소도 단숨에 쓰러뜨릴 것 같은 패력(覇力)의 강전을 나무 부스러기처럼 쳐냈다.

'먼저 걸어온 싸움이니, 원망은 마라!'

슈우욱! 퍼퍽!

커다란 나무가 목곤에 맞아 바르르 떨렸다.

금하명은 일섬단혼조차 물러서게 만든 십자곤을 펼쳤다.

허가 실이며, 실이 허다. 가로와 세로로 긋는 두 획을 동시에 막을 수 있는 자만이 받아봐라.

무인 한 명이 나무에서 떨어져 내렸다. 그리고 그는 검 한 번 휘둘러 보지 못하고 목곤에 꿰이고 말았다.

"아악!"

비명은 핏무리가 번진 다음에야 터져 나왔다.

퍼퍽! 퍼퍼퍽!

나무 두 개를 동시에 가격했다.

천생아재필유용(天生我材必有用) 151

진기가 깃들지 않아 무기력하게 보이는 목곤, 하지만 나무에 닿는 순간 목곤에서 흘러나온 탄황은 대부로 내리찍은 것 같은 울림을 토해 냈다.

나무 위에 은신해 있던 두 명이 또 떨어져 내린다.

슉! 슉! 퍼퍼퍽……!

머리를 가격당한 무인은 비명도 지르지 못했다. 다른 무인은 황급히 신형을 돌려세우려고 했지만 복부가 꿰뚫려 두 손만 허우적거렸다.

"일진(一陣)! 물러섯!"

고함소리가 쩌렁 울려 나왔다. 동시에 들불에 놀란 메뚜기 떼처럼 무인 수십 명이 신형을 날려 숲 속 깊이 사라졌다.

금하명은 멈추지 않았다. 달아나는 자들을 쫓아 깊숙이 파고들었다.

"헛!"

무인 한 명이 토끼처럼 놀란 눈으로 다급히 헛바람을 내지른다.

임기응변(臨機應變)도 빠르다. 두 발쯤 옆으로 물러서더니 두 손으로 검을 움켜잡고 힘껏 내려쳐온다.

금하명은 상반신을 옆으로 뉘며, 목곤을 내질렀다. 허간곤.

사내는 옆구리를 가격당해 풀썩 꼬꾸라졌다.

신형이 바르르 떨린다. 패대기쳐진 개구리처럼 부르르 경련을 일으킨다.

목곤에 살심을 담았다.

정정당당한 승부라면 승패를 결정짓는 것으로 끝나지만, 목숨을 걸고 싸워야 한다면 추호도 인정을 담지 않겠다.

일진에게 물러서라는 명령을 내린 자, 죽은 사내는 사 척에 이르는 장검을 지녔다.

보통 검보다 삼 할은 긴 검으로 숲 속에서 사용하기는 용이치 않다.

'한검문(寒劍門)!'

남해십이문 중 일 문이다.

'한검문과는 은원이 없는데……?'

금하명이 잠시 주춤하는 사이, 무너졌던 포위망이 재구축되었다. 이진이 앞으로 나서고, 일진은 이진으로 물러섰다. 삼진은 여전히 바깥에서 포위망만 구축하고 있다.

쉭! 쉬익! 휘이익!

숲 곳곳에서 바람 소리가 일었다.

이진을 구축한 자들이 무엇인가를 주고받는 소리다.

나무를 타고 올라가는 소리도 들려왔다. 일진이 나무 위에서 화살을 날리다 무너진 것을 보았는데도 나무 위로 기어오른다는 것은 화살 이외에 다른 공격을 준비한다는 뜻이다.

금하명은 준비가 끝날 때까지 차분하게 기다렸다.

기왕 공격받는 것, 최선을 다한 공격을 받아보자는 심산이었다. 그럴수록 위험도는 높아지겠지만 경험은 제대로 쌓을 수 있지 않겠나 싶었다.

쉬익! 터엉!

나무 위에 올라간 자들이 움직임을 보였다.

첫 행동은 나무를 타기 전에 주고받은 물건을 힘껏 잡아당기는 것이다.

'동아줄……?'

머리 위에서 그물막이 형성되었다. 곰같이 덩치가 우람한 놈도 쉽게 빠져나갈 수 있는 엉성한 그물막이다. 나무 위에 있는 자들이 동아줄을 얼기설기 움켜잡고 있는 것뿐이니.

팽! 패에엥……!

숲에서도 똑같은 소리가 들려왔다.

'뭐 하는 거야, 지금?'

나무 위에 오른 자들은 짙은 감색 무복을 입고 있다. 가슴에는 날아갈 듯한 갈매기가 새겨져 있다.

해감문(海鑒門).

이들에게는 빛이 있다. 파천신공에 미쳐서 애꿎은 자들을 죽였다. 이제 막 검에 눈뜨기 시작한 자들을 갈기갈기 찢어 죽였다. 이들, 해감문도를.

이들이라면 공격을 할 자격이 있다.

탁! 타타타타탁……!

해감문도가 다시 동아줄을 세차게 잡아당기자 먼지가 피어나듯 뿌연 가루가 피어나 쏟아져 내렸다.

'독! 독이란 말인가! 무인이란 사람이!'

이들은 잘못 생각했다. 절정고수도 경시할 수 없는 것이 독이지만 세상에는 독을 덤덤하게 받아들이는 사람도 있다.

정순함을 따져 볼까?

진기의 순청(純靑)이 금하명처럼 깨끗한 사람도 드물다.

어느 신공이나 외기를 받아들임으로써 제일보를 딛기 마련이다. 그런데 받아들인 외기 속에는 반드시 불순물이 섞여 있다. 또한 육신도 탁한 기운을 만들어낸다.

좋은 기운은 단전에 쌓고, 나쁜 기운은 몰아내야 한다.

회음혈에서 받아들이는 외기 속에도 탁한 기운이 상당 부분 섞여 있다. 그러나 이들 탁기는 경락에 접근할 새도 없이 강력한 회전에 휩싸려 밖으로 토해져 나간다.

파천신공과 태극음양진기는 세상에서 둘도 없을 만큼 궁합이 잘 맞는 한 쌍이다.

파아앗……!

목곤이 맹렬한 회전을 일으켰다. 너무 빨리 돌아서 목곤의 형체조차 사라지고 바람개비만 남았다.

뿌연 가루를 허공으로 휩싸려 올라갔다.

뜻밖에도 해감문도는 중독 현상을 보이지 않았다. 하늘로 솟구친 가루가 그들 전신을 뒤덮는데도 동요하는 기색 없이 계속 동아줄을 털어냈다. 그러던 어느 순간,

패앵! 쒀아아악!

해감문도들이 일제히 동아줄을 잡아당겼다. 힘으로 끊어버리기라도 하겠다는 듯 있는 힘껏 잡아챘다.

동아줄은 그들 힘에 반응했다. 중간중간 실매듭이 풀리더니 급기야는 뱀 허물처럼 껍데기를 벗어냈다. 그리고 그 속에서 검은색 망(網)이 나타났다.

묵망은 거침없이 펼쳐졌다. 어부가 투망을 던지듯 허공에서 활짝 펼쳐진 채 쏟아져 내렸다.

'이제는 그물인가.'

회전을 멈추지 않았다. 오히려 더 강력하게 휩돌렸다.

해감문도가 나눠 가졌던 동아줄 한 가닥이 묵망 한 개로 변신해 떨어진다. 그 수는 족히 삼십여 개에 달하고, 이중 삼중으로 허공을 빼곡히 메웠다.

슈욱!

곤첨에 묵망 한 개가 걸렸다. 묵망은 목곤의 회전력에 부챗살처럼 퍼지며 방패 역할을 했다.

타타탁! 타타타닥!

묵망끼리 부딪치며 요란한 소리를 흘려낸다.

소리로 들어보아서는 묵망 속에 철사(鐵絲)가 숨겨져 있는 것 같다.

"선물 잘 받았네. 그만 도로 가져가야지!"

곤첨에 걸려 빙글빙글 돌던 묵망이 만월도(卍月刀)처럼 쏘아져 갔다.

"크윽!"

"컥!"

나뭇가지가 베어져 나갔다. 육신이 떨어져 나가고 피가 튀었다. 나무고, 나뭇잎이고, 사람이고 추풍낙엽(秋風落葉)처럼 분분히 떨어졌다.

볼 것은 다 봤으니 멈출 필요가 없다.

쾌속하게 치달려 땅에 떨어진 묵망들을 목곤으로 걷어 올렸다.

곤첨에 끌려서 들어 올려진 묵망은 목곤 자체의 회전, 건곤곤의 묘리에 따라서 날카로운 소리를 내며 돌기 시작했고, 검은 만월도가 되어 나무 위로 쏘아져 갔다.

묵망의 역할은 나포에 있으리라. 옴짝달싹 못하게 가둬두는 역할을 하리라.

금하명이 던져 올린 묵망은 그물 하나하나가 날이 되어 살점을 찢고 뼈를 베어냈다.

'해감문에는 빚이 있었으나 이번 공격으로 상쇄한다.'

휘익! 휙휙휙……!

나무 위에 있던 해감문도가 독수리에 놀란 참새 떼처럼 날아올랐다.

이번에는 쫓지 않았다. 그보다는 숲 속에서 아직 모습을 보이지 않고 있는 다른 해감문도에게 신경을 썼다.

 '똑같은 소리였어. 그렇다면 저들도 독분에 묵망이라는 건데. 위쪽에서는 유용한 수법일지 몰라도 숲에서는 곤란할 텐데……'

 자신이 걱정할 문제가 아니다. 저들 나름대로 충분한 승산이 있으니 숲에서 대기하고 있는 것이리라.

 두어 발자국 떼어놓았다. 그리고 그 순간, 무엇인가 잘못되었다는 것을 감지했다.

 발바닥 감촉이 미끈거린다. 물렁물렁한 무엇인가를 밟은 것 같다.

 '이런! 어유(魚油)!'

 다른 때 같았으면 충분히 알아챘을 게다. 어유 특유의 냄새는 풍기지 않지만 땅을 적시는 축축한 기운만으로도 새로운 무엇인가가 나타났다는 정도는 깨달았다.

 묵망에 신경을 쓰느라 깜빡 놓쳤다.

 아니다. 태극음양진기는 놓치지 않았다. 그에게 경고도 했다. 단지 마음에서 일어나는 경고이기에 신경 쓰지 않는 순간 순식간에 지나쳐 갔다.

 해감문도는 다 잡은 고기를 놓칠 바보들이 아니다.

 화악!

 사방에서 불길이 치솟았다. 방원 십여 장이 불바다로 변했고, 사방에서 일어난 불인데도 금하명만을 향해 쏘아져 왔다.

 숲 속 해감문도들이 들고 있던 묵망의 힘이다.

 해감문도는 묵망을 활짝 펼쳤다. 불길은 묵망에게서 멀어지려고 했고, 당연하게도 금하명 쪽으로만 번져 갔다. 더욱이 땅에는 어유가 흐르고 있으니 방원 십여 장이 불바다로 변하는 것은 그야말로 찰나에 불과했다.

매캐한 연기가 하루 종일 치솟았다.
해감문은 불길 위에 묵망을 덮어서 새조차도 날아갈 수 없는 지옥의 공간을 만들었다. 그리고 그 위에 생나무를 잘라 던지고, 어유를 끼얹었다.
밤이 되자 불길은 백 리 밖에서도 보였다.
이른 새벽, 해감문도는 날이 밝기 무섭게 검을 뽑아 땅속에 쑤셔 넣었다.
잿더미로 변한 방원 십 장 안은 죽음의 땅이 되었다. 살아 있는 생명체는 존재할 수 없는 곳. 그러나 마지막 점검까지 마무리해야 안심할 수 있다.
푹푹! 푹……!
검이 땅에 꽂힐 때마다 미처 열기가 식지 않은 잿더미가 부스스 피어났다.
살과 뼈는 타서 재가 되었다. 쇠는 녹아 증발해 버렸다.
해감문도가 펼친 화망진(火網陣)은 염라사자도 죽일 수 있다.
점검은 오랜 시간에 걸쳐서 꼼꼼하게 이어졌고, 살아 있는 생명이라고는 개미 한 마리 발견해 내지 못했다.
"혈살괴마도 별수없군."
드디어 만족스런 음성이 새어 나왔다.

맞은편 산에서 보니 모락모락 연기가 피어나는 산중턱이 둥그런 모양의 인두로 푹 지진 것 같다.

뇌주반도에 남해십이문 중 이문이 있고, 해남도에 십문이 있다고 했던가?

열 개의 문파, 그중에 여섯 개 문파가 연합하여 공격을 펼쳤다.

금하명은 암울한 눈길로 나무 타는 냄새가 진동하는 둥근 원을 바라봤다.

불길은 그의 발목을 붙잡지 못했다.

어유를 느낀 순간, 목곤을 나무 중간 부분에 박았다. 불길이 피어날 때, 그의 몸은 천근추(千斤墜)가 되어 축 늘어졌다. 성난 화마가 사방을 휘감을 때, 활처럼 휘어진 목곤의 탄력을 이용하여 허공으로 몸을 빼냈다.

어유의 검은 연기는 신형을 은폐시켜 주는 좋은 도구다.

백팔겁이 보여주었던 은신술, 살각 무인들이 펼쳤던 적엽은막공이 피가 되고 살이 되어 재현되었다.

많은 무인들을 봤다. 그들은 금하명을 발견해 내지 못했지만, 금하명은 얼굴 윤곽까지 그려낼 정도로 자세히 봤다.

어느 한 사람 안면있는 사람은 없지만 무복이나 검의 특징 등으로 문파를 짐작해 내는 것은 어렵지 않았다.

무인이 독으로도 모자라서 화공을 사용하다니.

그들이 했던 것처럼 목숨이란 목숨은 모두 끊어놓고 싶은 충동이 치밀었지만 꾹 눌러 참았다.

이들을 죽인다면 이들과 똑같은 인간이 된다.

금하명은 조용히 빠져나오는 것으로 만족했다.

'해남무림의 적이 됐는가.'

몸을 빼내기는 했지만 착잡한 기분은 떨칠 수 없다.

오지산 귀신을 찾기 위해 무인을 만난 것이 화근이다.

자신의 인상착의가 해남무림에 널리 퍼졌으니 한눈에 알아보는 것은 당연하다. 또한 혈살괴마라는 괴상한 칭호를 얻었으니 죽자 사자 달려드는 것도 이해된다.

일섬단혼은 좋은 방패막이었다.

해남 무인들은 일섬단혼이 붙어 있기에 금하명을 어쩌지 못하고 뒤만 쫓았다.

금하명의 무공은 일섬단혼을 꺾었다는 소문만 무성할 뿐 증명된 것이 없다. 반면에 일섬단혼은 무서움을 뼛속 깊이 새겨놓았다.

그들에게 무서운 사람은 일섬단혼뿐이었다.

하지만 그들은 십소에서 금하명의 종적을 놓쳤다.

일섬단혼이 장현문도와 싸우는 와중에도 금하명의 냄새를 지워 버린 것이다.

이 모든 게 눈으로 본 듯이 명확하게 읽힌다.

그러던 중 오지산에서 금하명을 찾게 되었다. 일섬단혼이 떨어져 나가고 금하명 혼자 남았다.

공격하는 데 망설일 필요가 없다.

하지만 암투를 끊임없이 벌이는 사람들이 너 나 할 것 없이 손을 맞잡고 공격해 왔다는 것은 이해할 수 없다.

그러려면 마땅한 이유가 있어야 하는데, 자신이 그토록 중요한 인물일 것 같지는 않다.

이들이 왜 공격하기로 마음먹었을까?

왜? 단순히 귀사칠검을 수련했다는 이유 때문에? 마인이 되어 해남도를 피로 물들일까 봐? 남해검문과 대해문은 코빼기도 비치지 않는데 다른 문파들이 왜?

남해검문처럼 귀사칠검 자체가 목적이지는 않다. 무공을 엿보거나 탐할 요량이었으면 뼈도 추리지 못하는 죽음을 준비할 리 없다.

이들의 목적은 오직 죽임뿐이었다.

생각할수록 마음만 답답하지 속 시원한 해답은 없다.

이유를 알려면 저들 중 누군가와는 또 싸워야 하는데 그러기도 싫다. 해남무림이 자신을 제거해야 할 적으로 돌렸다는 것만 인식하고 행동하면 된다.

'이렇게 되면 비무할 대상도 없어지는 건가? 비무를 하겠다고 찾아가면 수단 방법을 가리지 않고 죽이려 들 테니. 할 수 없군. 남해검문으로 가야겠어. 귀사칠검에 대한 일만 끝내면…… 해남도를 떠날 때가 온 거지.'

금하명은 남해검문으로 떠나지 못했다.

세상사 마음먹은 대로 되는 게 없다지만 오지산에서 뼈를 묻어야 할 처지로만 보인다.

'강…… 하다!'

몸이 얼어붙었다.

일섬단혼도 강했고, 벽파해왕도 강했지만 살그머니 등 뒤에 나타나 말없이 지켜보고 있는 노인보다 강하지는 않았다.

지팡이를 잡고 있는 손목에는 뼈만 남아 있다. 머리카락도 다 빠져서 몇 가락 남지 않았다. 허리는 구부정하게 굽었고, 이빨도 한두 개밖에 없다.

죽을 날을 받아놓은 사람처럼 생기가 없어 보이는 노인이었지만, 금하명은 숨도 크게 쉬지 못할 만큼 큰 압박감을 받았다.

"글…… 글글…… 웬 놈?"

"말학 후배, 금하명이라고 합니다."

금하명은 포권지례로 예를 갖췄다.

'앗차!'

수중에 곤이 없다. 화염 속을 탈출하면서 나무 기둥에 쑤셔 넣고 몸만 빠져나왔다.

"널…… 글글…… 왜 죽이려고…… 글글…… 해?"

"글쎄요? 저도 알았으면 좋겠습니다."

금하명은 노인에게서 한시도 눈을 떼지 못했다. 예를 갖추면서도, 말을 하면서도 노인의 일거수일투족을 빠짐없이 지켜봤다. 잠시만 한눈을 팔면 여지없이 팔다리가 부러져 나갈 것 같았다.

그럴 리는 없다. 그럴 것 같았으면 등 뒤에 나타났을 때 일격을 가해 왔을 게다.

아! 그러고 보니 느낌도 없었다. 천기간의 모든 기운을 읽어내는 태극음양진기도 노인의 기척을 감지해 내지 못했다.

'무기(無氣)란 말인가!'

무기는 예기(銳氣)를 안으로 감추는 경지, 무공이 최고조에 이르면 온갖 기운이 안으로 갈무리된다고 한다. 활법은 기운을 밖으로 내뿜어 자연 속에 녹이는 무공. 은신술을 사용하듯 본신지기가 자연 속에 녹아들어 기운을 읽지 못하게 한다.

비슷하지만 전혀 다르다.

무기는 극성에 이른 내공이지만 활법은 자연 속에 숨겼을 뿐 극성이라고는 말할 수 없다. 또한 무기는 안으로 응축되어 있기에 언제든 원하는 대로 사용할 수 있지만, 활법은 허허로운 상태이기에 진기를 집중시키기가 난해하다.

활법은 무공을 수련하되, 싸울 일이 전혀 없는 사람들이나 사용하는 진기로 알려져 있다.

진기를 거둬서 공격이나 방어에 사용하지 못하고, 그저 자연 속에 숨겨 범부나 다름없게 보이는 것만이 전부라면 누가 사용하겠는가.

모두 잘못 알고 있다.

활법을 모르기에 하는 소리다.

자연에 녹아버리는 진기는 강력한 회전의 결과로 생기는 여기(餘氣)에 불과하다. 단전이 갈무리하지 못한 진기가 밖으로 새어나가면서 생기는 조그만 현상에 불과하다.

단전이 커져서 진기를 완벽하게 갈무리한다면 역시 무기가 된다.

단전이 커지는 정도에 따라서 조금씩 진기를 증가시켜 가는 것이 여타 신공들이다. 또 이것이 정도(正道)다. 그 외에 것은 모두 사도나 마도라고 해도 과언이 아니다.

그 외에 것은 모두 사도나 마도라고? 자신하나? 금하명처럼 단전이 꽉 차서 넘실넘실 흘려낼 정도로 많은 진기를 쏟아 붓는 경우가 있었나?

아무도 금하명 같은 신공을 수련한 자가 없었기에 시도조차 하지 않았다.

활법은 극히 일부만이 무리(武理)를 짐작만 할 뿐, 아무도 발길을 들여놓지 않은 미답지(未踏地)다.

노인은 활법이 아닌 것 같다. 그런데 기운은 느낄 수 없으며, 압박감은 진하게 전해져 온다.
 미미한 진기마저 자유자재로 조절할 수 있는 경지, 무기다!
 '최고의 고수를 만났다! ……혹시 이 노인이!'
 오지산의 귀신, 그가 아닐까?
 "글글글…… 일…… 섬단혼…… 글글…… 벽파…… 이겼니?"
 노인의 음성은 가래 끓는 소리가 섞인 듯해서 자세히 귀를 기울이지 않으면 알아들을 수 없었다.
 "겨뤄본 적이 있습니다."
 "글글…… 그래서…… 죽이려고…… 글글…… 하는군."
 일섬단혼과 벽파해왕을 이겨서 죽이려고 한다?
 뭔가 이상하다. 그들을 이겼다고 왜 죽이려 한단 말인가.
 "따…… 라와. 글글글!"
 노인이 가래 끓는 소리를 토해내며 앞장섰다.

❸

 노인이 사는 초옥은 멀리서 보면 비바람도 견디지 못할 폐가처럼 보였는데 가까이 다가와서 보니 무척 아늑했다.
 오지산 산속 깊은 곳에 자리한 초옥답지 않게 시중을 드는 시동도 네 명이나 있었다. 하나같이 재기발랄하고 영악스러움이 엿보이는 시동들이었다.
 "글글…… 노부를…… 감시하러 온…… 글글…… 고약한 놈…… 들이지. 글글…… 내가 죽으면 제일…… 좋아할 놈들이야."

소동들은 호의적인 눈빛이 아니었다. 아니, 적의에 불타 매서운 눈길로 노려보았다. 기회만 생긴다면 가차없이 검을 찔러 넣겠다는 단호한 의지도 엿보였다.

"뛰어나군요."

"뛰어난 놈들이니…… 글글…… 내게 보냈지. 글글. 오늘은…… 글글…… 마음껏 쉬고…… 내일…… 글글…… 겨뤄보자."

금하명은 가볍게 포권지례를 취해 인사했다.

노인이 오지산 귀신이든 아니든 상관없다.

단언컨대 노인은 해남도에서 만난 무인들 중 가장 강한 사람이다.

남해검문주도 강했고, 노도문의 일검파진도도 강했다. 일섬단혼, 벽파해왕도 강했다. 삼정도 강했다. 어떤 사람은 이겼고, 어떤 사람과는 승부가 나지 않았으며, 어떤 사람은 겨뤄보지도 않았다.

그러나 그들 중 어느 누구와 견주어봐도 노인처럼 강한 사람은 없었다.

오지산 귀신이면 어떻고 아니면 어떤가. 이만한 사람과 겨룬다면 원이 없지 않은가. 발에서 불이 나게 찾아다녀도 모자랄 판에 우연이라도 만났으니 다행이지 않나.

'승산이 없다. 아니, 벌써 마음에서부터 지고 있어. 지금 당장 비무를 벌였다면 틀림없이 졌을 거야. 내일 비무를 하자는 건 내 상태를 읽고 기회를 주려는 것. 사양하면 안 되지. 내일까지는 무슨 일이 있어도 싸울 마음을 만들어놔야 해.'

금하명은 큼지막한 나무부터 잘랐다.

목곤을 만들다 보면 무아(無我) 상태에 빠지게 되고, 두려움도 사라지리라.

소동들은 노인이 방으로 들어가자마자 기민하게 움직였다.

산정을 향해 뛰어올라 가기도 하고, 개울에 파란색 물감을 풀기도 했다. 아예 노골적으로 오색향전(五色響箭)을 쏘아 올리는 소동도 있었다.

노인의 신분이 무엇이건대 소동들을 감시자로 보냈단 말인가. 누가, 왜, 무엇 때문에.

소동들은 금하명 곁에는 일체 다가오지 않았다.

"몇 살이니?"

대답도 없었다.

끝없이 적의를 불태우면서도 말 한마디 건네오지 않았다. 자신이 누구인지 알지도 못하면서 적의만 불태우고 있다. 왜인가? 단지 노인과 만났다는 이유만으로는 납득하기 곤란한 문제다.

'단단히 주의를 받은 아이들이군. 그러나저러나 귀찮게 됐는데. 기껏 포위망을 빠져나왔다 싶었는데 또 걸려들게 되었으니.'

소동과 해남무림이 연관있는 것만은 틀림없고, 어떤 목적이든 연락을 취했으니 무인들이 들이닥칠 게다.

자신은 해남무림 전부와 싸우고 있다고 해도 과언이 아니지 않은가. 분명히 자신을 보자마자 죽이려고 달려들 게 뻔하다. 이유는 모르지만.

한데 마음이 편안하다.

싸움을 생각하면 마음이 들떠야 옳은데 대수롭지 않은 일처럼 여겨진다. 노인과의 비무가 너무 부담이 커서인지 해남무림과의 싸움은 소꿉장난 같다.

'훗날 일을 미리 걱정할 필요가 없지. 당장 내일 일도 모르는 판에. 모든 정력을 내일 일에만 집중시키자.'
　눈을 감았다. 태극음양진기를 일으켜 진기를 휘돌리면서 미처 깨닫지 못한 무리를 탐구해 보려고 노력했다.

　늦은 밤, 낯선 손님이 찾아왔다.
　"해감문 검향선자라고 하네. 이야기 좀 할 수 있을까?"
　기운이 낯익다.
　금하명은 해감문이라는 말에서 기억의 단편을 찾아냈다.
　귀사칠검의 암울함에 삶의 의지마저 꺾여 있을 때…… 야괴는 그를 끌고 무덤 속으로 들어갔다. 그때 누군가가 검을 찔러 넣었다. 정확하게 심장을 노리고.
　야괴가 잔재주를 부리지 않았다면 영락없이 그 무덤이 진짜 무덤이 될 뻔했다.
　"전에 한 번 본 적이 있지. 명이 무척 긴 사람이군."
　"그렇죠. 대면은 처음이지만 만난 적이 있죠."
　검향선자의 얼굴에 곤혹스러운 기색이 떠올랐다.
　"날…… 아나?"
　"모릅니다. 검 한 자루가 무덤 속을 파고든 것밖에는."
　"자네는…… 놀라운 사람이군."
　"당시는 이해를 못했는데…… 이런 것도 괜찮네요. 이렇게 해감문에 진 빚을 깨끗이 갚는 것도, 늘 마음 한쪽이 찜찜했는데 후련하게 해 주셔서 고맙다고 해야 할지."
　"휴우! 오늘 낮에만 해도 죽음을 확신했는데…… 그 불구덩이 속에서 빠져나왔다니.”

"그렇겠죠. 용건을 말해 주시겠습니까?"

금하명은 많은 기운을 읽어냈다.

초옥 주위에 모여든 무인들의 수는 거의 삼백여 명에 육박한다.

여섯 개 문파의 합공을 받을 적에도 이백여 명 정도였는데 백여 명이나 더 많아진 것이다.

이들은 소동들의 신호를 받고 달려왔다.

대체 무엇 때문인지 의문이 꼬리를 문다. 노인의 신분이 더욱 궁금해진다.

무인들은 숨어 있지도 않다. 자신들의 존재를 환히 드러내고 당당하게 활보한다. 하지만 일정 범위 안으로는 들어서지 않는다. 포위망을 구축한 것도 아니고…… 어찌 보면 비무를 관전하기 위해 달려온 사람들 같다.

검향선자만이 유일하게 금지된 선을 넘은 무인이다.

"혈살괴마, 해남무림과 사생결단을 낼 생각이냐?"

"말은 분명히 해야 하는 것 아닌가요? 싸움은 해남무림이 먼저 걸어왔죠. 이유나 알려줄 수 있습니까? 무엇 때문에 다짜고짜 살공을 펼친 겁니까? 귀사칠검 때문입니까?"

검향선자는 정말 몰라서 묻느냐는 듯 의아한 표정으로 쳐다보더니 오히려 되물었다.

"귀사칠검 때문이라고 생각하나?"

"아닙니까?"

고개를 가로젓는다.

"귀사칠검은 남해검문이나 대해문 문제지 우리와는 상관없어. 귀사칠검을 수련한 마인들이 남해검문을 휩쓸었지만 우린 보지도 못했고. 일이 다 끝난 후에 결과만 들었지."

뜻밖이다. 검향선자의 말대로라면 해남무림이 귀사칠검 때문에 검을 뽑지는 않았다. 그럼 무엇 때문에?

"자네가 마인이라면 문제가 달라지지. 어떤 수를 써서라도 없애야 돼. 한 사람이라도 애꿎은 사람이 참변을 당하면 안 되니까."

"마인이 아니라고 인정해 주는 말처럼 들립니다."

"우린 바보가 아니야. 소문은 일 할도 믿지 않지. 우리 손으로 조사해서 확인한 것만 믿어. 소문에 휘말린 문파들은 입장이 다르겠지만…… 우리야 굿이나 보고 떡이나 먹으면 그만이지. 남해검문과 대해문이 공멸하면 그것처럼 좋은 일도 없는 거고, 어느 한쪽이 타격을 받으면 그것도 좋은 거고."

"귀사칠검을 원하십니까?"

일섬단혼과 동행하면서 무수히 뒤를 밟혔다. 해남무림의 전 이목이 집중된 느낌이었다. 단지 대해문과 남해검문이 문제를 어떻게 풀어나가는지 지켜보는 것뿐이라면 집중도가 너무 높았지 않은가.

"그런 마공은 어디 쓰려고. 해감문 검공도 미처 다 깨우치지 못하고 있는데."

"그럼 무엇 때문에 미행을 붙였습니까?"

금하명은 대화를 이어갈수록 곤혹스러웠다.

"자네 혼자뿐이라면 그렇게까지 감시할 필요도 없었겠지. 하지만 일섬단혼과 동행이었어. 두 사람이라면…… 솔직히 어디로 튈지 모르잖은가. 자네 같으면 가만히 있겠나?"

일섬단혼…… 일섬단혼 때문이었나. 땅속에 잠자고 있던 용을 깨웠기 때문이었나? 귀사칠검 때문이 아니라? 소문 때문이 아니라?

"찾아온 용건을 말하지. 지금 당장…… 오지산을 떠나게."

"……."

의도를 정확히 모르겠다.

"천소사굉(天笑斜轟) 노선배님과 비무만 하지 않는다면 남해십문은 자네 손톱도 건드리지 않을 거야. 약속하지. 대해문이나 남해검문과는 귀사칠검으로 얽혀 있으니 직접 풀어야겠지만, 다른 십문은 내 목숨을 걸고 보장하지."

"천소사굉…… 저 안에 계신 노인께서 천소사굉이라는 분입니까?"

"모…… 르고…… 찾아왔단 말인가?"

기가 막힌다는 표정이다.

"오지산 귀신을 찾아왔는데 찾기 힘들더군요. 막 돌아가려던 참에 공격을 받았죠. 저분도 그 인연으로 만났고…… 전 저분이 오지산 귀신이 아닐까 생각했습니다만……."

검향선자는 기가 막힌 듯 빤히 쳐다보다가 피식 쓴웃음을 짓고 말았다.

"그랬나? 가만히 내버려 두면 되었을 것을…… 혈살괴마라는 뜬소문에 들뜬 몇 놈 때문에 일이 이렇게 된 건가. 무공을 수련하고자 입산했으면 귀 막고 눈 막고 오로지 수련에만 전념할 것이지. 소문을 들으려면 정확하게나 듣던가."

검향선자가 분노하며 말한 몇몇 무인이 누구인지 짐작된다.

오지산에 들어와서 다짜고짜 검을 들이댔던 무인들, 혼절만 시켰을 뿐 죽이지 않은 무인들이다.

"휴우! 어쨌든 해남무림과 척지지 않으려면 이쯤에서 손을 떼줬으면 좋겠네."
 더욱더 호기심이 치민다.
 "이유는 알아야 하지 않겠습니까?"

 일섬단혼, 벽파해왕, 그리고 천소사굉.
 해남무림에서 최고 배분을 차지하고 있는 무인들이다.
 이들 삼 인 중 일섬단혼이 가장 약하며, 벽파해왕과 천소사굉은 평수(平手)로 본다. 하지만 굳이 두 사람 중 더 강한 사람을 꼽으라면 단연 천소사굉이다.
 즉, 천소사굉은 해남무림에서 가장 배분이 높은 존장이며, 무공에 있어서도 단연 첫 손으로 꼽히는 거목이다. 천소사굉은 대외적인 면에서 해남제일 무인인 것이다.
 남해십이문도 그 점을 인정했고, 그에게 제일문주(第一門主)라는 직책을 안겼다.
 해남무림은 일체 무림사에 간여치 않는다. 해남무림이 웅지를 펴기에는 좁은 연못이지만, 연못조차도 통일시키지 못한 처지에 밖으로 나돌 수는 없는 노릇이다.
 그들끼리의 분란이 중원에 평화를 안겨준 셈이랄까?
 연못은 남이 먼저 침범하지 않는 이상 넘치지 않는다. 하지만 침범을 할 경우에는 즉각 넘친다.
 중원의 어떤 세력이, 혹은 남해십이문 중 한 문파가 상대할 수 없는 절대 강자가 침범해 올 경우, 해남무림은 즉각 모든 분란을 중지하고 하나의 문파로 결집한다.
 중원이 알고 있는 해남파(海南派)다.

명목상 직책에 불과하던 제일문주는 해남파 장문인으로 등극하고, 남해십이문주는 십이검(十二劍)이라는 신분으로 장문인을 보좌한다.

침범한 적에 대항하는 동안만 한시적으로 운영되는 문파 체계이기는 하지만, 결집력만은 수백 년을 이어온 타 문파에 비해서 결코 약하지 않다.

해남도민은 해남도민의 손에만 죽을 수 있다는 아집에 가까운 자존심이 그들을 공기 방울조차 침범할 수 없는 철구(鐵球)로 만들어준다.

해남도를 방문한 사람은 무한히 싸우는 남해십이문을 보게 된다. 그러나 해남도에 검을 겨눈 문파는 단단하게 결집된 해남파를 상대하게 된다.

남해십이문은 회합을 통해 당대에서 가장 무공이 높고, 덕망도 탁월하며, 사심없이 남해십이문을 활용할 줄 아는 사람을 제일문주로 선정한다.

당연히 갑론을박(甲論乙駁), 의견이 분분하지만 만장일치로 의견이 모아질 때까지 한 달이고, 두 달이고 회합을 계속 가진다.

천소사괭은 유사시 해남파 장문인이 될 사람이다. 남해십이문이 단 이틀 만에 만장일치로 추천한 사람이다. 그가 제일문주라는 직책을 받아들여, 오지산에 칩거하는 순간부터 아무나 도전할 수 없는 사람이 된 것이다.

그러나 외지에서 온 무인은 그런 점을 고려하지 않는다.

무명소졸(無名小卒)에서 일약 대검호(大劍豪)로 발돋움하려는 야심가에게는 천소사괭처럼 확실한 징검다리도 없다. 꺾을 수만 있다면.

만약, 외지에서 온 자가 천소사괭을 이기면 어떻게 되는 것인가.

해남무림의 위상이 단숨에 곤두박질치지 않겠는가. 해남 제일문주가, 최고 배분의 기인이 꺾였다는 것은…… 있을 수 없다. 씻을 수 없는 치욕이다.

이에 해남무림은 한 가지 안전장치를 했다.

벽파해왕을 꺾기 전에는 천소사굉에게 도전할 수 없다는 불문율을 만들었다. 천소사굉 곁에 항시 소동을 붙여놓고 비무 여부를 감시케 했다.

다행스럽게도 현재까지는 벽파해왕의 벽을 넘은 사람이 없었다.

그 역시 제일문주로 천거받지 못해서 그렇지 무공만은 천소사굉에 비해서 전혀 손색이 없는 고수였으므로.

"벽파해왕을 꺾고 오지산에 들어왔네. 정도를 걷는 무인도 아니고 귀사칠검을 익힌 마인, 혈살괴마였지. 벽파해왕을 이겼다는 것만으로도 자넨 공격받아 마땅해. 아니, 다른 곳으로 발길을 옮겼다면 이렇게까지는 하지 않았겠지. 하지만 자네는 오지산으로 왔어. 천소사굉 노선배님께 도전하도록 내버려 두는 게 옳았겠나?"

이제야 확연해진다.

귀사칠검과는 전혀 상관없는 공격이었다.

벽파해왕에게 비무를 청하기 전까지 뒤를 밟던 무인들과 오지산에서 만난 무인들은 완전히 다른 사람들이었다. 개중에는 같은 인물도 있을 수 있지만, 다른 사람으로 해석해야 한다.

소동들이 원인 모를 증오를 보내온 것도 이해된다.

놀랍다. 한편으로는 어처구니도 없다.

천소사굉은 일개인이 아니라 해남무림 자체였다.

하나 아무리 그렇더라도 그렇지. 합공(合攻), 독무(毒霧), 화공(火

攻)…… 온갖 방법을 몸으로 부딪치고 난 다음에야 어찌 된 영문인지 알았다. 그 이유란 것이 또한 지독하게 독선적이다.

천소사굉을 보호하려는 의도는 알지만 사람 목숨을 파리 목숨처럼 가볍게 여기는 태도에는 실망했다. 설혹 죽이려던 자가 마인이라 할지라도.

"전…… 마인이 아니죠. 그러니…….."

"넘지 못할 선이야. 아니, 넘을 수 있어도 넘어서는 안 될 선이 있어. 만약 넘는 자가 나타나면…… 해남도를 떠나기 전에 반드시 급사하고 말지. 우린 관례상, 급사한 무인은 해신(海神)께 보내 드리지. 해신이 원해서 데려간 생명이니까."

"후후! 쥐도 새도 모르게 죽인다는 협박보다 더하군요. 해신께 보낸다는 곳도 얼추 짐작이 가네요."

"상어가 출몰하는 곳이지."

"하하하! 말씀 잘 들었습니다. 생각할 시간이 필요하군요."

"잘 생각하게. 남해검문과는 싸울 수 있을지 몰라도 해남무림 전체를 상대로 싸울 수는 없네."

금하명은 검향선자가 돌아간 후에도 숙고를 거듭했다.

천소사굉과 비무를 하는 건 단지 무공의 겨룸에 지나지 않는다. 하지만 그로 인해 치러야 할 대가는 상상 이상으로 혹독하다. 사탕 하나 먹자고 진주를 내어주는 격이다.

번민은 뜻밖에도 남해검문의 삼정이 풀어주었다.

시간이 축시(丑時)를 넘어 인시(寅時)로 들어설 무렵, 남해검문을 떠받들고 있는 세 기둥이 차분한 모습으로 나타났다.

해천객, 명옥대검, 칠보단명.

'옛 모습 그대로군.'

금하명은 반가운 마음마저 일었다.

이들의 합격(合擊)에 목숨을 잃을 뻔한 적이 있지만 자신에게 향했던 공격이 아니라 귀사칠검을 수련한 마인을 겨냥한 공격이었다.

이들 중 가장 원한이 깊다면 단연 명옥대검이다. 유밀강신술 덕분에 살갗이 보호되고, 파천신공이 장기를 보호해 주었지만 끝없이 밀려드는 고통은 인간이 감내하기에는 너무 벅찼다.

하지만 명옥대검도 무인의 정신은 잃지 않았다.

마지막 순간 검 두 자루를 가져와 고르라고 할 때, 모든 원한과 증오가 봄눈 녹듯 사라졌다.

지금도 마찬가지다. 이들이 싸우고자 혹은 죽이고자 하는 자는 귀사칠검을 수련한 마인이지 자신이 아니다.

"반갑네. 헌앙해졌군."

칠보단명이 웃으며 말했다.

"자리가 변변치 않지만 앉으시죠."

맞은편에 있는 바위를 가리키며 말했다.

두 시진 전까지만 해도 검향선자가 앉아 있던 바위다.

세 사람은 금하명이 권하는 바위에 앉았다.

"죽은 자가 되살아나다니, 기사(奇事)가 많은 무림이지만 믿을 수 없구나."

명옥대검이 활화산처럼 이글거리는 눈길을 쏟아내며 말했다.

"대접할 게 아무것도 없군요."

"됐네. 대접받자고 온 것이 아니니까."

해천객이 손을 휘휘 내저었다.

"세 분께서 절 찾으신 건 귀사칠검 때문이겠죠?"

"그게 아니면 찾을 일이 있겠나. 허허허! 좋은 친구를 뒀더군. 우린 자네가 청홍마차(靑紅馬車)에 타고 있는 줄 알았네. 지금까지 청홍마차만 뒤쫓다 왔지. 허허허!"

해천객이 허리를 곧게 펴며 말했다.

'청홍마차?'

또 모르는 소리가 나온다. 청홍마차는 무엇인가? 일섬단혼이 하는 일인 것 같은데…… 지금은 생각하기 싫다. 천소사굉과 비무를 할 것인지 말 것인지를 결정하는 것만도 머리가 터질 것 같다.

청홍마차가 뭔지 몰라도 막강한 정보력을 가진 사람들이 엉뚱한 마차를 뒤쫓았다니, 일섬단혼이 확실한 수를 쓴 것만은 분명하다.

해천객은 본의 아니게 두 가지 사실을 말했다.

첫째는 일섬단혼이 무사하다는 것이다. 두 번째는 그동안 뒤를 쫓으면서도 일섬단혼 때문에 자신을 건드리지 않았다는 사실이다. 일섬단혼과 금하명, 양쪽을 모두 상대해서는 승산이 없다고 생각한 거다.

장현문에는 금하명이 눈엣가시였고, 남해검문에는 일섬단혼이 골칫거리였다.

일섬단혼과 금하명, 두 사람은 순망치한(脣亡齒寒)의 관계였다.

"자네가 일만 벌이지 않았다면 아직도 청홍마차 꽁무니만 쫓아다닐 뻔했어. 허허허!"

소문을 듣고 달려왔거나, 아니면 천소사굉에게 붙어 있는 소동들 중 한 명이 연락을 취했거나.

"때가 좋지 않군요. 하지만 이렇게 찾아오셨으니…… 귀사칠검은 제게 아무 의미도 없다고 말하면 믿을까요?"

"믿지 못하겠지."

"그래도 말해 볼까요? 귀사칠검은 제게 아무 의미가 없어요. 강을 건너기 위해서 밟은 징검다리 중에 하나. 믿겠습니까?"

"믿어야지."

"말이 통하는군요."

해천객이 고개를 돌려 하늘을 올려다봤다. 그러면서 참으로 꺼내기 힘든 말을 했다.

"하지만 해남무림은 믿지 않을 거네. 믿기 어렵지. 귀사칠검의 저주가 풀렸다는 말은…… 방법이 하나 있네. 해남무림이 납득할 수 있게끔…… 어떻게 저주를 풀었는지 설명해 줄 수 있겠나?"

태극음양진기를 내놓으라는 소리다.

파천신공을 전정으로 돌리기 위해서는 태극음양진기를 상세하게 설명해야 한다.

무인에게 수련한 무공을 낱낱이 밝히라는 말이나 다름없다.

"파천신공을 전정으로 돌렸다. 이 정도만 해두죠?"

"짐작했네. 불가능한 벽을 무너뜨렸을 줄. 하지만 해남무림은 아직도 그 벽이 영원히 깨어지지 않을 것이라고 믿는다네."

"어쩔 수 없겠죠."

목곤을 꾸욱 눌러 잡았다. 어떤 도전도 기꺼이 받아들이겠다는 단호한 의지가 묻어났다.

삼정은 의외로 담담했다.

싸움을 벌일 생각은 추호도 없어 보였다.

"검향선자가 왔다 간 걸 알고 있네. 비무 포기를 종용했을 텐데, 아직도 포기할 생각은 없는가?"
"생각을 정리하던 중이었죠."
"남해검문 삼정이 아니라 해천객으로 말을 해도 되겠나?"
해천객은 옅은 웃음을 지으며 말했지만 그 어느 때보다도 진지했다.
"말해 보시죠."
"비무를 해주게."
해천객의 입에서 뜻밖의 말이 튀어나왔다. 검향선자와는 정반대의 말이지 않은가.
"자네가 혈살괴마로 불리는 건 알 테고…… 귀사칠검을 수련했기 때문에 그런 별호가 붙은 거지. 귀사칠검을 수련한 자, 혈살괴마로 비무를 해주게. 할 수 있겠나?"
"……"
금하명은 선뜻 대답하지 못했다. 의도를 정확히 읽을 수 없다. 검향선자 말로는 비무를 해서 이기면 해남무림의 공적이 된다고 하지 않았던가.
"천소사괴 노선배와 비무를 한 후에도, 마인이 되지 않는다면 그 순간부터 귀사칠검은 마공이 아닌 게지. 우리 남해검문은 마공이 아니라 정공을 소장한 것이 되는 걸세. 신공으로 거듭나게 만든 건 자네지만 해남무림은 남해검문이 해냈다고 믿을 걸세."
"그건 상관없습니다."
일이 수월하게 풀려가는 느낌이다. 두 손을 덥석 붙잡고 당장 받아들이고픈 제안이다.
"무인에게 할 말은 아니지만 패배를 주문하면 안 되겠나?"
"비무는 하되, 패배를 하라……"

"자네가 이길 가능성은 일 할도 되지 않네만…… 혹, 귀사칠검 마성이 고스란히 드러난다면…… 모르지. 만에 하나, 천소사괭 노선배를 이긴다면 해남무림이 가만있지 않을 거네. 남해검문과 대해문도 같이 행동할 거고."

금하명은 삼정에게서 눈길을 거둬 밤하늘을 올려다봤다.

별이 아기 눈동자처럼 맑다.

"해남무림…… 참 지겹게 싸울 운명인가 보군요. 죽이고 싶은 자는 죽이고, 싸우고 싶은 자는 싸우고. 그러면 되겠죠."

"해남무림 전부를…… 상대하겠단 말인가!"

"도전해 온다면."

금하명은 다시 한 번 목곤을 굳게 움켜잡았다.

해남무림은 그가 이기는 것을 원치 않는다. 그가 이기면 가상으로만 존재하는 해남파가 현실로 나타난다. 자신의 행보도 지금까지와는 전혀 다른 것이 된다.

귀사칠검은 대해문과 남해검문만 개입되어 있다. 최악의 경우, 싸울 일이 생겨도 두 문파만 상대하면 된다. 하지만 비무에서 이길 경우에는 남해십이문 전체가 적이 된다.

해남무림이 어떤 식으로 공격할지는 벌써 견식해 봤다.

해남무림 전부가 그런 식으로 공격해 오고, 해남도 전체가 전장이라면 살아서 섬을 빠져나갈 공산은 희박하다.

싸움은 피할 수 있다. 지금이라도 비무를 포기하면 된다. 비무를 하더라도 패배하면 된다.

'죽음이란 놈은 늘 곁을 맴도는군. 언제나 그랬어. 내 앞길은 삶보다는 죽음이 가까이 있었어. 그래도 아직까지 살아 있는 건 하늘이 맡긴 일을 끝내지 못했기 때문이겠지. 운명은 하늘에 맡기자.'

피하지 않는다.

오기 때문이 아니다. 천소사굉이 제일문주여서는 더 더욱 아니다. 명예를 도둑질하려는 의도도 없다. 승패 여부도 상관없다. 두 번 다시 없을 기회를 놓치고 싶지 않을 뿐이다.

노인이 보여준 무기와 자신이 지닌 활법을 견주어보고 싶다.

'훗! 져줘? 최선을 다해도 승산을 점칠 수 없는데…… 일부러 져주는 일 따위는 없어. 그런 마음을 가질 틈도 없고.'

비무를 할 것인가, 말 것인가.

결정되었다. 한다!

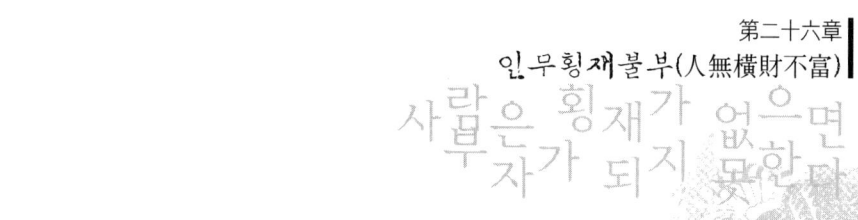

第二十六章
인무횡재불부(人無橫財不富)
사람은 횡재가 없으면 부자가 되지 못한다

인무횡재불부(人無橫財不富)
…사람은 횡재가 없으면 부자가 되지 못한다

찌르륵! 짹! 째액……!

산새 소리가 청량하다. 산과 나무들이 어울려 만들어낸 산기운도 마음을 맑게 해준다.

수많은 번민이 머리 속을 휘저은 밤이었지만, 날이 밝을 무렵에는 오직 비무에만 집중되었다.

검향선자의 살벌한 경고와는 다르게 해남 무인들은 일정 범위 안으로 들어서지 않았다. 아마도 금지가 설정되어 있는 듯하다.

"글글…… 밤새…… 한잠…… 못 잤지?"

천소사굉은 금방이라도 넘어질 듯 위태롭게 걸어나왔다.

'해남 장문인……'

느낌이 새롭다.

해남도에 남해십이문이 있지만 눈앞에 있는 등 굽은 노인이 해남과 장문인인 셈이다.

일문의 문주에게 도전하는 것도 어려운데, 해남파 장문인과 겨루게 될 줄이야.

"편안히 주무셨습니까?"

"글글…… 잠이 너무 많아서…… 탈이지. 늙으면…… 글글…… 잠도 없어진다는데…… 다 헛소리…… 인 게야."

노인은 따라오라는 소리도 하지 않고 앞장서서 걸어갔다.

금하명은 따라갔다.

"활법은…… 글글…… 누구에게…… 배웠노?"

"본의 아니게 귀사칠검을 얻었습니다. 마인이 되기 직전이었는데, 다행히 저주를 풀었습니다. 그 과정에서……."

천소사굉이 걸음을 멈추고 돌아봤다.

"천고…… 기재는 아닌데…… 글글…… 집중력이 뛰…… 어난 게로군. 글글…… 가장 뛰어…… 난 재질이지."

천소사굉이 걸음을 멈춘 곳은 방원 이십여 장쯤 툭 트인 공지였다.

공지는 인위적으로 조성된 곳이다.

깊은 산속임에도 반듯한 청석이 이십여 장을 가득 메우고 있다. 청석과 청석이 맞닿은 부분은 맨발로 미끄러져도 걸림이 없을 만큼 이음매 처리가 말끔하다.

또한 공지는 청소가 깨끗이 되어 있다. 산속이라면 정상적으로 보이는 풀잎조차도 떨어져 있지 않다.

날마다 세심하게 신경 쓰는 사람이 있다는 소리다.

이제는 놀랍지도 않다.

유사시 남해십이문을 통괄할 사람이니 고래 등 같은 저택에서 살며 무인 수십 명으로부터 호위를 받는다고 해도 하등 이상할 게 없다. 현재의 천소사굉은 질박하다 못해 누추한 편이다.

초옥 주위에 가득 모였던 무인들이 모여들기 시작했다.

한결같이 증오가 가득 담긴 눈길을 쏘아내며, 청석 바깥 자리에 질서 정연히 앉았다. 그중에는 당장 비무를 그만두라고 권했던 검향선자도 보였다.

"글글…… 병기는…… 곤?"

"네. 곤이 많이 익숙해졌습니다."

"이 늙은이는…… 글글…… 이걸 사…… 용하지."

천소사굉은 들고 있는 지팡이를 들썩였다.

나이 든 노인들이 흔히 들고 다니는 지팡이다. 여느 지팡이가 그렇듯 손때가 타서 반질반질 윤기가 흐른다. 딱딱해 보이지만 검에 살짝 부딪치기만 해도 베어져 나갈 나무다. 더군다나 길이는 목곤의 절반에도 채 미치지 못한다.

장소는 천소사굉에게 익숙한 곳이지만, 병기의 절대 이점(利點)은 자신이 챙겼다.

금하명은 목곤을 왼손에 들고, 오른손으로 왼손을 감싸 포권을 취하며 말했다.

"소생 금하명, 별호조차 없는 필부였으나 해남 동도들께서 혈살괴마라는 분에 넘치는 별호를 지어주셨습니다. 한때나마 귀사칠검의 마성에 젖어 해감문도를 격살한 적이 있으니 어떤 별호라도 달게 받겠습니다. 예전에는 자질이 부족하여 귀사칠검을 제어하지 못했지만, 오늘은 마성에 젖은 귀사칠검이 아니라 정공(正功)이 된 귀사칠검을 보여 드리겠습니다."

오지산이 쩌렁 울리는 일갈이었다. 관전하는 사람들이 모두 들을 수 있도록 음성에 진기를 실었으니 귀머거리가 아닌 이상은 모두 들었을 게다.

"글글…… 할 말이…… 글글…… 하나 더 남았을 텐데, 마저 하게. 글글…… 못난 사람들…… 글글…… 귀를 열어주는 것…… 도 괜찮지."

천소사굉이 고맙다. 그는 자신의 마음을 읽었다. 삼정과의 대화를 들었는지도 모르고.

"어른을 이기면 해남무림을 이기는 것이라고 들었습니다. 그러나 전 그렇게 생각지 않습니다. 이 비무는 어른과 저의 비무일 뿐, 다른 의미는 일절 없습니다. 만약 이로 인해 해남무림과 등을 지게 된다면 그리 하겠습니다. 비무에 임하매 최선을 다하지 않음은 비무를 받아주신 분께 실례되는 것. 반드시 어른을 이길 수 있도록 미천한 무공이나마 아낌없이 펼치겠습니다."

사자후(獅子吼)가 천둥처럼 울렸다.

스스스…… 스스슷…….

천소사굉의 몸에서 아침 안개처럼 모호한 기운이 피어났다.

세상을 가득 메운 안개처럼 소리없이 다가와 살포시 앉는다. 몸을 움직여도 축축한 안개에서 벗어날 수 없고, 가만히 있어도 머리끝부터 발끝까지 안개에 휩싸이는 것과 같은 느낌이다.

천소사굉은 여전히 움직이지 않는다. 처음과 똑같이 지팡이를 짚고 있다. 하지만 몸 어느 곳도 칠 수 있는 구석이 없다. 아니, 치겠다는 생각은 들지도 않는다. 공격을 막아야 한다는, 방어를 해야 한다는 생각만 절박하다.

'몸을 뺄 수 없다!'

금하명은 당황했다.

자신의 무공은 선공(先攻)보다는 후공(後攻)의 개념이 강하다.

제일공 십자곤은 분명히 선공이다. 하지만 안개 속에 갇혀 버렸으니 어느 쪽으로 몸을 뺄 것이다. 상에서 하로, 좌에서 우로…… 두어 번 손을 쳐낸다고 허공이 갈라지겠는가. 바다가 쪼개지겠는가.

제이공 일섬곤도 선공이다.

'일섬곤을 사용하면…….'

가장 좋은 방어는 공격이다.

천소사굉은 움직이지 않고 있다. 자신 역시 움직임을 잃었다. 두 사람 사이에는 허공이 있고, 허공에 한 줄 선을 긋는다. 가장 빠른 선. 가장 확실한 선.

선이 보인다. 천소사굉과 마주 섰을 때부터 확연하게 보였던 선이다. 이제 목곤에 탄황을 싣고 선만 따라가면 된다.

최단 거리를…… 태극음양진기로…… 가장 빠르게…….

그래도 안 되면 어쩔 수 없다. 그 이상으로 펼칠 수 있는 무공이 없다. 어떤 공격을 퍼부어도 제이공 일섬곤보다는 느리고, 완벽하지 않을 것 같다.

금하명은 움직이지 못했다. 빨랫줄처럼 쭉 뻗은 허공의 선이 보이는데도 따라가지 못했다. 목곤을 뻗어내는 순간, 안개처럼 축축하게 퍼져 있는 기운들이 표창이 되어 쏟아져 들어올 것만 같았다.

삼공 허간곤은 어떤가? 안 된다. 그거야말로 후공이다. 상대의 움직임을 보고 허점을 파악한 후에 찌르는 수법이다. 천소사굉처럼 움직이지 않는 상대에게는 무용지물이다.

그럼 마지막 사공, 건곤곤은? 탄황, 단타, 회전의 묘가 함축된 공격이니 그나마 낫지 않을까?

건곤곤 역시 마찬가지다. 축축한 안개 속에서 몸을 빼낼 수가 있어야 어떤 공격을 해도 할 것이 아닌가.

말을 잊고 서로를 마주 본 지 일 다경, 금하명의 전신은 굵은 땀으로 흠뻑 젖어들었다.

호흡도 가빠온다. 공기 한 올 새어들 틈이 없는 밀폐된 공간에 갇힌 기분이다. 몸도 무겁다. 손발은 너무 무거워 목곤을 들고 있기도 힘이 든다. 병석에서 막 일어난 병자가 천 리 길을 냅다 달려온 것처럼, 물 먹인 솜이라도 된 것처럼.

'암기(暗氣)! 이게 말로만 듣던 암기…… 암기에 걸려든 건가!'

무기에 살기를 얹으면 암기가 된다는 소리는 들었다. 무형의 기운으로 마음속을 파고들어 활기를 죽인다고 했다. 투지를 죽일 뿐만이 아니라 저항하려는 인간 본연의 의지마저 말살시킨다고 한다.

일섬단혼처럼 느낄 사람은 느끼고, 느끼지 못하는 사람은 안 느껴도 좋다는 식이 아니다. 어떤 사람이든 반드시 느끼고 싸울 생각을 접으라는 이야기다.

'나는 초식을 생각하고 있는데, 천소사꽹은 마음을 생각하고 있었단 말이군. 심즉동(心卽動) 동즉심(動卽心)이란 건가? 그럼 나는 행(行)이다. 백 번 숙고해 봐야 한 번 실행하는 것만 못하니!'

스스스슷! 파앗!

태극음양진기를 극성으로 끌어올려 목곤에 집중시켰다.

차고 넘치는 진기는 밖으로 흘려보내 안개를 튕겨냈다. 그 정도로는 허공을 가득 메운 안개가 걷혀지지 않을 것이라 생각되지만 자신이 할 수 있는 최선이었다.

동시에 허공으로 신형을 띄웠다.

양손으로 목곤을 으스러져라 움켜잡고 쳐볼 테면 쳐봐라는 심정으로 십자곤을 전개했다.

슈욱! 파앙!

천소사굉은 이 장이나 떨어진 거리를 단숨에 좁혀왔다. 금하명이 허공으로 떠오른 순간, 그는 턱 밑으로 다가와 지팡이를 뻗어냈다. 그리고 별 힘 들이지 않고 뻗어낸 지팡이는 거센 일격이 되어 허벅다리를 후려쳤다.

"음!"

금하명은 짧은 신음을 토해내며 뒤로 물러섰다.

"앗!"

"우!"

관전하던 몇몇 무인들이 자리에서 벌떡 일어나 함성을 질러댔다. 일부는 벌써 승부가 끝났다는 듯 펄쩍 뛰기도 했다. 하지만 명숙들이 미동도 하지 않자 곧 추태를 깨닫고는 슬그머니 자리에 앉았다.

금하명에게는 그들의 반응쯤은 들리지도 않았다. 아예 시선조차 돌아가지 않았다. 일부러 무시하려고 해서가 아니라 진정으로 그의 모든 촉각은 천소사굉에게 집중되어 떨어지지 않았다.

지팡이가 아니고 검이었다면 왼쪽 다리는 잘리고 말았다. 지팡이에 맞았다고 무사한 것도 아니다. 뼈를 부러뜨릴 듯한 타격은 마비로 이어졌고 제대로 서 있기조차 힘들게 만들었다.

다리가 말을 듣지 않고 질질 끌린다. 사흘 밤낮으로 두들겨 맞은 것처럼 퉁퉁 부어오른다.

'된통 맞았군.'

아픔은 얼마든지 이겨낼 수 있다. 유밀강신술에 이어서 파천신공의 괴로움까지…… 지난날 육신에 가해졌던 고통에 비하면 웃음거리도 안 된다.

쿠우오오오……!

기로(氣路)를 활짝 열어 외기를 흠씬 받아들였다. 태극음양진기를 본인조차 감당하지 못할 만큼 거세게 돌려 백회혈로 빠져나가려던 진기를 빨아들였다.

단전은 급류에 휩쓸린 가랑잎처럼 요동쳤다.

단전을 꽉 채우고 남은 진기는 미련없이 모공을 통해 흘러 나갔다.

마비된 다리에도 진기는 보내졌다. 육신의 혈도는 무혈(無穴) 상태가 되었기에, 마비는 근육이 경직되는 일시적인 현상일 뿐 지속되지는 않는다.

목곤을 빙글 돌렸다.

한 대 맞아보니 정신이 번쩍 든다.

육신을 칭칭 옭아매던 암기(暗氣)는 느껴지지 않는다. 천소사굉의 모습도 평범한 노인일 뿐이다. 검을 수련한 검수이지만 하늘처럼 올라가지 못할 나무로는 보이지 않는다.

콰아아아아……!

단전은 더 이상 진기를 받아들일 수 없을 만큼 가득 찼다. 외기는 계속 쏟아져 들어오고 태극음양진기는 숨 쉴 틈 없이 받아 휘돌리는데, 들어갈 곳이 없다.

몸에서 빠져나가는 진기는 공기에 닿는 순간 자연으로 돌아간다.

자연으로 돌아가는 진기가 너무 많아서 탁기(濁氣)나 살기(殺氣), 요기(妖氣), 미기(迷氣) 등등 인간이 내뿜는 모든 기운들은 흔적없이 녹아 버린다.

금하명의 몸에서 진기의 흔적을 읽을 수 없는 이유다.

"글글…… 이제야…… 활법다운…… 글글…… 활법을 보는군."

천소사굉은 신이 나서 지팡이를 휘둘렀다.

지팡이에서 일어나는 바람 소리가 한겨울 북풍한설보다도 차갑다. 나무에 불과한데 맞으면 싹둑 잘려 나갈 것처럼 날카롭다. 아니, 잘리기 전에 짓뭉개진다. 천력(天力)이 깃든 지팡이는 철퇴로도 맞받기 어렵다.

금하명도 목곤을 쳐냈다.

천소사굉과는 다르게 아무런 기운도 실려 있지 않다. 너무 무기력하게 보여서 여아(女兒)가 뻗어낸 것이 아닌가 하고 의심할 지경이다. 단지, 빠름만은 경이로울 정도여서 가로로, 세로로 그어내는 목곤의 실체가 보이지 않는다.

따악! 딱딱딱……! 따아악!

경쾌한 타격 소리가 십여 차례나 울려 퍼졌다.

금하명은 목곤에 탄(彈:쏘고), 두(抖:떨구고), 당(撞:치고), 전(顫:떨리고)의 묘(妙)를 심었다. 천소사굉은 격(擊:부딪치고), 절(截:끊고), 자(刺:찌르고), 추(抽:잡아당기고), 벽(劈:가르고) 등 검법으로 응용되는 스물일곱 가지의 묘법을 고루 섞었다.

두 사람에게서는 일정한 형태를 지닌 초식이 전개되지 않았다. 마구잡이 싸움처럼 틈이 보이면 쳤고, 틈이 없으면 힘으로 밀어붙였다. 그런데도 관전하는 사람들에게는 천하의 절초들이 계속해서 튀어나오는 듯이 보였다.

주로 천소사굉이 공격하는 편이었고, 금하명은 방어에도 쩔쩔매는 형국이었다. 간혹 반격을 가하기도 했지만 미약하기 이를 데 없어서 천소사굉의 옷깃조차 건드리지 못했다.

그런 면에서는 천소사굉도 마찬가지였다. 소낙비처럼 맹공을 퍼붓고 있지만 금하명을 물러서게 만들지는 못했다.

"용호상박(龍虎相搏)이군."

누군가 중얼거렸다.

"난 아직 멀었군."

누군가가 혼잣말로 중얼거리는 소리도 들렸다.

따아아악!

두 사람의 접전이 이십 초를 훌쩍 넘고 삼십 초에 다다랐을 때, 커다란 나무가 밑동부터 부러지는 소리가 들려왔다.

천소사굉은 교(攪:어지럽게)와 압(壓:누르고)을 사용하여 지팡이를 내려쳤다. 금하명은 목곤을 들어 올려 막아냈지만 압의 힘이 너무 강해서 중간 어림이 뚝 부러지고 말았다.

목곤을 부러뜨린 지팡이는 계속 그어져 얼굴을 훑어 내렸다. 순간, 금하명은 신형이 움찔하는 듯싶더니 얼굴은 맞지 못하겠다는 듯 뒤로 돌아버렸다. 마치 등은 괜찮으니 마음껏 때려보라는 듯이.

천소사굉은 내려치지 않았다.

지팡이로 얼굴에서 등으로 목표물을 변경하는 찰나, 풀숲에서 뱀이라도 만난 듯 화들짝 놀라며 재빨리 물러섰다.

금하명은 태연히 돌아섰다. 비무 중 등을 보이는 비겁한 행동을 저질렀는데도 비굴함이나 미안함 같은 표정은 일체 없었다. 오히려 침착하고 당당한 음성으로 말을 건넸다.
"천소사굉이라는 별호가 이상하다 싶었는데, 이제는 이해가 됩니다."
"글글……."
천소사굉은 웃기만 했다.
"천소란 하늘의 웃음, 검의 웃음이죠. 사굉이란 굽은 울림, 방패를 돌아 소리를 울리고 마니 죽음의 소리입니다. 천소사굉이란 검이 웃으면 죽음이 온다는 뜻이었군요."
"글글…… 글……."
천소사굉의 웃음소리가 미약해지기 시작했다.
"마, 마지막…… 글…… 초식…… 이 무엇…… 글……."
이제는 음성까지 확실하게 끊어진다. 분명히 일격을 당했다! 언제? 모두 눈을 부릅뜨고 있었는데! 누구도 금하명이 치는 것을 보지 못했는데!
"섬서무림에 원완마두라고 있었습니다. 원완마두라는 별호보다는 삼혈마로 더 알려진 사람이었죠. 원완마두의 곤법은 모두 육 초식. 삼 초에서 목곤을 부러뜨리고, 사초에서는 부러진 곤으로 양쪽 옆구리를 가격합니다. 마지막 육초는 뒤로 돌아선 상태에서 겨드랑이 사이로 곤을 찔러 넣는 것이죠."
"그건…… 글…… 아니고……."
"초식만 빌려왔습니다. 어른께서는 제게 단타(短打)를 사용할 수 있게끔 거리를 주셨죠."
"그것도…… 아니고……."
"장기의 울림, 내부의 울림, 진기의 울림, 육체의 울림, 자연의 울림.

세상에 존재하는 모든 울림을 전 탄황(彈簧)이라고 명명했습니다. 방어에 사용하면 탄황, 육신이 피리 조각처럼 떨린다. 전신무점(全身無點), 쳐오는 검은 요혈을 가격하지 못하고 비켜 치니 궁극에 이르면 전신에 허점이 없다."

"그거…… 글…… 였군."

"이제 쉬시지요."

"아니, 아니. 글글…… 됐어. 아주…… 글…… 편해. 무거운…… 짐을 벗어…… 던지니…… 글…… 아주 홀가분해."

목곤과 지팡이, 둘 다 나무로 만들어진 병기였지만 막강한 진력(眞力)이 스며 있어서 내공이 약한 사람 같으면 빗겨 맞기만 해도 오장육부가 으스러진다.

천소사굉은 내공으로는 당적할 사람이 없을 정도인데도 몸을 가누지 못하고 쩔쩔맸다. 하나, 해남파 제일문주라는 신분에서 벗어날 수 있다는 게 몹시 즐거운지 표정만은 밝았다.

제일문주는 비무에서 패하면 안 된다. 해남파 역사상 제일문주가 패한 적은 없으니 그에 따른 조처도 마련되어 있지 않다. 하지만 상식으로 생각해도 패할 경우 당연히 제일문주에서 물러나야 한다.

"너…… 글글…… 이제…… 큰일…… 났어."

천소사굉이 애써서 미소를 지어 보였다.

"괜찮습니다."

금하명도 편하게 마주 웃었다.

❷

'금하명…….'

하 부인은 잠을 이루지 못하고 뒤척였다.

평범한 무인은 아닌 줄 알았지만 마인까지는 미처 생각 못했다.

그 사람이 귀사칠검이라는 마공을 수련한 마인일 줄이야.

사람을 마구 죽이는 것으로도 모자라서 갈기갈기 찢어 죽이는 흉악한 자. 여자만 보면 상대를 가리지 않고 달려들어 겁탈하다가 종래에는 죽여 버린다는 자.

해남무림이 금하명으로 인해 벌집을 쑤셔놓은 것처럼 들끓는다니 이 일을 어찌하면 좋단 말인가.

금하명은 마인이 아니다. 사람을 마구 죽이는 흉악한 자도 아니고, 여자만 보면 달려드는 파렴치한도 아니다.

비정상적인 면이 있기는 했다. 야수처럼 달려들어 겁탈할 때는…… 하나, 그 후로 그는 단 한 번도 그와 같은 행동을 하지 않았다. 오히려 이런 남자 같으면 평생을 함께하는 것도 괜찮을 것 같다는 생각이 들어서 남몰래 얼굴을 붉힌 적도 많다.

그는 성실하다. 책임감이 강하다. 일 년이나 벙어리처럼 말도 하지 않고 허드렛일을 한 사람이다. 자신의 마음이 삶을 향해 돌아설 때까지 곁을 지켜준 사람. 진정으로 사람을 사랑할 줄 아는 사내라고 봐도 좋다.

벼룩도 낯짝이 있지 가당키나 한 소린가.

열두 살 연하에 한 번 지아비를 모셨던 몸. 무엇보다 옥정관에 몸을 뉘고 있는 그분 얼굴 뵐 낯이 없다.

금하명과 어찌어찌 엮어보자는 생각은 추호도 없다. 단지…… 염려스러울 뿐이다.

무언가 소문이 잘못되었으리라.

하지만 알아보고 또 알아봐도 들리는 소문은 변함없었다. 어떤 말이든 기꺼이 따라주던 광양회에서도 이번 일만큼은 손 떼고 싶다는 뜻을 넌지시 전해왔다.

사면초가(四面楚歌), 방법이 없다.

무공이라도 익혔다면 조금이라도 도움이 되련만, 자신있는 게 의술뿐이니 살검에 둘러싸인 그를 구할 방도가 없다.

'그래, 서로 가는 길이 달라.'

잠을 청하기 위해 벽을 향해 돌아누웠다.

그는 사람 죽이는 기술을, 자신은 사람 살리는 기술을⋯⋯ 가진 재간이 극과 극이다.

잠이 오지 않는다. 몸이 오뉴월의 능수버들처럼 축 늘어지는데 정신은 더욱더 뚜렷해진다.

'안 되겠어. 그래도 도와야 돼. 그 사람⋯⋯ 해남도에서 살아나오지 못해. 하지만 어떻게⋯⋯ 무슨 수로⋯⋯.'

믿고 의지할 사람은 광양회밖에 없는데, 그들마저 손을 떼고 말았으니 어다다 대고 하소연할 곳조차 없다.

하 부인은 또 한 번 무력감을 절감했다. 남편이 죽을 때 엄습했던 무력감과 같은 종류의 숨을 틀어막는 무력감이다.

그때, 하 부인은 콧속으로 스며드는 역한 냄새를 맡았다.

'이 냄새는⋯⋯? 쥐오줌풀? 망우초(忘憂草)도 섞여 있고⋯⋯ 누가 왜⋯⋯?'

냄새 속에는 무려 열 한 가지에 이르는 약초가 배합되어 있다.

하나같이 수면을 유도하는 약초들이다.
이런 냄새가 스스로 피어날 리는 없고…… 하 부인은 암해(暗害)를 직감했지만 반항하기에는 너무 늦었다.
그토록 청해도 멀리 달아나기만 하던 잠이 스르륵 찾아왔다.

두 사내가 천장에서 거미처럼 기어 내려왔다.
그들은 일체 말이 없었다. 축 늘어진 하 부인을 거적으로 둘둘 말아서 등에 업고 긴 밧줄로 꽉 묶었다.
"네 목숨은 우리가 보호한다. 네게 칼이 들어갈 때는 우리 모두 이 세상에 없는 것이다. 혼자 죽지 마라. 하 부인만은 반드시 죽이고 죽어라. 네 몸에서 밧줄을 풀어줄 사람은 나뿐이다."
하 부인을 등에 멘 자가 허리를 깊숙이 숙였다. 그리고 소리없이 창문을 넘어 사라졌다.
스슥! 스스슥……!
다른 움직임도 잇달아 일어났다.
방 안에서 뛰쳐나간 자만 네 명, 천장에서 두 명…… 집 안팎을 모두 합치면 이십여 명에 이르는 사내가 몸을 빼냈다.

"헐헐! 쉽지 않겠는데. 어디서 나타난 놈들인지 지독하게 사나워. 근처에만 접근해도 물어뜯자고 으르렁거릴 놈들이잖아."
삼박혈검이 은밀히 뒤를 쫓으며 말했다.
"대해문 놈들밖에 더 있어. 놈들이 또 살수 놈들을 끌어들인 거야."
추명파파는 침착했고, 싸늘했다.
사내들은 가까이 다가설 엄두를 내지 못할 만큼 사나웠다. 말 한마

인무횡재불부(人無橫財不富)

디에 죽고 사는 것이 결정되는 살수들의 세계에서나 탄생될 인간 괴물들이다.

죽음을 두려워하지 않는 건 자명하다.

삼박혈검과 추명파파의 무위라면 어찌어찌 제압할 수는 있을지 몰라도 하 부인의 안전까지는 보장하지 못한다. 그들의 검은 가깝고 자신들은 멀리 있으니까.

그때부터 추명파파의 얼굴에서는 훈훈함이 사라졌다. 얼굴은 밀납으로 만든 인형처럼 창백해졌고, 호흡은 삼박혈검조차 감지하지 못할 만큼 가늘어졌다.

추명파파의 추명(追命)이 발동되는 순간이다.

'아무래도 몇 놈 뒈져 나가겠어.'

"그렇겠지? 아무래도 그럴 거야. 그럼 대해문으로 간다는 소린데…… 우리만으로는 역부족이지 않나?"

"그러니 가기 전에 낚아채야지."

"쯧! 지금까지 접근도 못했는데 무슨 수로……."

삼박혈검은 뒤를 밟으면서 연신 고개를 갸웃거렸다.

하 부인을 납치한 사내들은 압미북계(鴨尾北溪)에 도착하자 발길을 멈췄다.

다른 사내들은 둥글게 원형진(圓形陣)을 형성해 사위를 경계하고, 한 사내만 재빨리 뛰쳐나가 해변을 뒤적였다.

"헐! 배를 탈 모양인데? 갈수록 태산이네."

해순도가 섬이라는 게 원통하다. 사내들은 빠른 배를 준비해 놨을 터인데, 이쪽은 느린 배조차 없다. 할 수 없이 어선을 훔쳐 타야 하는데…… 그런 배로는 빠른 배를 뒤쫓을 수도 없을 뿐 아니라 빨리 발각

된다.

"영감탱이, 꿈이 많으면 밤도 긴 법이야. 결정을 내려야지. 여기서 칠까, 아니면 대해문으로 가는 길목을 지킬까?"

"결국 여기서 치자는 소리를 뭘 그렇게 어렵게 해."

삼박혈검은 콧구멍을 후볐다.

사내들은 해남도를 한 바퀴 돌아 곧장 삼아(三亞)로 들어갈 게 뻔하다. 해순도에서 배를 구해 해남도로 들어가고, 섬을 일직선으로 질주하여 삼아로 향해도 사내들보다는 느리다.

결국 사내들이 대해문으로 들어가기 전에 잡는다는 것은 불가능하다. 또한 꼬리를 잡아채도 하 부인이 여전히 저들 수중에 있는 이상은 지금과 똑같은 상황이 재현될 뿐이다.

그렇다고 지금 치기에는 하 부인의 안위가 너무 위태롭지 않은가.

추명파파가 입술만 잘근잘근 깨물고 있을 때, 해변으로 달려갔던 사내가 쾌속한 신법으로 돌아왔다.

사내는 이십여 명 중 한 사내에게 무슨 말인가를 작은 소리로 속삭였다.

추명파파는 눈빛을 날카롭게 하고 보고받는 사내를 노려보았다.

이십여 명 중 우두머리가 아니라면 보고를 받을 리 없다.

공격하려면 저자부터 쓰러뜨려야 한다. 그런데 그게 용이치 않다. 사내가 위치한 곳은 해변 쪽이라서 이십여 명을 모두 뚫고 나서야 칠 수 있다. 그런데,

쫘악!

야밤에 경쾌한 격타음이 터져 나왔다.

보고를 하던 사내는 휘청휘청 물러섰다. 따귀를 얼마나 거세게 맞았

는지 두어 걸음을 물러선 후에도 제정신을 차리지 못했다.

"끌끌! 사단이 벌어진 게로군."

눈치 빠른 삼박혈검이 한눈에 상황을 파악해 냈다.

아니나 다를까, 보고를 받던 사내는 따귀 한 대로는 분이 풀리지 않는지 허공으로 붕 떠오른다 싶더니 원앙각(鴛鴦脚)으로 세차게 안면을 걷어찼다.

퍼억!

꽈리 터지는 소리가 났다.

"거참…… 성질 좀 죽이지. 되게 아프겠네."

말과는 달리 삼박혈검은 눈을 빛냈다.

적의 실수는 이쪽에게는 기회다.

"이거 몸이 근질거려서 안 되겠네. 잠시만 기다려."

삼박혈검은 추명파파가 뭐라고 말을 하기도 전에 신형을 날려 어둠 속으로 사라졌다.

해순도와 해남도의 거리는 강폭 하나라고 해도 좋을 만큼 가깝다. 실제로 해순도를 해남도에서 떼어낸 물길은 바닷물임에는 틀림없지만 해순하(海旬河)라고 부른다.

단순히 해순하를 건널 요량이면 어선을 이용해도 충분하다. 어선보다 세 배나 빠른 쌍구선(雙拘船)이나 어선이나 시간 차이는 얼마 나지 않는다.

사내들은 틀림없이 바다로 나갈 생각이었다.

삼박혈검은 쌍구선을 숨겨놓을 만한 곳을 샅샅이 뒤졌다.

'클클……! 이거였네.'

쥐어 터질 만한 사실이 목도되었다.

큰 암석으로 막혀 해안에서는 보이지 않는 곳에 쌍구선 한 척이 침몰되어 있다. 누군가 일부러 침몰시킨 듯, 배 밑판에 도끼 자국이 선명하다.

이십여 명을 태울 수 있는 배를 수리도 못할 만큼 부숴놓았다면 소리도 상당히 컸을 터인데.

삼박혈검은 코를 벌름거려 공기 냄새를 맡았다.

역시 그렇다. 짜디짠 바다 냄새 속에 짙은 혈향이 배여 있다.

'누군지 고맙군. 이제 놈들은 어선을 탈 수밖에 없다 이거지. 그럼 바다를 돌아갈 수는 없는 노릇일 테고…… 해남도로 들어갈 수밖에 없겠군.'

해순도에서 해남으로 들어가면 곧바로 남해검문의 영역이다.

사내들이 날고 뛰는 재주가 있어도 잡자고 마음먹으면 잡지 못할 리 없다. 하 부인의 안위가 여전히 염려되기는 하지만.

'서둘 것 없어. 해남도로 들어가서 손을 쓰는 게 훨씬 좋아.'

삼박혈검은 몸을 빼내려 했다. 이미 살심을 일으키고 있는 추명파파가 먼저 손을 쓰지는 않았는지 염려스럽기도 하다.

그런데…… 몸을 움직이지 못하겠다.

'엄…… 청난 살기군.'

몸으로 직감할 수 있는 살기는 엄청나지 않다. 겉으로 드러난 살기는 이미 살기가 아니다. 지금처럼 있는 듯 없는 듯하면서도 육신을 옥죄어오는 살기야말로 진정한 살기다.

삼박혈검은 사내가 노리는 부위를 탐지해 내느라 부심했다.

모든 걸 역으로 풀어나가야 한다. 암습자가 어디 숨어 있는지 파악

인무횡재불부(人無橫財不富) 201

해 내려고 할 것이 아니라 어디를 노리는지부터 알아내야 한다. 암습자의 위치를 파악하는 것은 그 다음이다.

진기를 끌어올리자 목 부근이 서늘해진다.

'뒷덜미? 제길! 크게 걸렸군.'

암습의 경우, 대개는 치기 좋고 치명적인 곳을 노린다. 뒤쪽에서 노릴 경우는 등을 뚫고 심장을 쪼개는 쪽이 가장 확실하고 편하다. 두 번째가 머리를 노린다. 등보다는 치기 어렵지만 확실하게 끝낸다는 장점이 있다.

가장 어려운 부분이 뒷덜미다.

목을 늘어뜨리고 있는 사람 같으면 쉽게 쳐낼 수 있다. 무공 대 무공의 겨룸에서도 확실한 승부수에 걸려들면 목이 날아간다. 하지만 암습자에게 목을 내주는 경우는 드물다.

암습자는 상당한 수련을 거쳤다. 실전 경험도 풍부하다. 적어도 노리는 자쯤은 확실하게 제거할 수 있는 자다.

스릉! 스릉! 스르릉……!

소리를 흘려 암습자가 눈치채지 않도록 조심하면서 검을 뽑았다.

사내들을 공격하는 게 쉽지 않을 거라는 생각이 얼핏 들었다. 사내들의 신법을 보면 이 정도는 아닌데…… 암습에서만은 탁월하다고 인정하지 않을 수 없다.

지금은 그런 생각조차도 사치다. 모든 신경과 생각을 등 뒤에 있는 암습자에게 집중시켜야 한다.

스윽!

검이 검집에서 완전히 빠져나왔다.

암습자는 한 번의 기회를 놓쳤다. 만약 검을 뽑는 도중에 암습을 가해왔다면 최소한 한두 번쯤은 마음 놓고 검을 휘두를 기회가 생겼을 게다. 이렇게 검을 완전히 뽑고 난 후에는 그런 기회조차도 없다.

'됐어. 이놈, 와봐라.'

스스슥……!

암습자가 움직이기 시작했다.

'응?'

너무 의외의 행동이다. 암습자의 행동이 뚜렷하게 감지된다. 지금까지 암중에서 살기를 쏘아내던 것과는 전혀 다르다. 절정에 이른 살수로 보았는데, 아니었단 말인가.

암습자는 아예 내놓고 움직였다.

눈치를 못 챈 사람일지라도 이 정도가 되면 단박에 경계를 하고도 남는다. 이는 암습하려는 의도가 아니고 자신의 존재를 인식시키는 행동이다.

'뭐야? 무공으로 싸워도 이길 수 있다고 판단한 건가? 클클!'

암습자는 벗이라도 되는 양 존재를 활짝 열고 천천히 다가왔다.

삼박혈검은 몸을 돌려 등 뒤로 돌아섰다.

맹수 같은 사내가 보인다. 잘 간 검처럼 전신이 살기로 똘똘 뭉친 자다.

'해남도에 이런 자가 들어와 있었다니. 아니, 해순도지. 그런데 왜 구령각에서는 아무 보고도 없었지?'

"삼박혈검?"

사내가 경계를 풀지 않은 채 물어왔다.

삼박혈검은 경계를 풀었다. 숨어 있을 때는 자신조차도 경시하지 못하는 살수였지만, 육신을 환히 드러내 놓은 상태에서는 삼류검사에 지나지 않는다.
"클클! 노부를 아나?"
"알지. 남해검문 장로. 그럼 다른 할망구는 추명파파겠군."
"할망구? 젊은 놈이 헛바닥만 까졌군. 클클! 할망구가 들으면 섭섭하겠어."
문득 이상한 생각이 든다. 이자는 하 부인을 납치한 자들과는 다르다는 생각이.
"혹시 네놈이 쌍구선을 침몰시켰냐?"
"하 부인을 데려가서는 안 되니까."
암습자는 완전히 경계를 풀었다. 들고 있던 검도 검집에 꽂아 넣었다. 삼박혈검을 공격할 의도는 없는 듯했다.
"하 부인과 네놈 관계를 물어도 되냐?"
"내 일에 상관이나 하지 마. 놈이 아끼는 사람만 아니었다면 영감 목숨은 날아갔어."
암습자는 거침없이 등을 돌려 사라졌다.
'영감? 아껴? 날? 누가? 가만…… 이런 시러베 잡놈이 꼬박꼬박 반말 짓거리잖아!'
삼박혈검은 암습자에게 호기심을 느꼈다. 그리고 호기심을 느낀 자를 가만 내버려 둘 그가 아니었다.

쉬익! 퍼억!
암습자는 일검에 한 사람의 목숨을 취했다. 야공에 검은 빛이 출렁이면 반드시 한 사람의 머리가 떨궈졌다.
'암습 하나는 기가 막힌 놈이군.'

삼박혈검은 어둠 속에 숨어서 암습자의 행동을 낱낱이 살폈다.

스읔!

등 뒤로 누군가 다가왔다.

삼박혈검은 돌아보지 않아도 추명파파임을 알아봤다. 그녀의 신법은 독특해서 묘한 음향이 흘러나온다. 치맛자락에서 흘러나오는 소리를 감추기 위해 보폭을 좁게 하는 데서 발생하는 소리다. 소리 하나는 죽였지만 다른 소리를 만들어냈다고 할까?

"영감, 무슨 일이야? 한 놈, 한 놈 죽어나가기에 영감 짓인 줄 알았는데 아니네?"

"가만있어 봐. 일이 재미있게 됐어. 저기…… 저놈이 있어."

"어디?"

추명파파의 눈길이 어둠을 훑었다.

"가만있어 봐. 곧 움직일 테니까."

과연 삼박혈검의 말이 끝나기 무섭게 어둠이 일렁거렸다. 그리고 또 한 명의 사내 머리가 해변에 나뒹굴었다.

"엇! 저건 본 문의 적엽은막공(赤葉銀幕功)인데?"

추명파파가 깜짝 놀라서 외쳤다. 풍부한 경험이 아니었으면 소리가 밖으로 새어나갈 뻔했다.

"그렇지? 적엽은막공이지? 그런데 아니란 말이야. 본 문의 적엽은막공과 비슷한 것 같으면서도 질이 달라. 저건 실수를 전개하기 용이하도록 변형된 적엽은막공이야."

하 부인을 납치한 자들도 기민하게 움직였다.

그들은 흩어지지 않고 한데 모여 원형진을 건실히 지켰다.

무리에서 약간이라도 벗어나면 여지없이 살검이 날아든다. 코앞에서 동료의 머리가 떨어져 나가는데도 적을 찾아낼 수 없으니 답답하기만 하다.

"살수다. 해순도에 살수가 존재하다니! 이게 어떻게 된 거야! 빌어먹을! 우릴 전부 내몰 때부터 께름칙했는데, 이렇게 강한 놈이 있었단 말이지."

"조금 있으면 날이 밝아옵니다."

"알아! 일조(一助)! 반월진(半月陣)!"

명이 떨어지기 무섭게 사내들 중 일곱 명이 나서며 둥그렇게 굽은 반월 형태를 갖췄다.

나머지 사내들은 반월진을 방패로 삼아 빠른 속도로 물러났다.

쉬익! 퍼억!

반월진을 형성한 자들 중 맨 오른쪽에 있는 사내가 옆구리를 찔려 풀썩 꼬꾸라졌다. 비명을 지를 새도 없을 만큼 빠르고 치명적인 암습이다.

순간, 반월진을 형성한 여섯 사내가 시야에서 사라졌다.

방금 전까지만 해도 검을 겨누고 있었는데 하늘로 증발해 버린 듯 감쪽같이 사라진 것이다.

잠시 시간이 흘렀다. 하 부인을 등에 업은 자를 비롯해서 뒤로 물러선 자들은 어선에 올라타는 중이었다.

쉬익! 풀썩!

해변에 가득 깔린 모래가 분분하게 피어올랐다. 누군가 발길로 걷어찬 듯 뿌연 모래 먼지가 허공을 가득 메웠다. 모래뿐만이 아니다. 어둠에 물들어 검은색으로 보이지만 핏줄기가 분명한 물줄기도 뿜어져 올라왔다.

"살수 놈들 싸움도 상당히 재미있군. 클클! 기회 있으면 나도 저것 좀 배워봐야겠어."

"영감, 주책 떨지 말고 빨리 와. 저놈들을 그냥 가게 내버려 둬서는 체면이 안 서잖아."

"옳은 말씀."

삼박혈검은 해변을 기어 바다 속으로 들어갔다. 그 뒤를 추명파파가 바로 쫓았다.

어주(魚主), 그는 해변이 환히 보이는 암벽 위에서 바람결에 묻어나는 짙은 피 냄새를 음미했다.

예전의 독사어라면 결코 이 상황을 좌시하지 못한다.

배를 침몰시키고 공격을 가하기 시작한 삼박혈검, 추명파파를 비롯해서 누군지 모를 살수 놈까지 씨를 말려야 직성이 풀린다.

지금은 다르다.

독사어에게는 생명이 없다. 독사어는 인간도 아니다. 발로 짓밟으면 찍소리도 못하고 죽을 뿐, 지렁이처럼 꿈틀거리지도 못한다. 벌레만도 못한 생명들이기 때문이다.

당연히 그들에게는 원한이나 증오도 없다. 울분도 느끼지 못하고, 명예란 놈은 마차로 가득 실어와도 내던져 버린다.

오직 하나, 임무를 완수하기 위해서만 존재한다.

쉬익!

어피(魚皮)를 입은 자가 날렵한 신법으로 다가섰다.

"삼진(三陣)까지 출발 완료했습니다."

"하 부인은 몇 진에 있나?"

"죄송합니다, 어주. 저희에게 맡기신 일…… 간섭하지 말아주십시오."

"잘 있겠지?"

"글쎄요. 잘 모르겠습니다."

어주는 만족스런 미소를 지었다.

하 부인이 몇 진에 있는지 말했다면 베어버렸다. 입이 가벼운 놈은 쓸모없으니까. 잘 있다는 대답을 했어도 죽였다. 본인 일이 아닌 것에 입을 나푼되는 놈은 죽어도 싸다.

'이제 독사어가 완성됐어. 살각…… 너희보다 한 수 위임을 보증한다. 곧 알게 될 거야.'

"가자."

어주는 미련없이 신형을 날렸다.

사내들은 지독했다. 마지막 한 명까지 죽음을 두려워하지 않고 검을 날려왔다. 공격하는 자들은 두렵지 않다. 정작 두려운 것은 하 부인을 해하는 것이다.

삼박혈검과 추명파파는 하 부인을 업고 있는 사내에게서 눈길을 떼지 못했다.

너무 침착하다. 동료들이 죽어나가는데도 침착하게 사태를 주시하고 있다. 양손에 비수를 들고 있다. 비수 한 자루는 자신의 가슴에, 다른 한 자루는 하 부인의 겨드랑이 밑에 바짝 들이댔다.

여차하면 죽고 죽이겠다는 뜻이 아니고 무엇인가.

쉬익! 쒜에엑! 퍼억!

날아오는 검을 간발의 차로 흘리며 검을 복부에 댔다. 그리고 약간 더 힘을 주어 가슴까지 추켜올렸다.

"크윽!"

명령을 내리던 사내가 답답한 신음을 토하며 쓰러졌다.

삼박혈검은 마지막 사내를 베어냈는데도 기쁘지 않았다. 하 부인이 버젓이 인질로 잡혀 있으니 차라리 검을 휘두를 때가 낫다.

"끌끌! 아이야, 이제 그만 하자. 너도 살아야 하잖냐. 하 부인만 넘겨주면 네 신변 걱정은 하지 않아도 되게끔 손써주마."

사내는 미동도 하지 않았다. 굳은 얼굴로 똑바로 삼박혈검을 노려봤다. 그러다 입가가 일그러지듯 미소를 띠었다.

'위험!'

삼박혈검은 사내의 의도를 읽었다. 그때,

쉬익! 쒜엑!

모래밭이 들썩인다 싶더니 검광이 허공을 그었다. 그리고 어김없이 핏줄기가 솟구쳤다.

일검은 하 부인을 겨누고 있던 왼팔을 잘랐다. 이검은 사내의 뒷머리와 하 부인의 얼굴 사이로 파고들어 목덜미를 쳐냈다.

깨끗한 솜씨다.

모래밭에서 신형을 드러낸 자, 그는 하 부인의 얼굴을 살핀 후 냉소 섞인 음성으로 말했다.

"속았군. 이 야괴를 속일 자가 존재했다니…… 후후! 싸워볼 만하군."

사내의 등 뒤에 업혀 깊은 잠에 빠져 있는 하 부인, 그녀는 하 부인의 시녀인 설아였다.

인무횡재불부(人無橫財不富) 209

❸

"마셔. 벌컥벌컥 들이켜."

대해문주는 찻잔을 우악스럽게 잡아 단숨에 들이켰다.

귀제갈은 얌전히 들어 다향(茶香)부터 음미했다.

차는 엉망이다. 대해문주가 즐기는 차란 팔팔 끓인 물에 찻잎을 넣고 우려낸 것에 지나지 않는다. 색깔이나 향 같은 것은 아무래도 좋고, 맛까지도 떫은맛, 단맛을 구분해 내지 못한다.

무조건 찻잎을 끓여내면 차다.

귀제갈은 손에 든 찻잔을 살그머니 내려놨다. 찻물을 얼마나 데웠는지 찻잔이 들고 있지도 못할 만큼 뜨겁게 달궈졌다.

그런 차를 대해문주는 단숨에 들이켰다.

"뭐 해? 어서 들라니까."

"네. 천천히……."

"하는 일은 잘되고?"

"늘 그렇죠."

"귀제갈, 머리 좀 팍팍 돌릴 수 없나? 감질나게 찔끔거리지 말고 단숨에 몇 줄을 움켜쥘…… 뭐 그런 것 없어?"

귀제갈은 희미하게 웃었다.

"독사언가 뭔가 하는 게네들 말이야. 쓸 만해졌어?"

"어디에 쓰기에는 부족한 점이 많습니다. 좀 더 다듬어야 물건이 될 듯싶습니다. 지금은 그저 소주 심심풀이 정도밖에는."

"돈이 한두 푼 들어간 것도 아닌데 왜 이리 더뎌! 지금쯤은 내 목이라도 베어갈 정도가 됐어야지! 귀제갈, 나이 들었니? 영 일하는 게 시원찮아졌어."

"최대한 앞당겨 보겠습니다."

귀제갈은 맛없는 차를 마셨다. 쓰디썼다.

대해문주의 집무실을 빠져나온 귀제갈은 곧바로 준조각(俊操閣)으로 갔다.

"소주는 어디 계시냐?"

"연공실에 계시죠."

시녀가 교태 머금은 웃음을 흘리며 말했다.

이제 겨우 이팔을 지났을까 말까 한 계집인데…… 벌써 사내의 손때가 흠씬 묻었다. 첫 사내는 물어보나마나 소주다. 준조각에 배치받은 지 하루가 지나기도 전에 몸을 빼앗겼을 게다.

귀제갈은 대청으로 들어선 후, 서가를 더듬어 책들 사이에 숨겨져 있는 손잡이를 찾아냈다.

스르륵……!

손잡이를 당기자 서가가 미끄러지듯 밀려났다. 그리고 향긋한 술 냄새와 진한 분향(粉香)이 물씬 풍겨 나왔다.

소주의 이런 점이 마음에 든다. 거침없는 성격, 다른 사람의 이목을 두려워하지 않는 태도. 간혹 곤혹스러울 때도 있지만 패업을 이루기 위해서는 절대적으로 필요한 성격이다.

"깔깔깔! 아이, 너무 짓궂으셔. 아이들이 보는데…… 어머어멋! 아아, 아파…… 살살……."

'이 음성은?'

귀제갈은 눈살을 찌푸렸다.

음성이 익숙하다.

귀제갈은 또박또박 계단을 내려가 지하 회랑(回廊)을 걸었다. 내딛는 발걸음에 힘을 주어서 발자국 소리가 뚜렷이 들리도록 했다. 그런데도 안쪽에서 흘러나오는 교성은 그치지 않았다.

"누, 누가 오나…… 봐. 아이, 이러면…… 허억!"

'이런!'

귀제갈은 기어이 음성의 주인공을 생각해 냈다. 아니, 처음 음성을 들었을 때부터 한 여인이 떠오르기는 했지만 설마 했다.

이제는 의심할 여지가 없다.

'휴우! 건드리지 않는 여자가 없군.'

봐서는 안 될 광경이다. 소주의 정사 장면을 한두 번 목도한 것이 아니지만 지금 광경만은 보지 말아야 한다. 대해문주의 제일 충복인 삼십팔전단(三十八戰團) 단주(團主)의 부인이 암캐가 되어 애욕에 들뜬 모습은 보지 말아야 할 광경이다.

귀제갈은 발길을 돌렸다. 그러나 미처 두어 걸음도 내딛기 전에 안쪽에서 소주의 음성이 들려왔다.

"귀제갈, 왔으면 얼굴이나 봐야지. 왔다가 그냥 가는 법이 어디 있어. 들어와."

귀제갈은 어쩔 수 없이 발길을 옮겼다.

사방 십여 장에 이르는 밀실, 연공실은 예상대로 열기가 달아올라 후끈했다.

"귀, 귀제갈…… 어, 어떻게 해…… 난…… 하아!"

여인은 달뜬 얼굴로 미지근한 비음을 흘려냈다.

귀제갈을 보고 놀라기는 했지만 정사를 멈출 생각은 없는 듯했다. 그 점은 소주도 마찬가지여서 귀제갈이 보는 앞에서도 거칠게 여인을 몰아쳤다.

보는 눈은 귀제갈만 있는 게 아니다.

다소곳이 서 있는 알몸의 시녀들도 눈과 귀가 있으니 듣고 본다.

보아하니 시녀들도 난음(亂淫)의 폭풍에서 벗어나지 못한 듯한데…… 대해문주의 오른팔인 삼십팔전단 단주의 부인까지.

소주의 엽색(獵色)은 어디가 끝이란 말인가.

'소주를 죽일 사람은 여자겠지.'

귀제갈은 전신이 땀으로 흠뻑 젖어 열락에 빠져든 두 남녀를 바라보며 말했다.

"독사어가 하 부인을 데려오고 있습니다."

"하 부인? 후후! 벙어리에게 겁탈당했다는 그 여자? 남해옥봉 버금가는 절색이라던데, 본 적 있어? 그러잖아도 언제 한 번 기회가 있으면…… 음! 후후! 질투하나? 몸이 확확 달아오르는데?"

"시, 싫어…… 지금은…… 나만…… 다른 계집 이야기는…… 하악! 좀 더, 좀 더 거칠게…… 빠, 빠, 빨리 하지 말고 천천히…… 느끼고 싶어. 하아!"

두 남녀는 자신들의 세계에 빠져 절정으로 치달았다.

귀제갈은 말을 아꼈다. 교합 중에는 말도 제대로 들리지 않을 터이니, 차라리 일이 끝날 때까지 기다리는 편이 낫다.

여인의 두 다리가 뱀처럼 옭아들었다. 등을 꽉 껴안은 팔에도 힘이 잔뜩 들어갔다.

"하악! 아!"

인무횡재불부(人無橫財不富) 213

여인은 입술이 마르는지 혀를 내밀어 침을 축였다.
"괜찮은데. 좋았어."
소주가 씩 웃으며 몸을 일으켰다. 그리고 언제 방사를 치렀나 싶게 태연히 말을 건네왔다.
"아까 한 말 계속해 봐. 하 부인을 데려온다고?"
"네. 한 시진쯤 지나면 대해문 어딘가에는 있을 겁니다."
"어딘가라…… 후후! 내 눈에 띄지 않게 모셔두겠다는 소리 같은데. 그렇게 절색인가?"
소주는 알몸을 숨길 생각도 하지 않았다. 절제된 행동으로 술을 따라서 애주가가 그러하듯 향을 음미하며 마셨다.
"저도 한 잔 주실래요?"
여인이 일어나 앉았다. 그녀도 몸을 가릴 생각 따위는 추호도 없었다. 잘 발달된 육봉과 비소를 고스란히 드러낸 채 소주의 팔을 감싸 안았다.
"이야기 중이야. 잠시 있어."
"흥! 하 부인인가 뭔가 하는 그년……."
여인은 말을 하다 말고 움찔했다.
소주가 눈에 살기를 담으면 미물인 독사도 몸을 사린다. 하물며 절대권력을 행사할 수 있는 대해문 안에서 살기를 머금는데 주눅 들지 않을 사람이 어디 있으랴. 더군다나 여인임에야.
여인은 숨을 죽였다.
'쯧! 삼십팔전단주도 참 박복하군. 소문난 애처가(愛妻家)인데 고작 저런 여자에게 그만한 애정을 쏟아 부었나.'
"하 부인을 데려오는 목적이 뭐지?"

"두 가지죠. 하나는 독사어가 제대로 컸는지 알아보자는 겁니다. 밀당의 보고에 의하면, 남해검문에서 삼박혈검과 추명파파를 내보냈다고 하는데……."

"남해검문이 왜 그들을 내보내? 하 부인이 무슨 보물이라도 되나?"

"큰 보물이죠."

소주는 흘깃 눈길을 들어 귀제갈을 쳐다봤다.

"무슨 보물인지는 말하지 않겠지? 좋아, 때가 되면 말하겠지. 그건 그렇고…… 독사어가 삼박이나 추명 정도를 염려할 정도라면…… 너무 약한 거 아냐?"

"피해가 중요합니다. 몇 명이나 당했는지 보면 알겠죠."

소주가 고개를 끄덕였다.

"두 번째는?"

"문주님께 첩을 얻어드릴 생각입니다."

"아버님께? 하 부인을?"

귀제갈은 고개를 끄덕였다.

"하하하! 벙어리에게 겁탈당한 여자를 아버님 애첩으로 들인다? 하하하! 아냐. 아무리 천하절색이라도 한낱 벙어리에게 겁탈당한 계집인데 대해문 체면이 있지. 가지고 놀다 버리는 거면 몰라도 애첩은 너무 과해."

"그 벙어리가 금하명이면 이야기가 달라지죠."

소주의 몸이 굳었다. 표정도 딱딱해졌다.

"그 말이 사실인가?"

귀제갈은 고개를 숙여 대답했다.

"그 말을 왜 지금에야 하는 거지?"

"원래 식사를 하려면 쌀이 익을 동안은 진득하게 기다려야 하는 법이니까요."
"모두 나갓!"
고함 소리에 한기가 섞여 나왔다.

소주 진화휘는 싫증을 빨리 낸다.
술을 좋아하는 성격이라서 미주(美酒)를 구해다 주면 한 이틀 정도 코가 삐뚤어지도록 마시고, 그 후에는 거들떠보지도 않는다. 여자도 무척 좋아한다. 하지만 한 달 이상 사랑을 받는 여자는 없다.
"계집은 한 칠 주야 정도면 돼. 천하절색이라는 계집도 칠 주야 정도만 품에 안고 있으면 박색으로 보여. 나중에 또 예뻐 보일 때도 있지만…… 그때는 다시 껴안으면 되는 거고."
언젠가 귀제갈에게 한 말이다.
그런 귀제갈도 한 송이 꽃만은 꺾지 못했다. 그것도 해남도에서 제일 미녀로 추앙받는 여자를.
남해옥봉 빙사음.
"그 여자 정도라면 두어 달 동안은 질리지 않을 것 같아."
그 말은 자신의 엽색 행각을 끝낼 수 있다는 말로도 풀이된다. 자신 역시 장담을 못하는 여벽(女癖)이라 확언하지 못하지만, 그런 생각을 가진 것만 해도 획기적이다.
빙사음은 사내의 심혼을 끌어당기는 매력을 지녔다.
그런 여자가 자신은 벌레 보듯 하면서 다른 사내에게는 간이라도 빼줄 것 같은 표정을 지었다. 더군다나 무공에는 자신이 있다던 그가 도전적인 말투를 듣고도 검을 뽑지 못했다.

소주에게 만홍도는 치욕스런 땅이다.

금하명이라는 이름만 듣고도 과민 반응을 보이는 것은 당연하다.

소주는 술 한 모금 마시지 않고 귀제갈의 이야기를 끝까지 들었다.

"그놈 무공이…… 그토록 강해졌나? 확실한 이야기야?"

일섬단혼에 이어 벽파해왕, 그리고 해남파 제일문주인 천소사굉의 패배는 소주에게도 큰 충격이었다.

"금하명의 조문(罩門)이 하 부인이죠. 하 부인의 마음을 돌리려고 일 년 동안 말 한마디 하지 않고 허드렛일을 했다면 조문도 아주 큰 조문인 거죠."

"후후후! 귀제갈…… 일을 많이도 벌여놨군."

"원래는 남해검문을 목표로 했습니다. 하지만 문주님께서 남해검문을 칠 것 같지도 않고……."

"……."

소주는 침묵했다.

'걸려들었군.'

귀제갈은 피곤함을 느꼈다. 긴 여정을 걸어온 것 같다. 이제 거의 다 왔다. 조금만 더 가면 된다.

"해남무림에 소문 두 개가 번질 겁니다."

"무슨 소문?"

"귀사칠검이 극성에 이르면 일시 마성이 중지된다. 한동안은 엄청난 내공을 보유하게 되니 천소사굉이라도 이기지 못하는 게 당연하다. 곧 금하명은 세상에 나타난 적이 없는 마인으로 변해 해남도를 피로 적실 것이다."

"후후! 끔찍하군."

소주가 술잔을 들이켰다.

"두 번째 소문. 귀사칠검의 마성을 일시 중지시킬 수 있는 방법은 대해문에서 나왔다. 대해문처럼 귀사칠검을 잘 아는 문파도 없지 않은가. 아무래도 대해문주와 금하명의 관계가 수상하다. 대해문주가 하부인을 첩실로 받아들였는데, 이게 우연인가."

"귀…… 제갈!"

"소주! 결단을 내려야 합니다."

술잔을 든 진화휘의 손이 부들부들 떨렸다.

'마지막 일격이 필요한가.'

"소주께서 결단만 내리면 대해문도들 중 칠 할이 검을 바칠 겁니다. 부친을 베라고는 하지 않습니다. 지켜만 보시면 됩니다. 천소사굉까지 이긴 금하명의 무공, 문주님과 평수를 이루든가 양패구상(兩敗俱傷). 살아남는 자는 독사어가 처리합니다. 이번이 아니면 이십 년 후에나 바라볼 일. 남해검문을 무너뜨릴 생각이 없습니까?"

귀제갈은 한숨 돌렸다.

소주의 눈빛이 야욕으로 꿈틀거린다.

대해문주는 항시 이중적인 행동을 취해왔다. 만홍도에 야호적을 만들고, 백팔겁을 끌어들여 남해검문을 치는 것같이 지엽적인 싸움은 누구보다도 즐겼다.

한데 결정적인 싸움으로 들어서면 항상 뒤로 물러선다.

작년만 해도 그렇다. 남해검문 살각과 전각은 백팔겁에 타격을 받아 삼 할 이상을 손해 봤다.

문도들은 당연히 회문(回門)하는 길목에서 기습을 하자고 제안했다.

문주의 오른팔인 삼십팔전단이나 왼팔인 팔기단(八旗團) 중 하나만 내보냈어도 충분히 승산이 있었다.

으레 그런 식이다. 문주는 꼭 결정적인 싸움에서는 몸을 뒤로 뺐다. 일체 설명이나 해명도 없이 피식 웃으면 그만이다.

이런 부분은 많은 문도들이 불만스럽게 여기고 있다.

성격이 호전적인 소주에게도 정녕 마음에 들지 않지만 어쩌지 못하는 부분이리라.

"아버님이…… 하 부인을 맞을까?"

"옛날이야기입니다만…… 문주님께서 이런 말씀을 하셨죠. 해순도주는 세상에서 가장 복이 많은 사내라고. 해순도주가 부럽다고. 물론 술김에 하신 말씀이지만 해순도주와 대해문주 자리를 바꾸자면 바꾸겠다고 하셨죠."

"그…… 정도인가? 하 부인이?"

귀제갈은 고개를 끄덕였다.

맞는 말이기도 하다. 남해옥봉 빙사음과 하 부인이 같은 나이였다면, 두 명 다 혼인하지 않은 처녀였다면 우열을 가릴 수 있는 미모가 아니니까.

소주는 술잔을 단숨에 들이켠 후, 또 생각에 잠겼다.

귀제갈은 장삼 속에 감추고 있던 전통(箭筒)에서 손을 뗐다.

이제는 안심해도 좋을 듯싶다.

대해문주가 숨을 놓을 때까지 비밀로 할 생각이었다. 비밀이란 아는 사람이 적을수록 좋은 것이니까. 그래서 오직 자신 혼자만 알고 암암리에 일을 진행해 왔다.

지금에 와서 소주에게 말한 것은 계획을 완성시키는 데 소주의 힘이 절대적으로 필요하기 때문이다.

옛날, 일섬단혼을 잡기 위해 완벽한 함정을 준비해 놓고도 문주가 나서지 않는 바람에 사장되었던 계획처럼…… 소주가 반대를 하면 무산되고 말 계획이다. 이 계획의 한 중심에는 소주가 있기에.

'소문을 내도 되겠어.'

귀제갈은 처음으로 술을 따라 마셨다. 썼다.

第二十七章
불파만(不怕慢) 지파참(只怕站)
느린 것은 두려워하지 말고,
멈출 것을 두려워하라

불파만(不怕慢) 지파참(只怕站)
…느린 것은 두려워하지 말고, 멈출 것을 두려워하라

구령각주는 심사숙고했다.

탁자에 쌓여 있는 전서들은 그 수만큼이나 많은 말을 한다. 그리고 그 말들은 한 가지 사실로 요약되고 있다.

'사실이 아니더라도 보고해야 돼.'

구령각주는 자신의 판단을 믿었다. 하지만 사실이 워낙 중차대해서 함부로 입을 놀리기가 부담스럽다. 아니, 함부로는 아니다. 그동안 수십 번을 되짚어봤으니 확실하다. 그래도 말을 꺼내기가 힘들다.

'마지막으로 한 번만 더.'

전서들을 처음부터 하나씩 점검해 갔다.

자신이 요약해 놓은 부분과 일일이 대조해 보면서 틀린 부분이나 잘못 판단한 부분이 없는지 꼼꼼하게 살폈다.

확실하다. 엄청난 사건이지만 뚜렷하게 보인다.

'보고할 바에는 빨리.'
구령각주는 몸을 일으켰다.

남해검문주 곁에는 언제나 삼정이 있다.
결정은 남해검문주가 내리지만 결정을 내리기 전까지 삼정이 쏟아 놓는 견해들은 하나도 버릴 것 없는 질 좋은 충언들이기에 귀를 활짝 열고 듣는 편이다.
오늘은 문주 곁에 오 인의 장로가 앉았다.
삼정이 오지산에서 돌아오지 않았고, 삼박혈검과 추명파파는 개인적인 일로 해순도에 들어갔기 때문에 참석하지 않았다.
"귀제갈이 대해문주를 노린다니 그게 무슨 소리야? 똑똑히 파악한 거야?"
남해검문주의 심중을 정확히 읽는 사람은 없다. 어떤 사람은 인정이 많다고 하고, 어떤 사람은 칼로 무 베듯 단호하게 잘라 버리는 몰인정한 성격이라고 한다.
구령각주도 잘못된 보고가 몰고 올 파란을 잘 안다.
"금하명이 귀사칠검을 수련했고, 본 문에서 비급을 소장해 왔다는 저간의 소문은 귀제갈이 퍼뜨렸습니다. 거듭 확인했습니다."
"그거야 짐작하고 있었던 것이고…… 특별한 사항이 아니잖아."
구령각주가 급히 말했다.
"이는 본 문을 노린 듯하지만 실상은 아닙니다. 소문이 퍼지기 시작한 시점은 금하명이 일섬단혼을 제이봉에서 끌어냈을 때. 일섬단혼이 알고 있는 최고수는 벽파해왕이니, 금하명을 벽파해왕에게 안내한다는 전제 하에서 의도적으로 퍼뜨린 소문입니다."

금하명과 벽파해왕과의 비무에는 몇 명의 관전자가 필요하다.

남해검문을 비롯하여 남해십이문 고수들이면 아주 좋다.

그들은 금하명의 무공을 보고 귀사칠검의 저주가 풀렸다는 사실을 알게 될 게다. 그는 일약 마인에서 영웅이 될 것이며, 남해검문은 온갖 소문에서 벗어나게 된다.

남는 것은 대해문이다.

대해문이 귀사칠검을 창안했다는 직접적인 증거는 없지만 해남무림인은 대해문이 파검문이라는 집단을 만들어 남해검문을 공격시켰다고 믿는다.

대해문주가 이 부분에 대해서 적극적인 해명을 하지 않고 침묵으로 일관하고 있으니 신빙성은 더 높아진다.

소문이 금하명과 벽파해왕의 비무에서 노리는 것은 귀사칠검이 정공으로 둔갑했다는 사실이다.

이를 만천하에 알리고 싶은 거다.

그러면 금하명이 저질렀던 살인, 하 부인의 겁간…… 이 모든 죄악이 모두 대해문으로 돌아온다. 대해문에서 귀사칠검을 만들지만 않았으면 그런 일이 없었을 거라면서.

"금하명과 벽파해왕의 비무를 본 사람이 없잖아?"

구령각주는 마른침을 삼켰다. 상황에 따라서는 대전쟁이 벌어질 수도 있는 문제이기에 더욱 조심스러웠다.

그는 머리 속에 들어 있는 사실을 다시 한 번 정리한 후 조리있게 말을 이어갔다.

"소문이 의도한 바는 약간 빗나갔습니다. 일섬단혼이 장현문 고수들과 혈전을 벌이는 강수를 두는 바람에 관전자가 사라져 버렸죠. 본 문을 비롯해서 뒤따르던 무인들의 이목이 일시간 일섬단혼에게 쏠린 게 원인입니다."

그래도 상관없다. 계획은 약간 틀어졌지만 계속 이어진다.

뜻밖에도 금하명이 천소사굉과 비무를 벌였고, 이겼다.

이는 남해검문 입장에서만 본다면 참으로 다행스런 일이다.

소문처럼 마공비급을 소장해 왔다. 비급을 연구하고자 함이었으나 해남무림은 이해하지 않는다. 그런 마공은 연구할 가치도 없다고 생각한다.

천소사굉과의 비무로 그런 의식이 바뀌었다.

해남무림인은 귀사칠검에 대해서만은 호의적으로 생각하게 되었다. 그 무공을 사용한 자가 외인이고, 해남과 제일문주를 패배시켰기에 문제가 되는 것이지 무공 자체는 오해를 풀었다.

남해검문이 한 일은 아니지만 오히려 득을 보게 된 것이다.

역시 남해검문이라는 소리가 흘러나온다. 마공을 정공으로 바꿀 수 있는 문파는 남해검문뿐이라고 한다. 그러면서도 외인에게 전수한 것을 원망스러워한다. 해남 무인에게 전수했으면 오죽 좋았을까 하면서.

그럼 손해를 본 문파는 어디일까?

대해문이다.

미완성 귀사칠검을 무림에 흘린 대해문에 원망의 눈길이 쏟아진다.

지금은 금하명 처리 문제에 집중하고 있어서 표면화되지 않고 있지만, 금하명을 처리하고 나면 반드시 겉으로 돌출할 사안이다.

"소문이 두 개 더 있습니다. 금하명이 귀사칠검을 정공으로 바꾼 것이 아니라 마성이 일시 정지된 현상이라는 소문입니다."

"그것도 귀제갈이 흘린 소문인가?"

"네. 조사한 바로는."

"그 친구, 정말 큰일 낼 친구군."

"소문대로라면 남해검문에 보내던 존경이 증오로 바뀌어야 하나 그렇지 않을 것 같습니다."

"추측은 금물이야. 사실만 말해."

"귀사칠검의 마성을 일시 중지시킬 수 있는 문파는 대해문밖에 없다. 아무래도 대해문주와 금하명의 관계가 수상하다. 대해문주가 금하명이 겁탈한 것으로 알려진 하 부인을 첩실로 받아들였다. 대해문 체면에 말이 되는 소린가."

조용했다.

남해검문주는 눈을 감고 생각에 잠겼고, 오장로도 침도 크게 삼키지 못한 채 생각만 거듭했다.

"확실히…… 본 문이 목표는 아니군. 그 뭐야…… 대해문주가 하 부인을 첩으로 맞은 건 확실해?"

"하 부인이 대해문에 납치된 것은 확실합니다. 실은…… 삼박혈검 장로님과 추명파파 장로님도 하 부인 때문에 해순도에 들어갔습니다. 하 부인을 납치한 자들과 격돌까지 벌였지만, 놓치고 말았습니다."

"그것참…… 대해문이 납치나 할 문파는 아닌데……."

남해검문주가 이해할 수 없다는 듯 고개를 갸웃거렸다.

"하 부인은 많은 사람들이 존경합니다. 그런데 소문에는…… 납치, 겁탈, 억류라는 말까지 나오고 있습니다. 더욱이 금하명이 벙어리가 되어 살았던 일 년간의 생활이 하 부인에 대한 동정심을 일으켰고, 대해문을 향한 분노는 커지고 있는 실정입니다."

"구령각주, 지나친 비약 아닌가. 공분을 일으키는 정도로는 대해문주를 무너뜨리지 못하네. 대해문주를 노린다면 직접 검을 겨눌 사람도 있어야 할 터. 그럴 사람이 있다고 보는가?"

칠장로가 말했다.

구령각주는 확신하며 대답했다.

"분명히 귀제갈이 대해문주를 노리고 있습니다. 대해문주와 검을 나눌 자는 금하명입니다."

"금하명!"

남해검문주도 눈을 번쩍 떴다. 오 장로는 가능성있다는 쪽으로 의견을 나누었다.

하 부인은 금하명의 여자가 아닌가. 일 년간이나 벙어리가 되어 생활했다면 단순한 겁탈 관계는 아니지 않은가. 하 부인이 대해문에 납치되어 겁탈당하고 있다면…… 금하명은 간다.

"또 한 가지 놀라운 사실이 있습니다. 삼박혈검 장로님과 추명파파 장로님이 격돌했던 자들은 대해문 무공을 사용하지 않았다고 합니다. 살수들의 무공이 확실하다고…… 백팔겁의 수괴인 야괴가 증명해 주었습니다."

"야괴가?"

"금하명과 대해문주의 비무에서 살아남은 자를 치기 위한 수단이 아닌가 생각됩니다."

"이 문제는 그만 하지. 본 문이 끼어들 문제가 아냐. 대해문주가 쉽게 당할 사람도 아니고. 자, 금하명 문제를 말해 보자고. 삼정한테서는 연락이 없었나?"

"없었습니다."

구령각주는 어느 일보다 다급하게 생각했는데, 남해검문주에게는 지나가는 뜬소문에 불과한 모양이다.

'대해문을 칠 절호의 기회인데……'

구령각주의 머리 속에 한 가지 계획이 스쳐 지나갔다.

문주가 자신의 말을 믿게 하려면…… 지금까지 말했던 일들을 구체적인 사실로 확인시켜 주면 된다.

'하 부인! 하 부인이 관건이야. 삼박혈검, 추명파파 장로님이 밖에 나가 있지. 그분들께 부탁해서……'

"귀사칠검을 풀어내다니. 어떻게 풀었는지 궁금해. 불가능한 일을 해냈어."

남해검문주의 음성이 꿈결처럼 들려왔다.

❷

금하명은 천소사굉을 극진히 간호했다.

사실 간호란 말은 초옥에 머물려는 구실에 불과했다.

천소사굉은 내공이 워낙 심후해서 금하명처럼 타격으로는 어찌지 못할 사람이었다.

"글글…… 한…… 열흘만…… 글글…… 머물다 가라."

해남무림인에게는 평생 한 번 찾아올까 말까 한 호기였다.

제자가 되겠다고 찾아온 사람은 많았지만, 그리고 그들 중에는 현재 해남무림에서 명성을 날리는 사람도 있지만 받아들이지 않았다. 자신의 무공을 갈고닦을 시간도 부족하다면서.

금하명은 그런 사정까지는 알지 못했다. 하지만 흔쾌히 받아들였다.

천소사굉은 금하명의 활법이 궁금했고, 금하명은 거친 무공을 정심하게 다듬어줄 사부가 필요했다.

그는 평생을 오직 절정검학에만 몰두해 왔다. 금하명이 한두 번 생각하고 스쳐 간 것까지 오랜 세월을 걸쳐서 숙고를 거듭했다.

그의 한마디 한마디는 금과옥조(金科玉條)였다.

금하명과 천소사굉은 하루에 두 시진씩 필담(筆談)을 주고받았다. 나머지 시간은 그날 본 필담 내용을 재정리하는 데 사용했다.

한두 시진을 자는 것으로 그치는 날이 대부분이었고, 밤을 꼬박 밝히는 날도 많았다.

아버님의 무공인 대삼검을 비롯해서 자신이 수련한 모든 무공이 소상히 드러났다.

십자곤의 원형이 십자검공이라는 사실도 비로소 알았다. 쾌검을 수련하는 무인들에게는 전설과도 같은 무공이라는 것도.

한 번도 본 적이 없고, 수련한 적도 없으며, 들은 기억도 없는 무공을 어떻게 수련해 냈을까. 우연히 십자검공의 요체가 떠오른 것일까? 초식 자체는 단순하니 그럴 수도 있지 않나.

천만에! 모든 일에는 원인과 결과가 있다.

천소사굉은 십자검공의 근원으로 귀사칠검을 들었다.

귀사칠검 초식은 하나하나 떼어놓고 보면 간단명료하기 이를 데 없다. 초식이라고 말할 수도 없다. 막무가내로 검을 휘두르는 정도에 지나지 않는다.

그러나 칠초 검식에 능통해지고, 순서를 뒤바꿔 배합하면 가로와 세로로 연결된 선이 나온다. 진기를 뻗을 때와 거둘 때가 정리된다. 검에 속도를 붙일 때와 줄일 때가 터득된다.

귀사칠검은 십자검공을 수련하기 위한 기본공이었으며 전부였다.

"누군가 십자검공 초식을 얻었겠지. 심공이 빠진 검법 초식만. 십자검공은 폭발적인 내력을 바탕으로 펼쳐야 해. 현재 해남무림에서는 십자검공을 뒷받침해 줄 만큼 폭발력있는 내공심법이 없어. 은은하고 면면히 이어주는 내공심법들뿐이지. 결국 폭발력에 치중하다 보니 파천신공이 나오게 된 거야."

천소사궁은 종이에 글을 쓴 후, 재빨리 화로에 넣어 태웠다.

해남무림은 검을 주축으로 한다. 그러니 십자검공이 적힌 비급을 얻으면 당연히 몸에 붙이려고 노력한다. 얻지 못하니 탈이지, 얻으면 무슨 수를 써서라도 붙인다.

"십자검공은 해남검학이 아냐. 중원에서 흘러온 검학인데, 누가 얻었는지는 모르겠군. 이만한 검학을 얻었으면 해남무림이 발칵 뒤집혔을 텐데."

종이 타는 냄새가 은은하게 번졌다.

결국 초식은 중원에서 흘러왔고, 누군가가 십자검공 심법을 만들려다 파천신공을 만들었다는 결론이다.

금하명도 내공이 받쳐 주지 못해서 펼치지 못하다가 태극음양진기를 얻고 난 다음에야 자연스럽게 폭출된 것이다. 그동안 본인은 의식하지 못했지만 귀사칠검 초식이 한시도 머리 속을 떠나지 않고 있었다는 말이 된다.

제이초 일섬곤도 탁월한 무학으로 평가받았다.

단지 적과 나의 거리를 눈에 보이는 거리만 보지 말고 심리적인 거리까지 감안한다면 더욱 탁월한 무학이 될 것이라는 조언이다.

"삼초, 허간곤은 죽음의 마학(魔學)이다. 병기를 들고 싸우는 사람은 절초를 펼칠 수 있는 기회만 엿보기 마련인데, 그런 기회를 주지 않아. 너와 내가 싸웠을 때처럼. 초식을 펼치려고 했는데, 펼칠 기회를 주지 않았지. 진정한 깨달음을 얻으면 승부를 일초에 마무리할 수 있는 마학이야."

초식을 펼친다고 능사가 아니다. 펼칠 수 있는 기회를 포착해야 하고, 기대되는 효과가 나와야 한다. 상대가 오 장이나 떨어져 있는데 자신만의 절초라고 해서 검을 찔러 넣는다고 당하겠는가.

어떤 초식이든 초식을 펼치기 위해서는 반드시 상대가 당할 위치와 상황에 있어야 한다.

금하명은 천소사굉이 지닌 절초를 펼치지 못하게 했다. 어떤 절초를 지녔는지 알지 못하니, 철저하게 진기가 쏠리는 부분을 피해 허점만 파고들었다.

결국 천소사굉은 평생 동안 수련한 절초를 펼치지 못하고, 기본적인 검의 묘용으로만 싸웠다.

그런 점은 금하명도 마찬가지다.

십자곤, 일섬곤, 허간곤, 건곤곤이 있었지만 어느 것도 사용하지 못했다.

임기응변으로 생각해서 펼친 원완마두의 곤법이 먹혀들었고, 그게 곧 가장 합당한 절초가 되었다.

천소사굉은 허간곤을 진정으로 깨달으면 절초가 필요없는 상태가 된다고 말한다.

사초 건곤곤은 사공(死功)으로 분류됐다.

건곤곤에서는 활법이 오히려 장애가 된다. 몸속에 회오리치는 진기가 오로지 목곤에만 집중되어야 하는데, 몸 밖으로 튀어나온 여기가 본신진기마저 갉아먹는다는 것이다.

천소사괴이 평가한 사초 곤법은 모두 평수였다.

금하명은 사초가 가장 뛰어나고 일초가 가장 약하다고 생각해 왔는데 그게 아니었다.

더욱이 아버님의 무공, 대삼검을 통합하여 만들어낸 대환검도 어느 초식에 뒤지지 않는 절공이라고 했다.

"이 다섯 가지 초식…… 무공이라고 해야겠지. 무공 중에 어느 한 가지라도 절정에 도달하면 네 상대는 없을 거다. 누구도 일초를 받아낼 수 없을 테니까. 지금은 화후(火候)가 부족한데…… 많이 잡아주면 오성 정도 깨달은 것 같다."

완벽하다 싶었는데 겨우 오성이다.

금하명은 실망하지 않았다. 아니, 오히려 활기를 얻었다. 이는 앞으로 나아갈 길이 무궁무진하다는 소리지 않은가.

확실히 혼자 수련한 무공과 자세히 지도해 준 무공은 차이가 난다.

목곤을 들어 수련하지는 않았지만 필담을 통해 깨달은 것만으로도 무공이 진일보한 느낌이다.

천소사괴은 평생 체득한 심득을 모조리 물려주겠다는 듯 끊임없이 글을 써댔다.

그중에는 해남검학도 포함되었다.

천소사괴이 수련한 검학은 지금은 멸문해 사라진 검인문(劍忍門)의 무공이다.

검으로 표현할 수 있는 스물일곱 가지의 묘법을 일검에 담는 것이 목표다.

그는 아직도 담지 못했다. 죽는 날까지 담지 못할 것 같다고 했다. 하지만 포기하지 않겠다며 투혼을 보여주기도 했다.

필담 중에는 아버님에게 들었으나 까마득히 잊어버렸던 내용도 있었다. 농도에서 수련하던 중 퍼뜩 떠오르기는 했지만 정리를 할 수 없어서 나중으로 미뤘던 이론들도 명확하게 정립되었다.

장경고에서 무학비급 수천 권을 읽은 것보다 더 값진 지식들이 차곡차곡 쌓였다.

'무공에 끝이란 없다. 없는 끝을 보고자 했으니 얼마나 오만했나. 걷다가 걷다가 생명이 다하면 쓰러져 눕는 곳. 거기까지만 인간에게 주어진 무공의 길이다.'

완성은 없다. 완성을 향해 나아갈 뿐.

무인이란 끝도 없는 길을 정처없이 가다가 '아! 여기까지 왔구나' 하는 자탄을 토해내고 죽는 불쌍한 위인들이다. 한 걸음밖에 내딛지 못하고 죽은 사람이나, 수백 걸음을 걸은 사람이나 끝을 보지 못하는 건 똑같다.

그래도 걷는다. 알아도 걷고, 몰라도 걷는다. 천하에서 가장 미련한 바보들이 무인이니까.

열흘째 되는 날 저녁, 금하명은 돌을 쪼개 날카로운 석부 아홉 자루를 만들었다.

몸에 지닐 수 있는 한도만큼 많이 만들어놓는 게 조금이라도 도움이 더 된다는 생각도 치밀었지만 능 총관의 부법을 욕되게 하는 것 같아서 딱 아홉 자루만 준비했다.

천소사굉 곁을 떠날 때가 됐다.

초옥을 떠나 몇 걸음만 걸으면 당장 살검들이 날아든다. 어떤 금약(禁約) 때문인지 초옥 주변에는 얼씬거리지도 않지만 금지를 벗어나는 순간부터 금하명은 사냥감에 불과해진다.

무공 겨룸이 아니라 오로지 죽이기 위한 싸움이다. 살상 병기는 하나라도 많을수록 좋다.

"글글…… 좋은 석부군. 사람…… 글글…… 죽이는 데는…… 단단히…… 한몫하겠어…… 글글."

산책에서 돌아온 천소사굉이 비웃듯, 조롱하듯 툭 내뱉고는 초옥 안으로 들어갔다.

순간, 금하명은 못된 짓을 하다가 들킨 어린아이처럼 얼굴을 붉게 물들였다.

유병지치(有兵之痴), 무병지광(無兵之狂).

병기를 지닌 자는 어리석고, 병기가 없는 자는 미친 자이다.

필담으로 병기론(兵器論)을 말할 때 한 말이다.

병기란 유한한 것이다. 석부 아홉 자루는 최대한 아홉 명을 살상하는 데 그친다. 석부 하나로 두 명 혹은 세 명을 죽일 수 있다는 항변은 어리석다. 결국은 유한하다. 천하보검도 결국은 이가 빠지게 되어 있고, 팔십 근 강병(强兵)도 깨질 때가 있다.

병기를 지녔다는 말은 병기에 의존한다, 병기를 믿는다는 말로 해석해야 한다.

유한한 것을 믿어서 어쩌겠다는 것인가.

또한 무인이 병기 없이 다니는 것은 목숨을 내놓고 다니는 것이나 진배없다.
그럼 어쩌자는 것인가.
병기를 지니되 소장품 정도로밖에는 여기지 말란 뜻이다.
이는 능 총관이 아무 곳에서나 병기를 만들어 소지할 수 있게끔 석부만 고집하는 것과 상통한다. 자신이 오직 목곤만 고집하는 것과도 같은 맥락이다.
그러면서도 정작 마음은 목곤에 사활을 걸고 있다.
자신의 몸과 정신이 사활에 나서고, 목곤은 부수적인 보조 용품에 지니지 않아야 하거늘, 목곤 한 자루가 주축이 되고 몸은 뒤따르는 형국이다.
'습관이란 무서운 거군.'
금하명은 허리춤에 꽂아 넣었던 석부를 꺼내 마당 한구석에 내던졌다.

다음날 아침, 천소사굉은 주먹밥 두 개를 내밀었다.
"글글…… 내 생전 처음…… 글글…… 만들어본 주…… 먹밥이라…… 맛없어. 그래…… 도 먹어."
"아주 맛있어 보이네요."
따뜻한 온기가 남아 있는, 천소사굉의 마음이 고스란히 담겨 있는 주먹밥을 받아 행낭 속에 넣었다.
아침 일찍 일어나시더니 주먹밥을 만들려고 그러셨구나.
"돈…… 줘. 밥값. 글글……."
천소사굉은 농담까지 했다.

'나중에요. 지금은 드릴 게 없지만, 나중에 꼭 갚아드리겠습니다. 그때까지 꼭 옥체 보중하시길.'

마음을 말로 표현할 수 있으면 좋으련만.

말로 하면 마음의 십분지 일도 전하지 못할 것 같아서 그냥 두 손을 꽉 잡아드리는 것으로 대신했다.

"준비는…… 끝났니? 글글."

"끝났습니다. 다음에 꼭 다시 찾아뵙…….."

천소사굉이 손을 휘휘 내저었다.

"한 치 앞도…… 모르는…… 글글…… 놈이 내일은…… 기약해서 어쩌…… 겠다고. 글글…… 살아남기나 해라. 살아…… 있으면 바람이…… 소식을 전해주…… 글글…… 겠지."

　　　　　＊　　　　＊　　　　＊

일섬단혼은 독한 화주를 물처럼 들이켰다.

꿀꺽! 꿀꺽……!

화주는 목젖을 태우고, 위장에 불을 붙인 후 창자까지 녹이러 들어갔다.

"술에 원수진 것도 아니고, 무슨 놈의 술을 그 모양으로 마셔! 주도(酒道)라고는 손톱만큼도 찾아볼 수 없으니."

팔순을 넘긴 벽파해왕이 사십대 중년인 같은 괄괄한 음성으로 말했다.

일섬단혼은 대꾸도 하지 않고 술 한 독을 완전히 비운 후 텅 빈 항아리를 백사장에 내던졌다.

퍽!

진력이 담긴 항아리는 백사장을 파고들어 간 후에야 산산조각났다.

"성질머리 하고는. 술독이 무슨 죄가 있다고 분풀이를 해? 아, 그만 먹지 못해! 새파랗게 어린 놈이 어른 앞에서 예의도 없이…… 쯧! 주름 한 귀퉁이라도 있어야 늙은이로 대접해 주지. 이거야 원 손자 놈하고 같이 다니는 기분이니."

벽파해왕이 말을 하며, 새로운 술독을 잡아가던 일섬단혼의 손을 제지했다.

"미련곰퉁이 같은 새끼. 한 달만 쥐 죽은 듯이 숨어 살랬더니 그새 일을 저질러!"

일섬단혼이 한숨 섞인 음성을 토해냈다.

"다 제 운명인 게지. 이래서 일은 사람이 꾸미되 성패는 하늘이 정해준다고 하지 않던가."

벽파해왕은 어자석(馭者席)에 등을 깊숙이 묻었다.

"그러나저러나 일이 이 지경으로 꼬였으니…… 이젠 어떻게 할 건가? 계속 갈 거야, 아니면 그만둘 거야?"

벽파해왕의 눈길이 사방 삼십여 장을 훑었다.

해남도 전체가 금하명 때문에 발칵 뒤집어졌다. 무인이란 무인은 모두 검을 들었다고 해도 과언이 아닌 판국이다. 이런 마당에 오직 한 문파, 장현문만은 금하명 일에 전혀 개입하지 않고 있다. 일섬단혼을 베기 위해서.

그들은 지금도 삼십여 장 밖에서 뒤따르고 있다.

몸을 숨길 필요도 이유도 없다. 당당하게 뒤를 쫓으며 언제든 당신을 벨 수 있다는 의지를 표명한다. 인원은 스무 명가량밖에 되지 않지만, 개개인의 무공이 다른 문파의 장로들과 버금간다고 생각하면 절대 작은 무력(武力)은 아니다.

그렇다. 장현문은 문주를 포함하여 전 문도가 일섬단혼을 죽이기 위해 나선 것이다.

일섬단혼을 죽이기 위해서는 문주를 위시하여 장현문 전 문도가 목숨을 걸어야 한다. 그만큼 일섬단혼의 무공은 경시할 수 없다. 그것보다 장현문 무공을 속속들이 알고 있다는 점이 더 무섭다.

강한 자라도 약점을 모르는 자는 두렵지 않다. 약한 자도 약점을 잡고 있으면 두렵게 된다.

일섬단혼은 초강자이면서 약점을 낱낱이 알고 있다.

그럼에도 전 문도가 검을 들고 나설 수밖에 없었다. 장현문 최고수가 타 문파의 수족이 되는 것도 견디기 어려운데, 마공을 수련한 외인의 수족이 된다는 것은 있을 수 없는 일이다.

금하명은 마인의 오명을 벗었다. 하지만 너무 늦게 벗었다. 일섬단혼과 장현문은 십소에서 일차 접전을 벌였고, 장현문도 네 명이 목숨을 잃었다.

인정사정이라고는 한 올도 담겨 있지 않은 살검.

일섬단혼은 더 이상 문중의 존장이 아니다. 그는 기필코 베어버려야 하는 문파의 적이다. 이제는…… 금하명과 상관없이 꼭 죽여야 한다. 어차피 장현문의 위신은 땅에 떨어졌으니 멸문되는 한이 있더라도 승부를 봐야 한다.

그들이 뒤만 따르면서 공격하지 않는 이유는 일섬단혼과 벽파해왕이 청홍마차를 끌고 있기 때문이다.

원한이 있는가. 억울함이 있는가. 청홍마차를 끌고 해남도를 일주하라. 마차 왼쪽에는 청기, 오른쪽에는 홍기를 꽂아라. 원한이 있는 자나 상대하고자 하는 문파명은 백기에 적어 마차 정중앙에 꽂아라.

청홍마차가 섬을 일주하는 동안은 그 누구도 공격하지 못한다.

일주가 끝난 마차는 오지산에 머물 것이며, 모든 은원은 해남파 제일문주 앞에서 종결하라. 말로 해결할 문제면 청기, 무공을 사용할 문제라면 홍기를 뽑아라.

싸움은 일 대 일로 치러지며, 승자의 주장은 곧 진리다.

아무나 청홍마차를 몰지는 못한다. 이는 곧 해남무림 전체에 억울함을 호소함이니, 공정함을 증명해 줄 벽파해왕과 동행해야 한다.

벽파해왕에게 억울함을 호소한 후, 벽파해왕이 승낙하면 같이 청홍마차를 몰고 섬을 일주하게 된다.

마차는 오지산에서 일주를 끝내며, 섬을 일주하는 동안 마차의 안위를 보장한 것으로 벽파해왕의 임무는 끝나게 된다.

벽파해왕은 개인의 자격이 아니라 해남무림의 명예를 짊어진 몸이니 아무리 장현문이라고 해도 막무가내로 공격할 수는 없었다.

일섬단혼은 백기에 장현문을 적어놓을 수도 있었다. 그러면 장현문주가 나서야 되고, 일 대 일의 겨룸에서 이기면 일섬단혼의 주장이 진리가 된다.

일섬단혼은 백기에 남해검문과 대해문을 적어놓았다.

천소사굉을 공중인으로 내세워 귀사칠검의 정당성을 인증하고자 함이다.

관례에 따라 남해검문주와 대해문주는 오지산 천소사굉 앞에 나서야 한다. 일섬단혼의 주장을 듣고 받아들일 것 같으면 청기를 뽑고, 금하명을 반드시 처리해야 한다면 홍기를 뽑아 겨룸을 선택한다.

누가 이길지는 모르지만…… 일섬단혼이 생각해 낸 가장 간단한 해결책이었다.

그런 후, 일섬단혼은 장현문과 생사격전을 벌일 생각이다.

혈족을 벨 생각까지 하면서, 아니면 자신이 죽을 생각까지 하면서 청홍마차를 몰았는데…… 일을 이 지경으로 만들다니! 청홍마차를 몬 보람은 어디서 찾으란 말인가.

"미숙한 새끼…… 천소사굉이 중재를 해줘야 하는데, 천소사굉을 꺾으면 어쩌란 말이야!"

일섬단혼이 울분을 참지 못하고 술독을 들어 퍼붓다시피 들이켰다.

"휴우! 그만 마셔. 힘든 싸움을 해야 할 텐데."

벽파해왕이 어자석에서 몸을 일으켰다.

제일문주를 꺾은 데 따른 해남무림의 공분은 청홍마차와는 무관하다. 그 일만은 청홍마차로도 해결할 수 없다.

또한 금하명이 해남무림의 공적이 되었으니 더 이상 청홍마차를 모는 것도 무의미하다.

결국 청홍마차는 해남도를 반 바퀴 돈 시점에서 멈춰야 하고, 일섬단혼은 장현문도들과 피의 겨룸을 시작해야 한다.

"클클! 동생이란 새끼를 하나 얻었더니 영 골칫거리군. 괜찮은 놈인 줄 알았더니 똥인지 된장인지 먹어보고도 모르는 놈이었어."

"그 정도는 구분하는 것 같더군."

"……?"

"아무래도 천소사굉이 농간을 부린 것 같아. 단애지투(斷崖之鬪)를 선택했거든. 허허! 놈이 단애지투를 어떻게 알겠어. 천소사굉이 장난을 친 게지."

"뭐, 뭣!"

일섬단혼이 눈을 부릅떴다.

❸

사람의 뇌를 위에서 그려놓은 것 같은 오지산.

오지산을 남북으로 가른 선은 분명히 존재하지만 산세라는 것이 원래 그렇듯이 시작과 끝은 명확하게 구분할 수 없다.

해남무림은 동남(東南) 천가(千家)를 협곡의 시작으로, 산자락이 끝나는 부분인 북서(北西) 오석(烏石)을 끝으로 본다.

길이만 장장 오십여 리에 달하는 대협곡이다.

해남 사람들은 이 대협곡을 여모령(黎母嶺)에서 말을 따와 여모로(黎母路)라고 부른다.

사실 협곡이라는 개념은 해남 사람들의 머리 속에는 들어 있지도 않다. 폭이 좁다는 곳도 이십여 장에 이르고, 넓은 곳은 천여 장에 이르니 협곡이라고 할 수도 없다.

단지 오지산을 남과 북으로 갈랐기에 협곡이라고 부를 뿐이다.

단애지투는 이 여모로에서 시작되고 끝난다.

"단애지투를 벌인 놈이 있다며? 미친놈 아냐?"

"쯧! 천소사굉은 어쩌다 그런 놈에게 져 가지고는. 듣기로는 나이도 새파란 놈이라던데."

"아무리 그래도 그렇지. 나 같으면 야밤에 배 한 척 훔쳐서 몰래 빠져나가겠다."

"여길 빠져나가? 야밤에? 물귀신 되려고 작정했구먼."

"말이 그렇다는 거지. 단애지투보다는 그 편이 낫지 않겠어?"

"하기는…… 그 편이 백 번 낫지."

얼굴을 맞대는 사람마다 단애지투 이야기로 수군덕거렸다.

심심산골에 숨어 사는 촌로부터 먼 바다로 고기잡이를 나간 어부까지 소문을 듣지 못한 사람이 없을 정도로 해남도 전체가 발칵 뒤집어졌다.

귀사칠검을 수련한 마인이 나타났다는 소문이 해남무림에 국한된 것이었다면, 단애지투는 해남에 존재하는 모든 인간들의 눈과 귀를 끌어당겼다고 해도 과언이 아니다.

해남무림에서 단애지투를 벌인 전례는 여섯 번이나 된다.

여섯 명 모두 천가를 출발하기는 했지만, 오석에 도착하지는 못했다. 어떤 사람은 일 리 만에, 어떤 사람은 이십 리를 움직이고…… 거리의 차이는 있지만 모두 걸음을 멈추고 몸을 뉘었다.

당연한 결과다.

단애지투는 결코 용서할 수 없는 자에게 마지막 기회를 주고자 하는 형식적인 아량에 불과했기 때문이다.

지난날 단애지투를 벌인 자들은 간음, 강도, 살인 등 정도무인이 행해서는 안 될 짓을 저지른 파렴치한들이었다.

그들은 해남무림의 공적이 되느니 혹시나 하는 기대로 단애지투를

불파만(不怕慢) 지파참(只怕站) 243

선택했고, 실망만 가득 안은 채 죽었다.

금하명은 해남무림의 공적이 된 이유가 다르다.

비무에서 이긴 자를 격살하려는 행위는 정도무림인이 저지를 일이 아니다. 격살을 해도 숨어서 암암리에 저지를 일이지, 대낮에 드러내 놓고 할 수는 없다.

그런데 금하명이 단애지투를 선택했다.

해남무림으로서는 당당하게 격살할 수 있는 명분을 얻었다.

단애지투를 선택하기 전이라면 비겁한 놈들이라고 욕이라도 할 수 있지만, 이제는 그것도 불가능해졌다.

이래도 죽고 저래도 죽을 바에야 당당하게 싸우다가 죽는다는 심정인가. 아니면 단애지투를 끝낼 수 있다는 자신감인가.

해남 무인 두 명이 '단애지투(斷崖之鬪)'라고 적힌 깃발을 들고 나타났다.

"혈살괴마."

금하명은 생선 튀긴 것을 먹다가 고개를 들었다.

"단애지투는 나흘 후에 시작한다. 이곳에서 출발해서 오석까지 이 깃발을 들고 오면 그대 승리다."

여기저기서 경악에 가득 찬 소리들이 터져 나왔다.

"저, 저자가 그 미친놈!"

"맙소사! 살신을 옆에 두고 주둥이를 놀렸으니…… 얼굴은 곱상하게 생겼는데 어쩌다…… 쯧!"

방금 전까지만 해도 웃고 떠들던 사람들인데. 그들은 혹여 화가 미치지 않을까 저어되는지 슬금슬금 자리를 피했다.

"율일(律一), 숨지 마라. 숨으면 단애지투는 무효가 된다."

금하명은 저금으로 튀긴 생선을 들어 입에 넣었다.

"율이(律二), 하루에 십 리씩 닷새가 주어진다. 닷새 안에 여모로를 빠져나오지 못하면 그대 패배다. 치명적인 부상을 입든, 두 다리가 잘리든 그건 네 사정이니 알아서 하길."

주담자를 들어 찻물을 따랐다.

또르륵 백록색 찻물이 찻잔에 가득 채워진다.

"율삼(律三), 전장 이탈은 그대 패배다. 걸어오는 싸움은 반드시 맞이해야 하며, 무공으로 뚫어야 한다. 네가 죽거나 우릴 몰살시킨 후라야 전장을 벗어날 수 있다는 말이다."

쾅!

해남 무인은 들고 있던 깃발을 힘껏 마룻바닥에 꽂았다.

세상에는 모순이 많다.

해남 무인들이 혈살괴마라는 원수를 보호하는 일도 모순이다.

한검문에서 보내온 무인 이십여 명은 금하명 주위에 물샐틈없는 방어막을 구축한 채 경계를 섰다.

이들의 배려로 생활에는 어려움이 없었다. 아니, 해남도에 들어온 이후 처음으로 호의호식이라는 것을 했다. 기름진 음식, 푹신한 침상, 언제든 마실 수 있는 향긋한 차⋯⋯.

그 대가로 금하명이 해남무림에 지불한 것은 시간이다.

남해십이문 중 뇌주반도에 기반을 잡은 창파문(蒼波門)과 해주문(海珠門)에서 정예 무인들을 투입할 시간. 남해십이문의 거두들이 모여서 모의할 시간. 여모로를 사로(死路)로 탈바꿈시키기 위해 갖가지 수단을 펼치는 시간.

불파만(不怕慢) 지파참(只怕站)

생사를 가를 적이 함정을 파고 있는데도 두 눈 빤히 뜨고 지켜보는 것도 모순이다.

금하명은 가장 강한 적과 싸우게 된 것이다.

가상으로만 존재한 해남파. 또한 정과 협을 버리고 오로지 살심으로만 뭉쳐진 최강의 살인 집단.

청화장주가 백납도와의 비무에서 패했을 때, 청화장은 검을 들지 않았다. 비무는 복수의 대상이 아니기 때문이다. 한데 구파일방에서 한 자리를 차지하고 있는 해남파가 검을 든다. 이것도 모순이다.

정당하게 비무를 한 금하명은 죽여 없애야 할 마인이 되었고, 치졸하다고 말해도 좋을 해남파는 명문정파의 명맥을 유지하고 있다. 이것 또한 모순이다.

청홍마차는 해남도 일주를 다시 시작했다.

귀사칠검의 인증은 이미 끝났는데, 계속 인증을 받겠다고 청홍마차를 모는 것도 정상이랄 수 없다.

세상은 요지경이다.

금하명은 해남무림을 원망하지도 탓하지도 않았다.

상대가 어떤 마음을 가지든 자신과는 무관하다. 치졸한 싸움이든 정정당당한 비무든 관계없다.

천소사괭이 무엇 때문에 필담으로 심득을 전해주었을까.

금하명은 자신이 걷지 못한 길을 걸을 수 있다고 판단했기 때문이다. 자신이 걸어왔던 길을 일러주어서 하루라도 빨리 걷게 하고, 걸어보지 못한 길로 나아가기를 바라는 마음에서다.

그 순간 그는 해남 무인이 아니었다. 무림을 한발 앞서서 걸어본 자였다.

금하명은 모든 목적을 무인지로(武人之路)에 맞췄다.

청화장과 백납도의 관계도 무인지로의 범주에서 벗어나지 못한다. 무인지로에 도움이 된다면 백납도와도 겨뤄보겠지만 도움이 되지 않는다면 과감하게 포기한다.

지하에 계신 아버지도 자식을 이해하여 주실 게다.

단애지투는 무인지로에 큰 도움이 된다.

천소사굉과의 필담은 막연히 전개하던 무공들에 생명을 불어넣어 주었다. 명확한 근거가 있고, 무리가 뒷받침되었다. 각 초수마다 뚜렷한 근거가 생겼다.

진기 운용에도 괄목할 만한 성취를 이뤄서 허공 중에 흩어지는 분기(紛氣)마저 조절할 능력을 갖췄다.

이 모든 것을 시험해 보기에는 단애지투처럼 좋은 게 없다.

해남무림인들의 공분이나 생각 따위는 알 필요도 없다. 목숨에 연연하지도 않는다. 명분이 어떻든, 혈살괴마라고 부르든 말든…… 무공 수련에 도움이 되기에 단애지투를 선택했다.

츄웃! 쉬이익!

진기가 실리지 않은 목곤이 허공에 잔영을 그렸다.

무공 수련을 하려는 것은 아니다. 산책을 하던 중 불현듯 머리 속에 떠오른 것이 있어서 목곤을 쳐내봤다.

순수하게 빠르기로만 따지면 제이공 일섬곤이 가장 빠르다. 그 다음은 십자곤이다. 쾌검의 전설이라는 십자공이 원완마두의 곤법에 뒤지는 기가 막힌 사실이 벌어진다.

천소사굉과 필담을 나누기 전까지만 해도 십자곤이 일섬곤보다 빠르다고 여겼는데 그게 아니다. 일섬곤은 일직선으로 쾌(快)만을 추구하는 반면 십자곤은 변화를 가미한다.

제일공은 일섬곤이 되어야 한다.

십자곤 다음으로 빠른 것은 허간곤, 건곤곤 순이다.

변화와 강도 측면에서 살피면 정반대 순을 밟는다.

허간곤에 건곤곤을 실어봤다.

역시 빠름이 죽는다.

허간곤은 즉시즉발(卽時卽發)을 요구하는데, 막강한 진기가 밀려들면서 순간적인 찰나를 놓치게 된다.

이해가 되지 않는 게 이 점이다.

사상 초유의 회전력을 지닌 태극음양진기가 속도를 죽일 수 있을까?

평범한 검에 쾌검의 정수를 얹었더니 오히려 평범한 검도 되지 못하는 결과라면 어떻게 받아들여야 할까.

한마디로 쾌검의 정수를 올바르게 싣지 못했다는 말이 된다.

제사공 건곤곤은 필요치 않다.

제일공 일섬곤부터 삼공 허간곤까지 곤을 쳐낼 때마다 건곤곤의 묘를 담을 수 있다.

건곤곤을 담음으로써 속도가 쳐진다면 진기를 운용하는 데 문제가 있다는 거다. 언제 어디서나 건곤곤이 담긴 목곤을 쳐낼 수만 있다면 지금보다 배는 강해질 텐데.

지금 당장 알아낼 수는 없다. 어디가 잘못되었는지도 깨닫지 못하는데 고칠 방도가 있을 리 없다.

먼 훗날, 무인지도를 걷다 보면 느껴질 날이 올 게다.

더 이상의 시험은 불필요하다고 생각해서 목곤을 거뒀다. 몸을 풀어둘 필요도 없었다.

'특별히 신경 써서 몸 상태를 최상으로 만들 필요가 없겠지. 지금까지처럼 평범하게 살면 되는 거야. 언제 어느 때든 싸울 수 있는 무인이 되어야 하니까.'

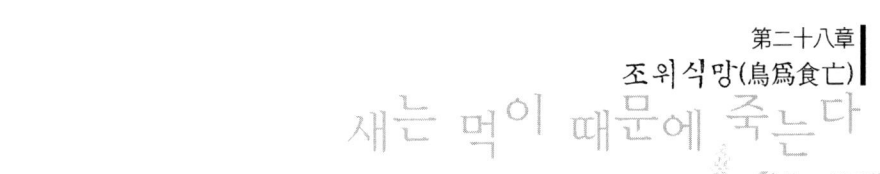

第二十八章
조위식망(鳥爲食亡)
새는 먹이 때문에 죽는다

조위식망(鳥爲食亡)
…새는 먹이 때문에 죽는다

사람들은 문을 걸어 잠갔다. 창문이란 창문은 굳게 닫아걸었다. 하루 벌어서 하루를 사는 사람들도 문밖 출입을 삼갔다.

해남무림인에게 오늘의 단애지투는 그동안 쌓았던 신망과 자존심을 스스로 짓밟는 치욕스런 순간이다. 어떤 연유에서건 정파무인이 다수의 힘으로 몰아붙이는 것도 모자라서 온갖 술수까지 동원한다는 것은 낯을 들 수 없는 일이다.

해남도 주민들은 해남 무인들의 심정을 헤아려 문을 닫아걸은 것이다.

저벅! 저벅……!

평소 같으면 많은 사람들이 오가고 있을 관도를 혼자 걸었다.

병기는 수중에 든 잘 깎인 목곤 한 자루.

좌우로 야트막한 산줄기가 꿈틀거린다. 멀리 보이는 큰 산들이 모두 이곳에서부터 시작한다.

하늘은 금방이라도 폭우를 쏟아낼 듯 먹구름이 잔뜩 끼었다. 바람도 제법 불어서 나뭇잎을 마구 휘저어놓는다. 마치 산 전체를 움직이고 있는 듯하다.

여모로라고 일컬어지는 관도 주변은 볼거리가 많다.

눈을 들어 쳐다보는 곳마다 기암괴석(奇巖怪石)이 자리하고 있어서 장관 아닌 곳이 없다.

풍경과 전혀 어울리지 않는 광경도 보인다.

길가에 늘어서 있는 무인들.

일부는 도로 가에 앉아 있다가 일어서며 엉덩이를 턴다. 일부는 계속 앉아 있고, 병기를 고쳐 잡는 무인도 보인다.

어림잡아도 이백여 명은 훌쩍 넘어 보인다.

많이도 모였다. 저들을 모두 쓰러뜨려야 하는가.

'드디어 시작.'

마음이 두근거릴 줄 알았는데 이상하게도 편안하다.

눈앞에 있는 사람들이 적으로 보이지 않고 무공 수련을 상대해 줄 사형제로 보인다.

그러나 점점 거리가 가까워지면서…… 상대가 누구인지 알게 되면서부터는 답답한 마음이 치고 올라왔다.

일검파진도, 광폭검, 사천혈검…….

노도문 사람들이다. 숨 막히게 강해 보였던 일검파진도를 비롯해서 직접 무공을 겨뤘던 사천혈검 함한상까지 모두 모였다.

금하명은 망설임없이 걸어가서 일검파진도와 광폭검 앞에 섰다.

일검파진도와 광폭검은 그 언제처럼 고요한 신색으로 의자에 나란히 앉아 있었다.

"오랜만에 뵙겠습니다."

포권지례를 정중하게 취했다.

연배로 보면 일섬단혼보다도 많다. 천소사굉이나 벽파해왕과는 버금간다고 할 수 있다. 그러나 무림 배분으로는 한 단계 아래이며, 노도문이라는 문파가 나서는 것을 좋아하지 않는 관계로 기인처럼 사는 분이다.

"사천혈검과 비무를 할 때가 엊그제인데 벌써 천소사굉까지 눌렀는가. 허허!"

일검파진도가 기분 좋은 듯 너털웃음을 터뜨렸다.

"운이 좋았습니다."

"겸양하지 않아도 되네. 귀사칠검을 모르는 것도 아니고…… 귀사칠검에서 마성을 제거한 것만으로도 박수를 받아 마땅하네."

바람이 불어 옷깃을 날렸다. 하지만 금하명의 모습은 단단하게 뿌리박혀 움직이지 않았다. 부동석(不動石)을 대하는 듯했다. 육신의 움직임이 아니라 마음의 움직임이 없다.

"옛날…… 단애지투를 토론할 때 나도 있었네. 혈기가 왕성할 때였지. 누가 해남무림을 침범하는 건 생각지도 못할 때였고. 그런 일은 절대로 벌어져서도 안 되고, 용납할 수도 없었지."

일검파진도의 눈빛에는 어떤 감정도 담겨 있지 않다. 세상사를 초월한 대기인의 모습만 비친다.

"비무는 비무일 뿐이었는데 말일세. 강한 자가 이기는 것은 당연한 게고 졌다고 원통해할 필요도 없는 게지. 실패는 병가지상사(兵家之常事)라는 말도 있으니 더욱 분투하면 그만인 것을."

"패했을 경우, 잃는 것이 너무 많은 사람도 있죠. 이해합니다."
"천소사괭이 뭘 잃었다고 하던가?"
금하명은 깨달았다. 일검파진도는 자신에게 말하는 것이 아니라 노도문도들에게 말하고 있다.
"해남파 제일문주 자리? 그까짓 거야 훌훌 던져 버리면 그만이고. 해남무림의 자존심? 아마 천소사괭은 해남무림 자체를 잊은 지 오래일 걸세."
"……."
금하명은 침묵했다.
문도들을 훈육하고 있다. 자신이 나설 자리가 아니다.
"하지만 그렇지 못한 사람들도 있지. 예전의 나처럼 비무에 모든 걸 거는 사람도 있는 법이야. 그래서 이렇게 모두 이끌고 왔네. 자네가 이해하고 한 수 지도를 펼쳐 주게나."
비무다!
일검파진도는 싸움이 아니라 비무를 원하고 있다. 천소사괭을 누른 것이 단지 운이 좋았기 때문이 아니라 진정한 실력이었다는 점을 노도문도들에게 보여주고 싶은 게다.
"감사합니다."
오히려 고마운 사람은 금하명이었다.

파라락! 파락! 피우우웃!
사천혈검의 검은 더욱 빨라졌다. 눈 깜짝할 순간에 검 한 자루를 열 자루, 수십 자루로 변신시켰다.
사천혈검을 대하면서 고슴도치를 생각한 적이 있다.

전신이 가시로 둘러싸인 고슴도치는 어느 곳 한 군데도 만질 데가 없다.

사천혈검은 어느 곳으로 목곤을 찔러 넣어야 할지 모르게 만든다. 전신을 빼곡히 메운 검의 환영이 진검이라도 된 듯 독아(毒牙)를 번뜩인다.

전에는 목곤을 밀어 넣어 검의 변화를 죽이려고 했다. 목곤을 자르려면 약간이라도 손을 늦춰야 하고, 그 틈이면 승산을 결할 수 있다고 생각했다.

목곤을 들어 가볍게 선회시켰다.

붕붕……!

목곤에서는 박달나무로 후려치는 듯한 소리가 울렸다.

"시작해도 되겠습니까?"

사천혈검은 금하명의 여유로운 태도에 화가 치민 듯하다. 하지만 그것이 방심으로 이어지지는 않았다. 그를 더욱 냉철하고 침착한 사람으로 변신시켰다.

"타앗!"

그가 먼저 선공을 취했다.

전에는 공격해 올 때까지 기다렸다. 금하명을 한 수 아래로 보고 여유를 부렸다. 하지만 한 번 패배한 경험이 있는 데다가 천소사궝까지 누른 강자이다 보니 감히 태만할 수 없다.

촤아아악……!

검이 분분히 부서졌다. 수십 자루의 검이 일시에 쳐오는 듯 수십 가닥의 검광이 눈앞에 아른거렸다. 마치 고슴도치의 몸을 감싸고 있던 가시들이 일시에 격발된 모습이랄까.

금하명도 움직였다.

일호추력향전주일보(一呼推力向前走一步), 일흡주일보(一吸走一步).

무명신법에서 무위보법(無位步法)이라는 이름으로 형태를 굳혀가기 시작한 금하명만의 신법이 전개되었다.

숨을 내쉬며 힘을 옮겨 한 발을 내딛는다. 숨을 들이쉬며 다시 힘을 옮긴다. 일호일흡(一呼一吸)은 육신의 숨이 아니라 진기의 숨이니, 회음혈에서 외기를 받아들이는 매 찰나가 숨이다.

슈우우욱……! 타타타탕……!

금하명은 물 흐르듯 유연하게, 독수리가 병아리를 낚아채듯 쏜살같이 검영 한가운데로 들어섰다. 동시에 우수에서 터져 나온 목곤이 허공을 빼곡 메운 검영들을 하나씩 젖혀 나갔다.

일섬단혼의 검은 상상을 초월하는 쾌검이다. 벽파해왕의 조검은 자신의 거리는 충분히 확보하면서 상대에게는 전혀 거리를 주지 않는 사검(斜劍)이다. 천소사굉은 검으로 표현할 수 있는 모든 초식의 결정체를 지녔다.

그들 모두 십자곤과 일섬곤을 피해냈다. 하지만 일섬단혼은 제삼공 허간곤에서, 벽파해왕은 건곤곤에서 무너졌다. 또한 그들 모두 허간곤이 펼친 그물망에서 벗어나지 못했다고 봐야 한다.

사천혈검의 움직임이 한눈에 들어온다.

그는 앞으로 쏘아져 오며 검의 변화를 쾌속하게 이끌어내 승부를 결정짓고자 한다.

얼핏 보면 양(陽)이 전면에 몰려 있고, 음(陰)은 배후로 밀려난 것처럼 보인다. 아니다. 전면에 양과 음이 마구 뒤섞여 있다. 검세를 한곳으로 밀집시키지 못하고 변화에 치중한 결과다.

몸속에 휘도는 태극음양진기는 자석처럼 맞물려 돌아간다. 때문에 바깥에서 흘러들어 오는 기운도 간단명료하게 양과 음을 분리해 낸다.

내부진기와 외기의 다른 점은 내부진기는 양진기와 음진기가 모두 혈도에서 발생한 강맹한 진기인 반면에 외기는 양진기는 실공이고, 음진기는 허기(虛氣)라는 점이다.

광폭검의 실체는 드러났다.

속도와 강도가 붙어서 정신없이 몰아치는 검으로 변했지만, 그만큼 허점도 많이 노출된다.

'그렇군. 이게 광폭검이야. 미친 듯이 쏟아내는 검.'

광폭검의 진전을 고스란히 이어받았다는 사천혈검이 전개한 검이니 노도문주의 검공과도 정도의 차이는 있을지언정 초식의 형태는 엇비슷하리라.

목곤으로 비질하듯 두 다리를 후려쳤다.

사천혈검이 막 앞으로 치달려 나오려던 순간이다.

금하명은 사천혈검이 움찔하는 틈에 음의 자리를 골라 목곤을 들이밀었다.

양은 검세가 차지하고 있는 곳, 음은 텅 빈 공간.

"허엇!"

사천혈검이 다급한 신음을 토해내며 뒤로 물러섰다.

승패는 끝났다.

금하명은 다급히 포권지례를 취하며 말했다.

"다시 한 번 부탁드립니다."

사천혈검의 안색이 새빨갛게 물들었다.

"지금…… 놀리는 건가!"

누가 봐도 명확한 승부다. 예전에는 사천혈검이 우세했지만, 지금은 일초지적에 불과하다. 사천혈검의 검초는 더 이상 금하명에게는 통하지 않는다. 금하명과 싸우려면 다른 초식을 연구 개발해 내야 한다.

"진정으로 부탁드립니다. 다시 한 번만."

재비무를 청하는 금하명의 태도에서는 비웃음이나 경멸을 찾아볼 수 없다. 진정이다.

"허허! 무언가 느낀 게 있는 게로군. 하지만 패자에게는 곤혹스러운 일이야. 패한 무공을 거듭 사용해 달라는 것은."

일검파진도가 웃으며 말했다.

"안 되겠습니까?"

금하명은 절실해 보였다.

"무도를 추구하는 무인으로 돌아서면 안 될 것도 없겠지. 사천혈검, 결정은 네가 해야지? 분명한 건 다시 한 번 비무를 하면 저 아이의 무공이 한층 높아진다는 거지."

적이니 깨달음을 도와줄 수 없다는 입장 하나. 본연의 무인으로 돌아가서 무공 발전에 도움이 된다면 몇 번이고 간에 흔쾌히 패해준다는 입장 둘.

사천혈검은 떫은 감을 씹은 얼굴로 검을 물끄러미 쳐다봤다. 그러다 우렁찬 고함과 함께 검을 쳐냈다.

"타앗!"

사전 예고도 없었다. 진기를 끌어올릴 만한 시간도 주지 않았다.

금하명은 눈을 부릅떴다.

방금 전 겨룸에서 문득 깨닫는 것이 있었다.

태극음양진기는 각기 혈도에서 일어나는 실력(實力)이다. 실력이 물고 물리면서 강력한 회전을 일으키고, 파천신공을 끌어온다. 파천신공까지 합해진 음양진기는 제어하지 못할 거력이 되어 단전을 두들긴다.

파천신공까지 끌어오는 회전력.

금하명이 주목한 곳이다.

사천혈검이 검을 쳐내는 즉시 건곤곤을 시전했다.

엄지손가락 끝 소상혈을 양(陽)으로 삼고, 새끼손가락 끝 소택혈을 음으로 삼아 진기를 휘돌린다. 둥근 손아귀는 태극이 되어 목곤을 회전시킨다.

이때 목곤에는 태극의 진기가 실린다.

"차앗!"

고함 소리와 함께 목곤을 쳐냈다. 일섬곤의 묘리에 따라서 허공에 길을 만들고 일직선으로 뻗어냈다.

목곤은 소택혈에 바짝 붙었다.

슈우우욱……!

검세가 밀려온다. 광폭검의 실체가 고스란히 드러나며 수십 가닥의 검기를 쏘아낸다.

그런데…… 도중에서 검기가 비틀거렸다. 목곤과 부딪치려는 찰나, 검세가 빨려들 듯이 목곤으로 끌어당겨진다.

타앙!

사천혈검의 검은 본인의 의지와는 상관없이 목곤에 부딪쳤고, 엄청난 반탄력에 밀려서 튕겨 나갔다.

두 번째 공격은 펼칠 필요가 없다. 사천혈검의 전신은 삼류무인도 공격할 수 있을 정도로 허점투성이다. 본신을 지켜주었던 검이 막대한 진력에 밀려 허공으로 솟구친 결과다.

'됐어!'

금하명은 몰려오는 희열을 온몸으로 만끽했다.

태극의 힘이 집중되어 쳐 나가던 건곤곤에 양의 기운을 제거하고 음의 기운을 실었다.

제거한다는 말은 가당치도 않다. 끊임없이 회전하는 태극음양진기이니 어느 한쪽을 제거할 수는 없다. 그냥 한쪽으로 밀어놨다. 엄지손가락 소상혈로.

음의 기운을 띤 목곤은 눈에 보이는 공격, 양공(陽攻)을 끌어당겼다. 그리고 목곤과 검이 부딪치는 찰나에 소상혈에 밀쳐 놨던 양진기를 끌어내어 원래대로 환원시켰다. 태극의 기운으로.

잠깐 동안 어느 한 진기를 눌러놓은 게 이토록 큰 효과를 발휘할 줄이야.

"감사합니다."

금하명은 사천혈검을 향해 진심으로 포권지례를 취했다.

"대단한 무공이군."

일검파진도는 얼굴에서 웃음마저 지우며 감탄했다.

"무당파(武當派)에 음양쌍검(陰陽雙劍)이 있지. 자성(磁性)을 띤 검으로 음검과 양검을 조화시키면 무적검이 되네. 자네 곤법을 보니 꼭 음양쌍검을 대하는 듯하구먼."

'무당파…… 음양쌍검…….'

어쩐지 자신의 태극음양진기가 같은 맥이라는 생각이 든다.

"그 곤법은 지금 터득한 건가?"

"도움을 크게 받았습니다."

"허허허! 패자에게 재비무를 청할 만하구만. 그런 절공을 얻게 된다면…… 목숨을 걸고 싸우는 마당에서까지 무공을 연구한다는 건가. 목숨을 걸고 싸우는 적에게 퍼뜩 스쳐 간 느낌을 붙잡을 수 있도록 도와달라는 청이 나올 수 있는가. 자네 배짱은 어디까지인가? 자네 머리 속에는 무엇이 들어 있나? 삶인가, 무공인가?"

금하명을 향해 검을 드는 무인은 없었다.

사천혈검을 비롯해서 이백여 명에 이르는 무인들이 숙연한 표정으로 일검파진도의 물음을 들었다.

"베를 짜는 여인이 있습니다. 죽는 날까지 평생을 바쳐도 결코 완성할 수 없는 베 짜기를 하고 있습니다. 베를 짜야 할까요, 짜지 말아야 할까요? 결국은 미완성이니 언제 어느 때 그만둬도 미련이 없습니다. 단, 베 짜기를 한다면 죽는 순간까지는 짜야 되겠죠. 할 일이 그것밖에 없는 여인이니."

"베 짜는 여인이라…… 허허허!"

일검파진도가 웃음을 흘렸다.

그것이 신호였을까? 아니면 금하명의 말을 듣고 움직인 것일까.

노도문도들이 한 명, 두 명 작은 움직임을 보였다. 조용히 길옆으로 물러나 길을 터준 것이다.

일검파진도 역시 의자에서 일어났다. 그리고 손수 의자를 치워 길을 비켜주며 말했다.

"베 짜는 여인…… 언제 그만둬도 여한이 없다지만, 잊은 게 있네. 여인에게는 아무 의미도 없는 베 짜기였을지 몰라도 여인이 짜놓은 베는 생명을 가지네. 후인이 베틀 앞에 앉을 때는 처음부터 시작하는 것이 아니라 선인(先人)이 짜놓은 부분을 이어가게 되겠지. 단애지투, 힘들겠지만 잘해보시게."

"네 곤법의 성질을 어느 정도 파악했다. 다음에 만나면 반드시 꺾어 주겠다. 꼭 살아나길 바란다."

사천혈검은 눈빛을 빛내며 말했다. 그리고 한쪽으로 물러섰다.

맨 마지막으로 광폭검이 일어나 주위를 둘러봤다.

문도가 이백여 명에 이르지만 길을 가로막은 사람은 한 명도 없다.

"지금 결정은 너희 각자가 내린 것이다! 누구든 좋다. 조금이라도 미련이 남는다면 길을 막아라. 어떤 행동도 용납한다."

움직이는 사람은 없었다.

"좋다! 그럼 이번 비무를 끝으로 노도문은 단애지투에서 물러난다!"

음에서 양으로, 양에서 태극으로…….

태극으로 융합된 진기만 쏘아낼 것이 아니라 음과 양으로 분리하여 발출하는 방법으로 곤법을 손질했다.

첫 싸움이 의외로 신나게 끝나서인지 내뻗는 목곤에 한층 힘이 들어갔다.

뭐랄까? 길을 걷다가 목적지가 같은 동행을 만났을 때의 기분이랄까? 아니면 목적지는 다르지만 자신과 같은 의도로 길을 가는 사람과 만난 기분인가.

동지(同志)를 만난 건 세상을 얻은 기쁨과 버금간다.

일섬곤을 다시 손질했다. 반탄력에 내부에서 일어나는 떨림, 탄황을 가미하여 폭발력을 증대시켰다.

즉시즉발이 가능하도록 수련을 거듭해야 한다.

관도 한복판에서 홀로 추는 곤무(棍舞)는 외롭지만 즐거웠다.

해남무림이 그에게 준 시간은 닷새, 하지만 닷새에 구애받을 필요는 없다.

단애지투는 긴 여정의 시작일 뿐이지, 끝이 아니다. 애초부터 목숨을 구하고자 시작한 싸움이 아니다. 무공을 한층 정교하게 다듬고자 함이었다.

슈욱! 촤라라락……!

내려치는 곤에 음진기를 실어보았다.

퍼억!

격타당한 나무가 움푹 패였다.

파앙!

이번에는 양진기를 실어 타격했다. 막대한 충격을 받은 거목은 무수한 파편을 튀겨냈다.

태극을 실어보기도 하고, 양으로 쳐내다가 진기를 급히 바꿔 마지막 순간에는 음진기가 되도록 해보았다.

양진기는 강하며, 음진기는 음유롭다. 태극진기는 강약이 조화를 이뤄 평범해 보이면서도 강대한 타격을 준다.

제각각 장단점을 지니고 있다.

금하명은 각각 세분된 진기에서 일어나는 자성의 변화에 주목했다.

그 결과 어느 한쪽이 일방적으로 끌어당기거나 내치는 것이 아니라 주변 환경 변화에 따라서 밀쳐 내기도 하고 끌어당기기도 한다는 사실을 알아냈다.

상대의 무공을 느낌으로 깨닫고 그에 맞는 진기를 쳐내야 원하는 효과를 본다. 자칫 반대되는 진기를 쏘아냈다가는 내공 대 내공의 격돌로 변할 수도 있다.

내부에서 일어나는 미묘한 변화도 놓치지 않고 관찰했다.

다행스럽게도 내부에는 변화가 없다. 밖으로 표출되는 경력에 변화가 일어나도 파천신공이나 태극음양진기는 미동조차 하지 않았다.

대부분의 무인들은 무공을 펼칠 때 단전진기를 사용한다.

그는 단전진기는 고스란히 보관하고, 새로 회음에서 끌어들인 외기를 이용한다.

다른 무인들은 진기가 고갈되는 경우가 생길지 몰라도, 그에게는 도저히 일어날 수 없는 상황이다.

소매를 들어 이마에 흐르는 땀을 닦았다.

땀인가, 빗물인가.

언제부터인지 후드득후드득 빗방울이 떨어져 내리고 있었다.

비가 오는 줄도 모르고, 알기는 알았겠지만 의식하지 못한 채 수련에만 몰두했던 것이다.

'다음 싸움도 피를 흘리는 싸움만 아니면 좋을 텐데…….'

❷

스르릉……!

길을 막아선 자는 다짜고짜 검을 뽑았다.

'장현문…….'

금하명은 검에서 뿜어져 나오는 검기만으로도 상대의 문파가 장현문이라는 사실을 알아냈다. 일섬단혼처럼 마음의 검을 쓸 정도까지는 되지 않지만 허점을 탐색하는 검안(劍眼)만은 뚜렷하게 느껴진다.

검안이 송충이처럼 몸을 더듬는다. 조금이라도 허점을 드러내면 득

달같이 달려들어 요절낼 게다.

일섬단혼과 같은 종류의 검법이다.

'강한 검이기는 하지만 장현문을 대표할 정도는 되지 않는다. 음……! 형님이 청홍마차를 끈다더니, 모두 거기 매달려 있는 모양이군. 그렇다면 이자는…… 체면치레군.'

단애지투에서 병기를 들고 마주 선 이상 통성명은 필요없다.

슈욱! 파앗!

무위보법이 펼쳐지며 두 사람의 거리가 순식간에 좁혀졌다.

장현문도는 침착했다. 검을 쓸 거리가 충분한데도 차분하게 기다렸다. 그러다가 최소한 동귀어진쯤은 가능한 거리만큼 좁혀졌을 때 번개같이 검을 휘둘렀다.

사악! 파앙! 터억!

사천혈검과 겨루면서 터득한 진기 운용법이 확실한 묘용을 발휘했다. 장현문도의 검이 본인의 의지와는 상관없이 이끌려 들어왔다. 목곤과 검은 사정없이 부딪쳤고 튕겨 나갔다.

"크윽!"

장현문도는 신음을 토하며 물러섰다.

검은 손아귀를 빠져나가 허공을 맴돌았다. 그사이 일섬곤은 가슴 한복판에 있는 옥당혈(玉堂穴)을 격타했다.

범부가 뻗어낸 듯 약간의 힘밖에 깃들어 있지 않은 듯한 목곤. 하지만 목곤 안에 스며 있는 태극음양진기가 고스란히 옥당혈을 파고들었다면 사내의 가슴에는 커다란 구멍이 뚫렸을 게다. 가슴을 파고들어 등 뒤로 삐져 나온 목곤이 시뻘건 선혈을 머금고 요악한 웃음을 터뜨렸을 게다.

금하명은 살상을 원치 않았다.

죽음을 원하는 쪽은 해남무림이지 자신이 아니다.

자신이 얻고자 하는 것은 무공을 확실하게 갈고 다듬는 것. 닷새가 지나기 전에 실전 무공을 완벽하게 얻었다고 자신하면 언제든지 단애지투를 그만둘 수 있다.

해남무림의 공적이 되겠는가?

그런 점은 염두에 두지 않는다. 공적이 되면 되는 것이고, 아니면 아닌 것이다. 공적이 되지 않더라도 어디선가는 싸우고 있을 자신이기에 누군가와 적이 된다는 것쯤은 두렵지 않다. 그 누군가가 해남무림이 아니라 중원 전체라 해도 상관하지 않는다.

슈욱! 파파파팟!

본격적으로 살수들이 움직였다. 해남 정도 무림인들이나 숨어서 암격을 가하고 있으니 살수나 진배없다.

타악! 탁탁탁!

금하명은 하늘을 빼꼭히 메운 암기 세례를 모조리 쳐냈다.

그러다 문득 이상한 생각이 들어 주변을 돌아봤다.

돌, 돌, 돌…….

날아온 것은 주먹 정도의 돌멩이들이다.

투척한 솜씨도 대단한 것이 아니고…… 이런 정도에 당할 사람이 아니란 것은 잘 알고 있을 터인데.

쉬익! 휘익! 페에엑……!

돌멩이들은 끊임없이 날아왔다.

금하명은 무위보법을 펼쳐 돌멩이들을 피해냈다. 굳이 목곤으로 쳐낼 필요조차도 느끼지 않는 공격이다.

조금 더 앞으로 나가 고개를 꺾어 돌자 온통 돌멩이투성이인 관도가 나타났다.

자신에게 던진 것과 같은 크기의 돌멩이들이 이십여 장쯤 되는 거리를 가득 메우고 있다.

그런 가운데도 돌멩이는 계속 날아들었다. 목표는 확실히 자신이 아니다. 돌멩이는 그를 넘어서 뒤쪽으로 떨어졌으니까.

잠시 후, 앞뒤 좌우에는 주먹 크기의 돌멩이들이 가득 메워졌다.

'도대체 뭘 하려고……?'

돌멩이를 하나 주워서 살펴보았지만 특이한 점은 보이지 않았다. 약간만 힘을 주어도 쉽게 부서진다는 점이 다른 돌멩이들과는 달랐지만 비바람에 삭아서 그럴 뿐이지 특이하다고는 할 수 없었다.

금하명은 돌멩이를 던져 버렸다.

사방에서 무인들이 나타나고 있다. 검은 아예 검집에서 뽑혀져 손에 들려 있다.

숫자는 대략 오십여 명.

'피곤한 싸움이 되겠군.'

금하명은 살벌한 싸움을 예감했다.

다가오는 사내들의 눈빛에서 원독에 가득 찬 살기를 읽었다. 노도문도들이 보여주었던 울분이 아니라 철천지원수를 대하는 잔혹함이다.

"쳐랏!"

정면에서 걸어온 자 중 수염을 가슴까지 기른 초로의 노인이 소리쳤다.

쉬익! 스으읏……!

조위식망(鳥爲食亡)

검은 움직이는데 검풍은 일어나지 않는다. 사람은 움직이는데 옷자락 끌리는 소리조차 없다.

'천풍문! 이게 암검!'

일섬단혼과 동행하면서 천풍문 영역을 지나친 적이 있다. 당시, 암검으로 명성이 자자한 천풍문주와 비무를 해보지 못한 것이 못내 서운했는데.

페엑! 파라락……!

목곤에서 매서운 경풍이 일어났다.

좌측에서 쳐오던 소리없는 검들은 일제히 허공으로 튕겨 올라갔다. 또한 네 명의 사내가 가슴을 부둥켜안고 털썩 주저앉았다.

금하명은 등 뒤에서 쳐오는 검을 맞이하기 위해 몸을 돌렸다. 그런데…… 무엇인가 발에 밟힌다 싶은 순간 풀썩 꺼지더니 몸의 중심을 흩뜨려놓는다.

'이런!'

금하명은 급히 무위보법을 펼쳐 몸을 빼냈다.

그러나 그것 또한 윤석(潤石)을 잘 알지 못해 저지른 무모한 행동이다.

주먹 크기의 돌멩이를 밟을수록 중심은 자꾸 흐트러졌다. 마치 기름칠을 해놓은 목판 위에 서 있는 기분이었다.

스윽!

검이 등 뒤를 스쳐 지나갔다.

화끈한 통증이 밀려든다.

검이 날아오는 것을 감지했으면서도 피하지 못했다. 상대의 검이 만만치 않기도 했지만, 무엇보다 윤석의 미끄러움에서 좀처럼 헤어 나오지를 못했다.

돌멩이를 들어 부숴봤을 때는 아무렇지도 않았는데…….

반면에 천풍문도들은 윤석에 제재를 받지 않았다. 그들은 평지에서 싸우는 듯 자유롭게 움직였고, 정확한 자세에서 검을 쳐냈다.

신발 때문이다. 천풍문도는 쇠침이 박혀 있는 신발을 신고 있다.

'이들조차 자유롭지 못하다면 이 돌멩이의 효능은 확실한 것. 무공으로 벗어날 생각을 하면 당한다!'

금하명은 생각을 굳혔다.

시간을 두고 차분히 연구해 보면 미끄럽기가 기름 못지않은 돌멩이로부터 자유로울 수도 있겠지만 지금은 그럴 여유가 없다.

파앗!

신형을 허공에 띄웠다. 허공은 행동에 제약을 받지만 윤석으로부터 자유로울 수 있는 공간이다.

페에엑! 타앙!

엉겁결에 검을 들어 목곤을 막은 자는 손아귀가 찢어져 나가는 통증과 머리가 부서지는 통증을 함께 느꼈다.

핏줄기가 솟구쳤다.

살심을 억눌렀지만 허공에 머무는 체공 시간을 늘리기 위해서는 강력한 탄력을 필요로 했다. 그러자면 어쩔 수 없이 가장 강한 힘으로 목곤을 쳐내야 한다.

타앙! 따악! 퍼억!

머리, 어깨, 가슴…… 천풍문도는 주로 상반신을 격타당했다.

양 떼 무리 속에 뛰어든 호랑이를 보는 듯하다.

그때, 금하명조차도 감히 경시하지 못할 거력이 머리 위에서 떨어져

조위식망(鳥爲食亡) 271

내렸다.
 쒜에에엑!
 검이 다가오기도 전에 천 근 바위가 짓누르는 듯한 압력이 밀려온다.
 '암검(巖劍)!'
 천풍문에 진정한 검수 한 명이 있다고 한다. 해남무림인들은 그를 암검 혹은 천풍문주라고 칭하며 존경한다. 검권(劍圈)이 넓어서 신법으로 피하기도 용이치 않고 전신 내력을 일검에 모조리 쏟아 부은 상태라서 검으로도 부딪치기 힘들다고 한다.
 금하명은 건곤곤을 이끌어 머리 위로 쳐 나갔다.
 까아앙……!
 태극음양진기를 내포한 탄황과 암검이 정면으로 부딪쳤다.
 '이런!'
 금하명은 더 이상 허공에 체공하지 못하고 땅으로 내려섰다.
 손목을 저려 울리는 충격이 상당히 크다. 천풍문도들이 가장 치중하는 공부가 내공이라더니 정말 그런 것 같다. 내공이라면 금하명도 누구에게 뒤지지 않을 자신이 있었지만 천풍문주를 상대로는 간신히 평수를 이룰 뿐이다.
 '형님이 잘못 알았군. 싸울 상대가 안 된다고? 천풍문주를 너무 가볍게 봤어. 예전의 나였다면 이번 공격으로 끝장났지.'
 잠시 정적이 흘렀다.
 금하명도 놀랐지만 천풍문주도 몹시 놀란 듯했다.
 "혈살괴마, 혈살괴마 하기에 너무 호들갑을 떤다 싶었는데…… 노옴! 무공 하나만은 가상쿠나."

천풍문주는 강한 자다. 하지만 그를 더욱 강하게 만드는 것은 자신에게 유리한 점을 결코 포기하지 않는다는 점이다.

쒜에엑! 쒜엑!

금하명이 땅에 발을 딛자마자 살을 저미는 예기가 섬광처럼 날아들었다.

'발을 움직이면 낭패.'

두 발은 땅에 붙박아놓고 상반신만을 이용해서 맞대응했다.

다행스럽게도 목곤은 길다. 진기가 스며든 목곤은 철봉에 버금가는 파괴력을 지녔다.

목숨을 도외시한 천풍문도들도 함부로 다가서지 못했다.

'사막의 용권풍(龍捲風)은 만물을 빨아 올린다!'

태극음양진기를 극성으로 이끌어 목곤에 집중시켰다.

파르르릉……!

목곤이 손아귀 안에서 맹렬하게 회전했다.

금하명은 풀썩 땅에 주저앉으며 강맹한 기세로 목곤을 휘둘렀다.

노리는 곳은 천풍문도가 아니다. 땅에 흩어져 있는 윤석들이다. 손만 대도 부서지는 약한 돌이었으니 강렬하게 회전하는 목곤과 부딪치면 산산조각날 게다.

과연 그랬다. 윤석은 가루로 변해 분분히 휘날렸다. 뿌연 돌가루가 안개처럼 자욱이 퍼져 올랐다.

우우우웅……!

머리 위에서 한 번 겪어본 검음(劍音)이 들린다.

굳이 눈을 들어 쳐다보지 않아도 알 수 있는 검, 천풍문주가 아니면 이토록 웅장한 검음을 쏟아낼 사람이 또 있을까.

조위식망(鳥爲食亡) 273

금하명은 벌떡 일어서며 허간곤을 펼치려고 했다. 그러나 마음먹은 대로 되지 않았다. 태산이 무너지는 것처럼 웅장하게 쏟아져 오는 검을 봤고, 몸을 살짝 움직여 피한다고 했는데…… 그만 발이 쭉 미끄러지고 말았다.

윤석은 가루가 되었을 때 더욱 미끄럽다는 것을 처음 알았다.

'위험!'

목곤을 땅에 찔러 박고, 두 손으로 곤신을 꽉 움켜잡고, 땅과 수평이 되게 두 발을 띄운 다음 빙글 돌았다.

파아앗!

뜨겁게 달궈진 인두가 살갗을 저미는 것 같다.

어깨살이 한 움큼 떨어져 나가며 핏물이 줄줄 흘러나왔다.

'이거 재미있네. 이런 상황에서 내 무공은 쓸모없는 건가? 그럼 안 되지.'

운문(雲門), 중부(中府), 천부(天府), 협백(俠白) 혈(穴)을 눌러 간단히 지혈부터 시켰다. 등에서 흘러내리는 피도 적은 양이 아니지만 등에까지 손이 미치지는 않는다.

금하명은 움직임을 포기했다.

오른손으로 목곤 중단(中段)을 굳게 움켜잡고 천신(天神)처럼 버티고 섰다.

두 발을 사용하지 못한다면, 허공에서 재미를 보지 못했다면 즉각 다른 방도를 찾아야 한다. 같은 행동을 반복하는 건 미련한 짓이다.

슈욱! 쫘아악! 따악!

검과 곤이 교차했다.

등 뒤에서 공격해 오던 자는 비쾌하게 날아든 목곤에 이마 정중앙을 격타당하고 절명했다.

움직임을 살필 겨를도 없이 순식간에 벌어진 사단이다.

슈욱! 따악!

똑같은 일이 우측에서 공격해 오던 자에게도 일어났다.

그는 공격 기회를 잡았고, 공격했다. 금하명이 움직이는 건 보지 못했다. 목곤이 꿈틀거리는 것도 감지하지 못했다.

그런데 느닷없이 이마 정중앙이 뻥 뚫리며 삶을 빼앗는다.

천풍문도는 움직이지 못했다.

금하명이 쳐내는 목곤의 빠름이란 난다 긴다 하는 쾌검을 숱하게 보아온 그들로서도 처음 보는 것이었다.

시간이 속절없이 흘러갔다.

천풍문도는 서둘지 않았다. 어차피 시간은 그들 편이다. 금하명을 닷새만 묶어두면 단애지투는 무효가 된다. 해남무림은 마음 놓고, 천천히 즐겨가며 금하명의 죽음을 볼 수 있으리라.

      *   *   *

"저 사람이 정말 그 사람인가요?"

차분히 가라앉은 여인의 음성, 티없이 맑지만 어쩐지 힘이 빠진 듯하게 들린다.

빙사음이었다.

"놀랍게 컸지. 천소사굉과 비무하는 걸 봤는데 감탄이 절로 나오더군. 천풍문주가 천풍문 최정예를 이끌고 나섰는데도 저토록 고전하는 게 당연한지도 모르고."

조위식망(鳥爲食亡)

마음을 편안하게 해주는 훈훈한 음성, 검을 들면 일곱 걸음을 넘기지 않고 목숨을 앗아간다는 칠보단명이다.

"잘 봐둬라. 이런 싸움을 구경할 수 있는 것도 무인의 복이다."

명옥대검이 강퍅한 음성으로 말했다.

남해검문의 세 기둥인 삼정과 남해검문주의 금지옥엽인 남해옥봉은 협곡이 환히 내려다보이는 절벽 위에서 싸움을 관전했다.

그들뿐만이 아니다. 싸움에 지장을 주지 않으면서 조망이 좋은 곳이면 어김없이 무인들이 자리했다.

남해십이문의 고수들, 혹은 후기지수들이다.

해남도 주민들은 해남 무인들의 체면을 생각해서 문을 걸어 잠갔지만, 무인들에게 이런 싸움은 돈을 주고도 구경할 수 없는 최대의 기회였다.

각 문파에서는 가능한 많은 사람을 내보내 싸움을 관전하게 했다. 특히 싸움 경험이 미천한 후기지수들에게는 더없이 귀중한 경험이 될 것이니 거의 대부분 몰려왔다고 생각해도 무리가 없다.

십 년 폐관 수련을 명받은 빙사음도 경험 축적이라는 이유가 아니었다면 묵동에서 풀려나지 못했을 게다.

"저 사람…… 이런 생각이 들어요. 해남도로 오지 않았어도 귀사칠검 저주를 풀었을 거예요."

"귀사칠검을 사용한다는 소문은 돌았을 게야. 결국 우리가 나섰을 게고."

"지금과 똑같이 되겠죠. 본 문이 손대기 어려운 거목이 되었을 거예요. 본인 스스로 귀사칠검을 정공으로 돌려놨을 거고…… 해남도만 아니었다면 지금처럼 공격받는 일은 없겠죠."

삼정은 대답할 말이 궁색했다.

"흠! 난 회합에 다녀와야겠다."

해천객이 어색한 기침을 흘리며 자리를 떴다.

남해검문과 삼정은 귀사칠검 파해공(破解功)만을 원한다. 이것은 오직 무공 발전을 향한 일념에서 비롯된 것으로 금하명이 넘겨주지 않는다고 해서 어떻게 할 생각은 없다.

금하명의 목숨을 원하지는 않는다는 말이다.

옛날에는 반드시 죽여 없앨 이유가 있었지만, 금하명이 스스로 사지에서 벗어난 이상 죽일 이유도 없어졌다.

이제 그는 차 한 잔 벗할 상대로 돌아왔다.

아니다. 오히려 덕을 봤다. 그가 천소사굉과 비무하여 귀사칠검이 정공임을 밝히지 않았다면, 마공을 소장했다는 소문 때문에 상당히 난감한 처지가 되었을 게다.

그런데 해남파 제일문주를 꺾었다는 이유 같지 않은 이유를 들어서 죽이려고 한다.

해남무림에 대단한 자긍심을 가졌던 빙사음에게는 상당히 큰 충격이었을 게다. 해남무림인들 모두가 인면수심(人面獸心)처럼 여겨질 만도 하다.

"너무 걱정 마라. 예전 해남무림이 아냐."

칠보단명이 빙사음의 어깨에 손을 얹으며 말했다.

"이름뿐인 제일문주를 왜 선정해 놓은 줄 아니?"

"언제든 해남파를 구성하려는…… 아!"

빙사음이 무언가를 깨달은 듯 굳었던 얼굴을 활짝 폈다.

해남무림은 설마 제일문주가 패배할 줄은 꿈에서도 생각하지 못했다. 그리고 그런 일이 일어난 적도 없다. 그렇기에 해남파의 긍지를 보호한다며 제일문주를 이긴 외지인은 기필코 처단한다는 밀약을 할 때도 아무런 부담이 없었다.

그런데 정말로 설마 하던 일이 일어났다.

해남무림은 옛 밀약대로 머리를 맞대기는 했지만, 뾰족한 수단은 나오지 않는 상태다.

구심점, 문주가 없는 해남파.

갈기갈기 찢겨져 서로에게 검을 겨누던 해남무림이 절체절명의 위기도 아니고 해남무림의 자존심이라는 명분 때문에 일통되기를 바란다는 것은 하늘에 떠 있는 별을 따오라는 소리와도 같다. 그렇기에 남해 십이문이 각기 자파의 사정을 내세워 전력을 투입하지 않고 있다.

일섬단혼이 금하명과 같이 움직일 때도 자파의 손해를 우려해서 손대지 않은 사람들인데.

금하명의 실전 능력은 해감문과의 싸움에서 이미 봤다.

그 정도면 간단히 죽어줘야 하는데 그는 버젓이 살아나서 천소사굉마저 꺾었다.

한마디로 그를 죽이기 위해서는 문파의 존립을 걸어야 할 상황이다. 그렇게 해서 얻는 것이 많다면 몰라도 겨우 해남무림인들이 공유하는 자존심에 불과하다.

맹목적이고 의혈로 뭉쳤던 옛날 해남무림이 아닌 것이다. 자존심이나 해남무림의 긍지보다는 자파의 이익을 먼저 추구하는 문파들로 변질된 지 오래다.

금하명이 단애지투를 통과한다고 해도 눈썹 한 올 까딱하지 않을 문파들이 많다.

노도문은 원래부터 이전투구(泥田鬪狗)와는 거리가 먼 문파다. 그들이 빠지는 것은 당연하다. 혹여 개입해도 순수한 의혈 때문이지 치밀한 계산 아래 움직이지는 않는다.

장현문은 일섬단혼에게 매달리기도 바쁘다. 단 한 명만 보내서 구색만 갖춘 것도 납득된다. 워낙 문도 수가 적은 문파이니 그럴 수밖에 없다.

천풍문처럼 고지식한 문파도 있다. 현재와 같은 상황에서 자긍심 때문에 문파의 몰락을 감수하려는 문주가 어디 있는가. 해남무림을 진정으로 사랑하지 않고는 내릴 수 없는 결단이다.

과거, 단애지투에 뛰어든 여섯 명은 꼭 죽여야 할 자들이었다. 또한 그들의 무공은 서로가 죽이겠다고 나설 만큼 빈약했다.

금하명과는 여러 면에서 다르다.

"후후! 저 사람…… 정말 운 좋군요. 어쩌면 해남무림 역사상 처음으로 단애지투를 통과할지도 모르겠어요."

말을 하는 빙사음의 표정은 밝았다.

귀제갈도 싸움을 지켜봤다.

금하명이 단애지투를 시작한 천가는 대해문 본문이 있는 삼아에서 멀지 않은 곳이라 단숨에 달려올 수 있었다.

'인간이…… 저토록 급진전할 수도 있는 건가. 괄목상대(刮目相對)라더니, 틀린 말이 아니었어.'

금하명은 볼수록 놀라운 인간이다. 껍데기를 벗겨내 속을 봤다 싶으면 또 다른 껍질을 둘러쓴다.

만홍도에서 봤던 금하명과 현재의 금하명을 똑같은 인간으로 간주

했다가는 큰코다친다.

귀제갈이 곤혹스러워하는 점은 도대체가 어디로 튈지 모르는 인간이라는 것이다.

천소사굉과의 비무가 가당키나 한 말인가. 단애지투는 또 뭔가.

그는 언제나 누구도 생각지 못했던 강수만 들고 나온다. 목숨이 여벌로 서너 개쯤 가지고 다니는 인간처럼.

도무지 행동을 예측할 수 없다.

아니, 이제는 예측할 수 있다. 그가 어떤 인간이라는 것을 알았으니 행동 예측도 가능해졌다.

금하명은 단애지투를 끝내면 미련없이 해남도를 떠난다.

목숨이든, 손에 장을 지지든…… 무엇을 걸 거라도 자신할 수 있다.

그래서는 안 된다. 그는 분노의 화신이 되어 대해문주를 겨냥해야 한다.

남해검문 구령각이 낌새를 챈 것 같다. 움직임이 무척 활발해졌다. 약점을 잡았다고 생각했는지 노골적으로 대해문을 겨냥하고 움직인다. 하기는 밀당과 버금가는 정보망을 가졌으니 그만한 눈치쯤은 채는 게 당연하지만.

아무리 그래도 남해검문은 움직이지 않는다.

남해검문주는 대해문주만큼이나 신중한 사람이라서 십 중 십의 승산이 없는 한 건곤일척(乾坤一擲)의 승부를 결할 사람이 아니다.

금하명만 움직이면 된다. 그만 움직이면 대해문주는 끝이다.

금하명의 무공을 직접 본 지금은 더욱 확신한다.

'소문을 들었다면 단애지투고 뭐고 대해문부터 찾아왔을 자야. 아쉽군. 먼저 끝낼 수 있었는데 한발 늦었어. 지금도 그렇게 늦은 건 아

니지.'

금하명에게는 눈과 귀가 없다.

오죽하면 해남도 사람들이 모두 알고 있는 소문조차도 듣지 못하고 있는가.

무공과 비무 이외에는 일절 신경 쓰지 않는 사내다.

마음이 한결 놓인다.

'저런 자는…… 요리하기가 쉽지.'

❸

금하명은 눈에 띄지 않을 정도로 미미하게 움직였다.

움직인다고 할 수도 없다. 단지 발가락을 꼬물거려 윤석의 미끄러움을 파악하는 정도니까.

'이건 보통 미끄럽지 않다. 기름보다 더하면 더했지 못하지는 않아. 이런 돌은 결코 자연적인 것이 아니지. 자연 속에서는 이런 돌이 나올 리 없고…… 인위적으로 무엇인가를 보탰어.'

하 부인의 의가(醫架)에서 읽었던 내용들을 떠올렸다.

떠오르는 게 있다.

식모초(食耗草).

풀이지만 개미나 사마귀, 무당벌레 같은 곤충을 잡아먹고 산다. 줄기에서 땀방울처럼 생긴 진액을 흘려내는데, 진액이 흘러내려 땅에 닿으면 물에 젖은 습지처럼 축축하게 변한다.

이곳이 곤충들에게는 죽음의 땅이다.

어떤 곤충이든 축축한 습지로 들어서면 빠져나가지 못하고 허우적거린다. 발이 여러 개라서 움직임이 활발한 개미도 빠져나가지 못하고, 날개가 달린 무당벌레도 날지 못한다.

진액에 닿은 부분이 극도로 미끄럽기 때문에 제 역할을 못하는 것이다.

식모초는 유유히 가시가 달린 풀잎을 늘어뜨려 체액을 빨아먹는다.

의경(醫經)에서는 식모초의 진액을 윤액(潤液)이라고 하며, 극도로 상태가 심한 변비 환자에게만 조심해서 사용한다.

'변비 환자에게나 사용하는 윤액을 이렇게 사용하는 방법도 있었군. 이러니 걸려들면 꼼짝없이 당하지.'

윤액의 약성은 나흘 동안 지속된다.

윤액에 걸려들면 벗어날 방법이 없다. 딱 하나 있다면 윤액이 없는 곳에서 신발을 비롯하여 의복을 모두 벗어버리고 목욕을 하는 것이 제일 좋은 방법이다.

당장 눈앞에서 검을 겨누고 있는 천풍문도뿐만이 아니라 그 이후도 골칫거리인 셈이다.

어쩐지 도무지 내공으로 중심을 잡을 수 없더라니.

그 순간, 머리 속을 스쳐 가는 생각이 있다.

윤액이라는 점을 몰랐을 때는 당황했지만 알고 난 후에는 활용도 가능하다.

천풍문도가 자유롭게 움직일 수 있는 건 쇠침을 박은 신발을 신고 있기 때문이다.

그것은 어쩌지 못한다. 하지만…… 손은 무방비 상태다.

'건곤곤. 내게는 건곤곤이 있지만 당신들은 없단 말이지. 후후! 승

부는 끝났군.'

 건곤곤이 무엇인가. 병기를 손아귀에 꽉 쥐지 않고 진기의 회전을 이용하여 전개하는 무공이지 않은가.

 금하명은 생각을 즉시 행동으로 옮겼다.

 파아앗……!

 의도적으로 목적을 가지고 땅에 흩어진 윤석들을 부숴서 가루로 만들었다. 그리고 가루를 쳐내 사방으로 흩뿌렸다.

 윤석 가루가 뿌옇게 피어올랐다. 천풍문도들을 향해 독무가 피어나듯 번져 갔다.

 천풍문도는 일시 당황한 기색을 보이더니 한두 발 물러섰다.

 금하명은 쉬지 않았다. 계속 윤석을 부숴서 가루를 날려 보냈다.

 '됐어!'

 천풍문도의 얼굴에서 당황한 기색을 읽었다.

 금하명은 눈에 보이지 않을 만큼 빠르게 회전하는 목곤을 땅에 박아 넣음과 동시에 신형을 띄웠다.

 타타탁……!

 곤법이 아니다. 각법(脚法)이다.

 운종비미(雲蹤霏迷), 천잔파석(天殘破石), 폭우광뢰(暴雨狂雷)……

 아버님, 청화신군에게 배웠던 각법들이 무더기로 쏟아져 나왔다.

 천풍문도는 엉겁결에 검을 들어 막았다.

 살점으로 이루어진 발과 쇠로 만들어진 검의 부딪침.

 누가 봐도 무모하기만 한 부딪침이었지만 결과는 예상을 뒤엎었다.

 타탕! 쩡! 쩡그렁……!

 검이 속속 손아귀를 빠져나와 허공에 띄워졌다.

조위식망(鳥爲食亡) 283

금하명은 가볍지만 정확하게 검배(劍背)만 걷어챘고, 천풍문도들은 입으로 후! 하고 불어대는 입김에 불과한 각법도 견뎌내지 못하고 검을 놓쳤다.

무방비 상태로 노출된 손에 윤석 가루가 묻으면서 나타난 현상이다.

"약은 놈!"

천풍문주가 일갈을 터뜨렸다. 그리고 그 일갈은 검에 밀집된 진기를 격발시키는 소리이기도 했다.

금하명은 즉각 모든 움직임을 중지하고 발을 땅에 붙였다.

문도들을 공격하면서도 천풍문주의 몸에서 한시도 눈을 떼지 않았다. 심중으로는 한시라도 빨리 움직여 주기를 고대했다.

이곳에 모인 자들 중 가장 강한 사람은 단연 천풍문주.

천풍문주만 사라지면 막아설 자가 없다.

파르릉……! 파앙! 쫘앙!

일장의 격돌이 벌어진 후…… 천풍문주의 눈동자가 경악으로 물들었다. 두 손으로 굳게 움켜잡은 검은 땅을 공격하여 반 자쯤 파고들었다. 육신은 금하명과 삼 척도 떨어지지 않는 곳에서 등과 옆구리를 환히 내놓고 있는 상태다.

"이, 이런…… 이런…… 경우가……."

천풍문주는 현실을 믿을 수 없는지 같은 말만 반복했다.

힘만 세고 세기가 부족한 자와 여우같이 약삭빠른 자가 싸운 것과 같은 결과다. 힘센 자가 도끼로 힘차게 내리찍었는데, 살짝 몸을 틀어 피한 것과 같다.

도끼는 땅을 찍는다. 힘센 자는 등과 옆구리를 열어주고, 약삭빠른 자는 여유있게 검을 찔러 넣는다.

그것과 조금도 다르지 않다.

금하명이 살심을 품었다면 벌써 피를 토하고 죽었을 게다.

"아, 암검을…… 암검을…… 밀어내는…… 밀어내는 무공이 존재할 줄은…… 밀어낼 줄은…….”

금하명은 윤석에 미끄러지지 않도록 조심하면서 한 걸음씩 걸음을 떼어놓았다.

천풍문주는 아예 한쪽 무릎까지 털썩 꿇은 채 멀어져 가는 금하명을 쳐다보지 않았다. 천풍문도들도 더 이상 공격하는 자는 없었다. 금하명과 가까이 서 있던 자는 옆으로 걸음을 옮겨 편히 갈 수 있도록 길까지 열어주었다.

많은 사람들이 보고 있는 줄 안다. 사내가 대부분이지만 여인도 상당수에 이른다.

금하명은 그들의 눈을 개의치 않고 옷을 벗었다.

어깨 살점이 뭉텅 베어져 나갔고, 등허리 입은 상처도 가볍지 않다.

벌거벗은 몸으로 근처를 배회하며 몇 가지 약초들을 뜯었다.

하 부인의 의가에서 읽었던 의서들이 큰 도움이 되리라고는 생각지도 못했는데…….

일각도 되지 않아서 풀 냄새가 진하게 우러나는 금창약(金瘡藥)이 만들어졌다.

우선 목욕부터 했다.

한바탕 몸을 움직여서인지 차디찬 물 기운이 뼛속까지 저려온다.

'운이 좋았어.'

천풍문주와의 싸움이 자연스럽게 생각났다.

가볍게 생각했는데 정말 힘든 싸움이었다. 특히 마지막 천풍문주의 공격은 천운이 따르지 않았다면 큰 곤욕을 치를 뻔했다.
음진기가 양강의 공격을 끌어당겼다. 하지만 탄황은 사용하지 못했다. 음진기에서 양진기로 바꾸기는 했다. 태산도 튕겨낼 진기다. 하지만 목곤에 묻은 윤석 가루가 내부의 떨림을 무력화시켰다.
윤석 가루는 불행만 가져온 게 아니다. 행운도 불러왔다. 양진기 역시 완전히 무력해진 것만은 아니다. 천풍문주의 공격을 튕겨내지는 못했지만 윤석 가루와 함께 미끄러뜨리는 데는 성공했다.
천풍문주는 양진기, 윤석 가루의 조화에 미끄러져 진기를 조절할 수 없는 입장이 되고 말았다.
그게 천풍문주 같은 고수가 하수나 저지를 법한 실수, 어처구니없게도 검을 땅에 박게 된 이유다.
금하명은 우연을 우연으로 돌리지 않았다.
'미끄러뜨리는 방법이 있었어. 내공이 강한 자는 튕겨내는 것보다 미끄러뜨리는 것이 더 좋은 방법. 진기를 조절할 수 없는 상태로 이끌려면 강력한 미끌림이 있어야 하는데……'
태극음양진기를 처음부터 다시 생각해 봤다.
회전이란 끌어들임도 있지만 밀어내는 힘도 있다. 들어오는 힘을 살짝 비틀어 미끄러뜨리는 정도는 얼마든지 할 수 있을 것 같다.
이것이야말로 무당파를 절정검문(劍門)으로 이끌어 올린 태극혜검(太極慧劍)과 같지 않은가.
이유제강(以柔制剛).
'음진기에서 양진기로 바꿀 것이 아니라 위에서 아래로 도인(導引)하면 될 것 같은데…… 해보면 알겠지.'

몸과 목곤에 묻은 윤석 가루를 깨끗이 씻어냈다. 진한 통증을 불러오는 상처에 금창약을 바르고, 깨끗이 빨아놓은 옷을 입었다.

탁! 탁! 타탁……!
금하명은 나무 아래에 서서 목곤으로 나뭇잎을 툭툭 건드렸다.
나뭇잎이 나풀거리며 떨어진다. 목곤과 일정한 간격을 두고 하늘거리다가는 땅에 떨어진다.
'도인이 된다!'
무당파의 검공이 이유제강의 묘를 살린 것이라는 정도는 무림인이라면 누구나 알고 있다. 그러면서도 태극혜검과 같은 검공을 사용하지 못하는 것은 이유제강을 이끌어낼 심공과 진기 도인법을 모르기 때문이다.
태극음양진기는 이유제강을 사용하기에 적합하다고 할 수 있다. 태극혜검과는 전혀 다른 진기 도인법이지만 이유제강의 묘는 충분히 살릴 수 있다.
음진기를 집중시켜 목곤을 뻗어낸다.
툭!
나뭇잎이 줄기에서 떨어져 나왔다.
순간, 곤첨에 머문 진기를 쭉 빨아들여 몸 안으로 거뒀다.
진기를 주입했어도 주입하지 않은 것과 같은 목곤이지만 이번에는 진짜 진기가 깃들지 않은 목곤이 된 것이다.
나뭇잎이 진기를 따라 움직였다.
속도가 문제다. 나뭇잎의 움직임보다 진기를 회수하는 속도가 너무 빠르다. 때문에 나뭇잎은 완전히 미끄러지지 않고 중간에서 너풀거림을 일으킨다.
 나뭇잎은 느리다. 검은 빠르다.
 느려도 문제가 되겠지만 빨라도 문제가 된다.
 상대의 공격 속도를 정확히 판단하고, 진기의 강도, 내공 여부를 자신의 것처럼 읽어낼 때 비로소 시전할 수 있는 무공이다.
 확실히 태극혜검과는 다르다.
 태극혜검은 상대의 힘을 역이용하는 것으로 허간곤과 흡사한 성격을 지녔다.
 아무려면 어떤가. 태극혜검을 만들고자 함이 아니지 않은가.
 툭! 툭! 투툭……!
 금하명은 나뭇잎을 계속 땄다.
 '능숙하게 도인할 수 있을 때까지 수련해 놓는 게 좋아. 몇 날 며칠이 걸리든.'

 단애지투를 시작한 지 사흘째 되는 날, 금하명은 만충(萬沖)이란 곳에 당도했다.
 천가에서 이십여 리 되는 곳이니 거의 절반쯤 왔다.
 싸움은 첫날에만 있었고, 둘째 날은 조용했다. 단 한 명도 앞을 막지 않아서 고개를 갸웃거릴 정도다.
 노도문, 장현문, 천풍문…….
 그중 단애지투다운 싸움은 천풍문과의 격전밖에 없었다.
 이제 남은 기간은 오늘까지 포함해서 사흘. 그 날짜면 오석까지 가고도 남는다.
 금하명은 만충에 들어선 후, 이곳저곳을 기웃거렸다.

주점이 있고, 객잔이 있는 큰 마을이다. 오지산 협곡 중에서 가장 폭이 좁은 곳이지만 오백여 가구가 모여 산다.

그들 중 어느 누구도 문을 열어주지 않았다.

객잔은 문을 꽁꽁 걸어 닫았다. 주점도 마찬가지다. 안에서 시끌벅적한 소리가 들려오는 것을 보면 사람이 있는데 문을 열어주지 않는다. 다루(茶樓)도 그렇다. 탁자는 방금 전까지 다기를 올려놓은 듯 따뜻한 온기가 전해지는데 사람만 감쪽같이 사라졌다.

'후후! 정말 혈살괴마가 된 기분이군.'

사람이 사람을 피하는 기분은 썩 좋지 않다.

하지만 어쩌랴. 그들이 보기에는 자신처럼 피에 굶주린 사람도 없어 보일 테니. 해남도에 들어와서 한 일이 무엇인가. 사람들과 싸우고 죽인 일밖에 더 있는가.

그러니 누가 곱게 보랴.

"모처럼 차나 한 잔 마셔볼까 했는데…… 후후! 이것도 사치란 말인가. 하기는 아직도 피 묻힐 일이 많이 남았으니."

만홍도에서 만나 해남도까지 같이 들어온 음양쌍검이 생각난다.

그들은 진한 피 냄새와 죽음 같은 칙칙한 냄새를 풍겨냈다.

얼마나 사람을 많이 죽였으면 저런 냄새를 풍길까 하는 생각도 해봤는데.

문득 자신에게서는 어떤 냄새가 풍길지 궁금해진다.

사람들은 냄새를 맡을 텐데. 피와 상관없는 사람들, 사랑과 웃음 속에 묻혀 사는 사람들은 피 냄새라든가 죽음의 냄새를 단번에 맡아낼 텐데.

마을을 빠져나가기 위해 관도를 따라 걸었다.

'해남도에는 미련이 없다. 이만큼 싸웠으면 실컷 싸운 것이고⋯⋯ 단애지투가 끝나든 말든 해남도를 떠나자. 떠나지 못하게 붙잡으면 또 싸움이 시작되는 거고.'

단애지투라고 해서 상당히 큰 기대를 가졌는데 겨우 이 정도일 줄이야.

금하명은 자신의 생각을 곧 수정했다.

마을이 끝나는 지점, 대나무 숲으로 사방이 막힌 은밀한 곳에 세상이 창조될 때부터 그 자리에 있었던 듯 무척 자연스런 모습으로 서 있는 사람들.

'해남무림에⋯⋯ 이런 자들도 있었나?'

무인이라기보다는 싸움꾼에 가깝다. 싸움이 무엇인지 안다는 느낌이 든다.

금하명은 활기를 되찾았다.

"대해문 삼십팔전단(三十八戰團) 소속 십칠전단이다."

'대해문?'

흥미가 점점 진해진다.

대해문이란 말은 많이 들었지만 정작 고수를 만나본 것은 몇 명뿐이다. 만홍도에서 소주란 자와 대해사수란 자를 만나본 후, 처음이다. 아! 독사어란 인간들도 있었지.

십칠전단이라고 신분을 밝힌 자들은 모두 열 명. 삼십팔전단이라고 했으니 모두 삼백팔십 명이나 된다.

도대체 이들 무공이 얼마나 강하기에 전단이라는 말을 사용하는 것일까.

착! 처척⋯⋯!

십칠전단은 검을 고쳐 잡았다.

원래부터 검집이 존재하지 않는 검이다. 날이 뭉툭해서 베지는 못할 것 같고, 쇠의 강한 힘으로 쳐 죽이는 용법을 구사한다.

맨 앞에 한 명, 그 뒤에 두 명, 그 뒤에는 세 명, 그리고 네 명.

첨쇄진(尖碎陣)이다.

소수의 병력으로 다수의 적을 상대할 때 사용하는 진법으로 일명 결사진(決死陣)이라고도 한다.

무림에서 첨쇄진을 사용한다는 소리는 들어보지 못했고, 군(軍)에서 죽음을 각오할 때나 사용한다고 들었다. 또한 첨쇄진을 펼친 사람들치고 살아남은 사람이 없다는 소리도 들어봤다.

"그대가 강함은 안다. 천소사굉을 무너뜨릴 정도라면 우리 정도는 장난감처럼 쓰러뜨리겠지. 우리 목적은 하나. 네 사지 중 하나만 절단하면 된다."

"그런가?"

금하명은 웃었다.

"우리는 실패할지 모르지. 하지만 삼십팔전단 중 어느 전단인가는 반드시 해내리라 믿는다. 그런 성공이 차곡차곡 쌓이다 보면 네 목숨도 풍전등화가 되겠지."

"모쪼록."

목곤을 치켜들었다.

저벅! 저벅……!

십칠전단은 일정한 보폭으로 걸어왔다.

공격을 몸으로 받겠다는 투다. 아무런 수비 형태도 보이지 않는다. 전신에는 허점이 고스란히 드러나 있다.

'이건 죽겠다는 뜻이잖아!'

십칠전단을 죽이기는 쉽다. 이들을 죽인 후, 죽어가면서 펼칠 반격을 피할 자신도 있다.

하나, 이런 싸움이 무공 발전에 도움이 되겠는가. 막무가내 싸움일지라도 조금은 도움이 되어야 싸우는 맛이 나지 않겠나.

"대해문이라고 해서 괜찮은 무공을 기대했는데…… 실망이군."

저벅! 저벅……!

십칠전단은 대꾸하지 않았다. 일정한 보폭으로 꾸준히 거리만 좁혀왔다.

'단애지투…… 점점 실망스럽다. 이런 싸움이라면 지겹기 이를 데 없다. 이건 살육이지 싸움이 아냐.'

쒜에엑!

첫 검이 날아들었다. 십칠전단 중 제일 앞에 선 자가 날린 검이다.

초식은 삼류무인도 펼칠 수 있는 일검양단(一劍兩斷). 속도도 평범해서 신형만 뒤틀면 피할 수 있다. 한 발 뒤로 물러서는 것도 가능하다. 옆으로 피해도 된다. 피할 방법이 너무 많아서 고르다가 검을 맞을 판이다.

'원하는 죽음이라면…….'

십칠전단은 죽음을 향해 달려드는 불나방 같은 존재다. 하나, 죽이지 않으면 죽는 순간까지 달려들 자들이다.

금하명은 빠른 죽음을 주기로 결심했다.

쒸익!

일섬곤이 뻗어나갔고, 사내의 가슴을 꿰뚫었다. 그 순간!

철컥! 척!

뒤에 선 두 명이 쾌속한 수법으로 갈고리를 꺼내 목곤을 낚아챘다. 가슴을 꿰뚫린 자도 두 손으로 목곤을 꽉 움켜잡았다. 그의 손바닥에는 우툴두툴한 철판이 붙어 있었고, 목곤은 철판 사이에 꽉 끼였다.

파앗!

세 번째 줄에 있던 세 명이 일제히 신형을 띄웠다.

앞선 두 명의 어깨를 디딤돌 삼아 한 번 더 도약을 한 후, 일제히 검을 내려쳤다.

맨 뒤에 있던 네 명도 첫 사내의 가슴이 뚫리는 순간과 때를 맞춰 움직였다.

두 명은 배를 납작하게 깔아 땅에 밀착되다시피 하며 달려들었다. 다른 두 명은 옆으로 돌아 옆구리를 찔러왔다.

금하명은 목곤을 빙글 돌렸다.

우두둑!

첫 사내의 손이 부러져 나갔다. 손바닥에 붙어 있던 철판도 힘없이 찌부러졌다. 뒤에 두 사내가 걸어놨던 갈고리도 빙글 돌아가는 힘에 이끌려 투툭 떨어져 나갔다.

쑥 빼내는 목곤에 시뻘건 선혈이 묻어 나온다.

쒜에엑!

빼내는 기세 그대로 도로 찔러 넣자 좌측에서 옆구리를 쳐오던 사내의 이마가 뻥 뚫렸다.

파아앗!

무위보법은 땅과 붙다시피 한 두 사내의 등을 짓밟아 버렸다. 동시에 위로 쳐낸 목곤이 세 사내를 빗자루로 쓸어내듯 휘감았다.

"크윽!"

"컥!"
사내들의 비명이 그제야 울려 나오기 시작했다.
일거에 일곱 사내가 비명횡사하자 남은 세 사내는 안색이 새파랗게 질린 채 부들부들 떨었다.
"이 정도로 전단이란 말을 사용하나? 대해문도 알 만하군."
금하명은 목곤에 묻은 피를 털어냈다.
그러자 금하명과 가장 가까이에 있던 자, 맨 뒤에서 오른쪽으로 공격해 오던 자가 무릎을 풀썩 꿇으며 사정했다.
"대, 대협. 제발 목숨만……."
금하명은 기가 막혔다.
해남무림에 이런 자들도 있었단 말인가. 소위 단애지투라는 절박한 싸움장이 이런 자들이나 날뛰는 곳이란 말인가.
모든 것에 흥미를 잃었다. 이런 싸움이라면 두 번 다시 하고 싶지 않다. 해남무림이 고작 이 정도였다면 누구와도 비무를 하지 않겠다.
사천혈검, 삼정, 일섬단혼, 벽파해왕, 천소사괭…… 그들은 진정한 무인이었는데.
이런 자들과 싸움으로써 그들에 대한 인식까지 변할까 봐 겁난다.
금하명의 침묵이 죽음으로 이어진다고 생각했는지 사내의 애원은 더욱 간절해졌다.
"대, 대협! 제발 목숨만…… 하 부인, 하 부인이 있는 곳을 압니다. 그곳을 가르쳐 드릴 테니."
"뭐라고!"
이게 뜬금없이 무슨 소리인가? 해순도에 있어야 할 하 부인이 어쨌다고?

사내는 새하얗게 질린 얼굴로 부들부들 떨면서 말했다.

"문주님께서 겁탈하신 후, 뇌옥에 가두셨는데…… 케엑!"

사내는 말을 하다 말고 다급한 비명을 토해냈다. 멱살을 우악스럽게 잡아챈 손이 목줄까지 누른 탓이다.

"누가 뭘 어쨌다고?"

"무, 문주님께서 하 부인의 미모를 탐해서 겁탈…… 케엑! 지, 진짜입니다. 어차피 벙어리에게 겁탈당한 여자니 못 가지는 게 바보라시며…… 크크, 크윽!"

금하명은 사내의 멱살을 놓아버렸다.

머리 속이 하얗게 탈색된다.

해남무림은…… 정말 치졸한 곳이다. 어쩌면 무인이란 인간들이 이럴 수가 있단 말인가. 이건 사마(邪魔)들이나 저지르는 짓이지 않은가.

금하명은 방향을 꺾었다.

오석에는 가지 않는다. 대신…… 삼아로 간다.

금하명이 사라진 자리에 어주가 나타났다.

"휴우! 생각은 했지만 정말 무서운 놈입니다. 무공으로는…… 커억!"

말을 하던 사내의 가슴에서 핏물이 주르륵 새어 나왔다.

"어, 어주…… 왜? 컥!"

사내는 대답을 듣지 못했다. 그가 물음을 던졌을 때 이어지는 검이 목을 화끈거리게 했다.

어주는 시간을 주지 않고 다른 두 사내의 목도 떨어뜨렸다.

"후후! 독사어는 오직 임무만을 위해서 존재하는 것. 너희 임무는 끝났다."

어주는 사위를 살펴본 후, 재빨리 신형을 숨겼다.

.

『사자후』 5권에 계속…